漫步蔚蓝海岸
Promenade sur la Côte d'Azur

黄晓敏 著

山东文艺出版社

图书在版编目（CIP）数据

漫步蔚蓝海岸 /（法）黄晓敏著. -- 济南：山东文艺出版社，2024.8
ISBN 978-7-5329-7168-8

Ⅰ.①漫… Ⅱ.①黄… Ⅲ.①散文集—法国—现代 Ⅳ.① I565.65

中国国家版本馆 CIP 数据核字（2024）第 099619 号

漫步蔚蓝海岸
MANBU WEILAN HAIAN

黄晓敏　著

主管单位	山东出版传媒股份有限公司
出版发行	山东文艺出版社
社　　址	山东省济南市英雄山路 189 号
邮　　编	250002
网　　址	www.sdwypress.com
读者服务	0531-82098776（总编室）
	0531-82098775（市场营销部）
电子邮箱	sdwy@sdpress.com.cn
印　　刷	济南新先锋彩印有限公司
开　　本	880 毫米 × 1230 毫米　1/32
印　　张	9
字　　数	175 千
版　　次	2024 年 8 月第 1 版
印　　次	2024 年 8 月第 1 次印刷
书　　号	ISBN 978-7-5329-7168-8
定　　价	69.00 元

版权专有，侵权必究。如有图书质量问题，请与出版社联系调换。

▲ 尼斯海滨大道

▼ 雷吉娜大厦侧影

▲ 尼格莱斯克大酒店

◀ 玫瑰谷城堡，今日的尼斯大学校园

▲ 尼斯海港

▲ 马蒂斯博物馆

▼ 尼斯的古罗马遗址一角

▲ 西米叶教堂

▲ 毕加索住过的安蒂柏小镇

▲ 安蒂柏的毕加索博物馆

▲ 海滨小镇

▲ 海边

▲ 菲拉角半岛远景

▲ 贝蒂·莫里索住过的拉蒂别墅

维尔弗朗施海湾

▲《英国人散步大道》 杜菲 绘

▲《尼斯的赌场》 杜菲 绘

▲《鲜花节》 马蒂斯 绘

▲《安蒂柏夜渔》 毕加索 绘

▲《尼斯海港》 贝蒂·莫里索 绘

▲ 尼斯夏加尔博物馆中,夏加尔手绘的玻璃窗

纪念中法建交 60 周年

序

一说到法国，人们首先会想到艺术之都巴黎，想到拉丁区、塞纳河、左岸等等。关于巴黎的书写汗牛充栋，这座艺术之都在很大程度上代表了整个浪漫的法国。

我们有时会想，偌大一个法国，其他迷人的去处还有哪里？郊外城堡，北部里尔，再往南，去里昂大教堂和普罗旺斯。细数下来真是太多了。可在我几次的法国之旅中，印象最深的除了这些地方，如欣赏不尽的巴黎，还有南部的一座美丽城市，它就是蔚蓝海岸的尼斯。

黄晓敏在尼斯度过了三十年，可以说是最熟悉这里的人了。我有幸在许多年前到她担任汉学系主任的尼斯大学访问，做过演讲。在有限的几天流连中，简直有一种惊艳之感，以至于久久难忘。

我的思绪常常回到那个清朗爽快明媚的海滨城市。在我眼里，它是一座彩色的城，安静的城。除了法国固有的浪漫之外，它还多了一份闲适和清澈，是真正的旅游胜地。走在海滨大道上，可以看到一望无际的大海，最美的海岸景致，沙滩，海边一座又一座瑰丽的建筑。相对于巴黎，这里简直太安怡太清纯了，像一个安坐南部的淑女，用一双别有神采的迷人之目看着这个世界。晓敏教授的笔触沉入历史记忆，记录了在尼斯和附近的城镇岛屿出现过的各种各样的著名人物，使人的魅力与景色之美合而为一，深深地吸引我们。

我们在这里看到英国的王室成员，著名的科学家和艺术家，值得一书的生命。不知有多少极富个性的人物，在这里留下了痕迹、传说和趣闻。与其他一些书写美丽风光的文字不同，晓敏的一支笔总是能够把我们带到关键的节点，为我们剖析细节，让我们不会遗漏也不至于迷失，不再忽略那些深刻的美、它的特别质地。

那些没有机会去蔚蓝海岸的人，可以有一次大饱眼福的机会。对于去过那里的人，也当是一次宝贵的弥补和提醒：帮助我们完成一次更为深入的精神之旅，给予莫大的享受。

今天，我依稀能够忆想起那些彩色的街道，特别是绚丽的尼斯滨海大道。打开这部书，它的景致、过去的故事、包含在褶缝里的一些掌故和意趣，都一一呈现出来。这生动简洁要言不烦的文字，总是能够将我们瞬间带到历史的现场，引向记忆深处，让我们推想这座古城，它在不同时空和光色下的风采。一座城市所具有的审美的历史的纵深，被一支精彩之笔给凸显和展示开来。我们面前仿佛打开了一道五光十色的屏风，于是流连忘返，不忍离去。

这是一部关于蔚蓝海岸的璀璨夺目的画卷。

笔者除了将那些历史的自然的人文的胜迹悉数搜罗之外，还有一副不可多得的清新文笔，以及由此所显现的独特而非凡的趣味。这在极大程度上填补了关于此地的想象，无论他到过还是未曾到过。她让他们长久记住，并一再向往，深深地记住"尼斯"两个字。

这部著作吸引我再访尼斯。那时，我将拥有迥然不同的眼光，重新打量它的海湾、城堡与街道。我会像饱览一部大书那样，进入言说的细部，感受它的宏富和灿烂。

感谢晓敏为我们奉上的宝贵文字，它最可匹配那个闪光的名字：蔚蓝海岸。

张　炜

2024年1月9日

自序：走近蓝色传奇

初到法国，和许多人一样，我迫不及待想要认识的是巴黎。

巴黎的塞纳河、卢浮宫、圣母院、埃菲尔铁塔，早在我们以为一辈子也无法走近的年代，就已经在心里刻下了深深的向往。后来，在巴黎学习、工作多年，对这些名胜司空见惯，习惯了每日往来穿梭其中，巴黎的魅力却丝毫不减。熟悉巴黎的人都知道，那些古旧的街道，曲折的小巷，隐秘的老房，一点一点，每天都在对我们释放着新的魅力。

巴黎的美丽，不仅在于风景，更是一种风韵，一种从历史和文化中凝练出来的发掘不尽的魅力。离开巴黎到南方，最初不是没有犹豫过。几经考虑，决定南下两年，算是人生一段经历，亦无不可。没想到，来到蔚蓝海岸的城市尼斯，一晃已三十年。

在南方，享受着地中海的阳光美景，也渐渐感受到一个不同的法国。南部人，即使在我这样一个外来人的眼中，也未免离象征法兰西式优雅的巴黎有些距离。服饰不够精致，举止不够潇洒，谈吐缺点机智，幽默少些微妙，口音不那么悦耳……这种印象或许并不客观，这些区别也不能说明外省与巴黎的差距。在更大的程度上，恐怕还是源于我接触的人群变了。此外，正如一位法国朋友非常准确地指出的：我最熟悉的巴黎拉丁区和塞纳河左岸，也并不能代表整个巴黎。

初到蔚蓝海岸的人，首先看到的总是明媚的阳光，清澈的海水，娇艳的花草。但是，如果透过这些外表，看到它承载的往事，听到它述说一代风流的盛衰沉浮，感受那些从烈火烹油、鲜花着锦到贫穷潦倒、身败名裂的命运，才能深刻领略它真正的魅力。

如果浪漫有颜色的话，我想，它应该最接近蓝色吧。弗吉尼娅·伍尔芙在《到灯塔去》中说："面对着一望无际的蔚蓝色大海……那夹带泥沙的海水，好像不停地向杳无人烟的仙乡梦国奔流。"

本书收入了近年来在国内外杂志上发表的文章，大多是徜徉在蔚蓝海岸今昔中的见闻。走近地中海，走进它的历史和传奇，我们便可以相信：蔚蓝海岸如同巴黎一样，也是"一场流动的盛宴"。

黄晓敏

2023年12月于尼斯

目　录

contents
漫步蔚蓝海岸

辑一：蓝岸风情

003	英国人散步大道
008	玫瑰谷
012	南方的风格
016	尼斯三部曲
028	安镇黄昏
031	科西嘉岛上的石头房
036	淘金者的波克罗尔
041	阳光色香味
048	四月的来客
053	格拉斯的芬芳
065	春天花絮
073	夏夜拾翠
078	秋日细语
082	冬季浪花

辑二：似水流年

- 087　花季的忧伤
- 092　柴可夫斯基的蓝岸乐章
- 098　贝蒂·莫里索的尼斯印象
- 105　半个世纪的二重奏
- 117　阿波利奈尔在蔚蓝海岸
- 123　安蒂柏的夏日舞会
- 132　鹰飞过的道路
- 137　梅赛德斯的盛衰
- 141　君王的似水年华
- 146　走出四位王后的村庄
- 151　开到荼蘼花事了

辑三：边走边看

- 169　漫步蒙达尔纪
- 175　重访华幽梦
- 187　风铃的早晨
- 192　下雨的日子
- 195　清明复活

198	咬文嚼字
203	圆明园的黄昏
210	赵无极与亨利·米修的诗画情
215	岁月的记忆：从普鲁斯特到埃尔诺
226	米歌的伊甸园
246	读与译：波德莱尔《孤独者的酒》
250	一个法国画家眼中的清末中国

辑一：蓝岸风情

英国人散步大道

来到尼斯,绝对不可错过的第一个必经地,非英国人散步大道莫属。这条沿天使湾的海滨大道,全长十余公里,横贯东西,穿越市区,从东边的城镇小岛直到飞机场。漫步在这里的游客,恐怕不止一位心中诧异:闻名世界的南法景点,为什么偏要以英国人命名?

如今的蔚蓝海岸,以四季宜人、景色美丽吸引了来自全球的游客,而在十八世纪,这里却还只是一片默默无闻的海湾。尼斯作为旅游胜地的崛起,的确始于喜欢探险的英国人。

自从1704年英国舰队占领了直布罗陀海峡,进入地中海的大门就对这个岛国打开了。一时间,游览世界成为贵族和有钱人的时髦之举。不过,他们首先青睐的地方,并不是法国的蔚蓝海岸,而是与之比邻的意大利。最早让尼斯出名的,是一位英国勋爵的夫人。说起来,卡文迪什夫妇的那次尼斯之旅,多少有失谨慎。安娜·格雷夫人当时已经怀孕数月,临近产期,途经尼斯去意大利的路上,突感不适,只好留在尼斯。她的偶然际遇,却成就了一份尼斯人的骄傲，因为1731年10月10日在尼斯出生的亨利·卡文迪什勋爵，正是日后大名鼎鼎、以氢气研究闻名于世的英国化学家。

不过，在大多数尼斯人的心里，另一位英国人的名声可比卡文迪什大多了。像那个时代许多生活在天气阴湿环境中的欧洲人一样，斯莫莱特医生患有肺结核病；也像当时有条件的许多英国人一样，他来到阳光明媚的地中海疗养。被温暖的空气和碧蓝的海水包围着，他写下的文字也色彩明亮，引起了多少雾都人的憧憬："当我爬上城墙向四周眺望时，仿佛置身于奇境妙景。满目所见是绿树成荫的花园，柑橘和柠檬果实累累，组成如画美景……玫瑰、康乃馨、毛茛、银莲花和黄水仙争相绽放，比我在英格兰见到的一切花卉都更漂亮，更挺拔，更芬芳。"

时值五月初，在尼斯人吃惊的眼光下，斯莫莱特迫不及待地跳下海去游泳。显然，对一个习惯阴冷的英国人来说，这时的海水已经足够温暖了。

紧步他的后尘，大批英国人踏上了南下之路。从此，尼斯海边如雨后春笋般出现了一座接一座的酒店、宾馆和府邸。珮妮洛普·利威尔夫人在海边建的第一座别墅，成为英国上流人士在尼斯的聚会场所。清晨的海风里，傍晚的夕阳下，到处是英国人的身影，散步的人们脸色越来越红润，步伐越来越得意。阳光灿烂的午后，他们坐在利威尔夫人的沙龙里，喝着下午茶，品尝着各种英国式糕点。

英国大革命的震撼和冲击，不过给蔚蓝海岸带来了短暂的萧条。很快，尼斯又迎来了更多的英国人。随着大批游客的蜂拥而至，修一条真正的海滨大道的想法呼之欲出。将这个计划真正付诸实现的，是路易斯·卫牧师。他召集城里的贫民和乞丐，征用了他们，付给他们工资，一条宽敞的大道很快出现在海边，人们把它叫作"英国人散步大道"。

大道的中间，宽敞的主路可供几辆马车并排通过，旁边的美丽甬道铺着马赛克路面，供行人漫步，通向饭店和别墅的门前。大道两边种上了一棵棵高大的棕榈，树下是缤纷的花坛。昔日的宁静港湾，顿时变得气派豪华。

那个时候的法国，"游客"这个词还不存在。直到十九世纪末，著名小说家、《红与黑》的作者司汤达也来到尼斯，用脍炙人口的笔触描述蔚蓝海岸的魅力，首创了"touriste"这个法语词，法国人才有了对游客的指称。在此之前，孤陋寡闻的当地人，把所有来尼斯的游人都叫作"英国人"。另一位法国名作家人仲马曾经叙述过这样的趣闻："当我下榻约克饭店时，恰逢一辆驿车到达。我向老板询问来者是何人，他说：这是些英国人，不过我不知道他们是法国人还是德国人！"

这个时期，光顾尼斯的还有法国诗人泰奥多尔·德·班维尔。他饶有兴味地观察英国人散步大道上的来来往往，戏谑地称它为"英国女人散步大道"，描述中却充满了诗意："我坐在城堡山顶平台旁边的一条绿色长凳上，望着那些头戴装饰着羽毛的扁平帽子，沿着种满玫瑰的小路拾级而上的英国少女。她们像这冬季盛开的温暖而明亮的花朵一样，也是玫瑰色的。在她们天真的大眼睛里，盛着来自祖国的湖光水色，金子般的柔发，几乎要挣脱丝发网的束缚。"

十九世纪末兴建的饭店，一座比一座豪华，至今仍代表着尼斯的骄傲。西点饭店，威斯敏斯特饭店，萨瓦酒店，布里斯托饭店，大不列颠之岛酒店……殖民地色彩的门庭，映着蓝色海水的大厅，水电动力的电梯，配着新型暖气的舒适明亮的茶室，无一不显示着英国式的优越和典雅。不知是不是为了躲开喧闹，离海边远一些的维克多大街也盖起了饭店。跟海边的大厦比起来，它们似乎标新立异，风格越来越奇特。众议员乔治·毕肖普的巴尔拉城堡，新哥特风格使所有人目瞪口呆。曾统领驻印度军队的罗伯特·史密斯上校的"英国人城堡"，屹立在尼斯海湾的东部，以异国风情独领风骚，被当地某作家不客气地形容为"建筑学的噩梦"。

那些私人府邸和花园别墅，却是建在离海更远一些的地方。这个有着古罗马遗迹的高坡，几个世纪以来无人问津，直到迎来英国人的青睐。狭窄的土路变成了宽广的大街，酒店别墅各领风骚，显赫一时，不久却全都拜倒在一座辉煌宫殿的脚下。"摄政女王大厦"［又译雷吉娜（Regina）大厦］的出现，带着压倒一切的帝王气概。

是啊，尼斯作为海滨胜地的名声，也传到了维多利亚女王的耳中。为了迎接女王的到来，1895年建起了这座出自著名建筑师比安西尼之手的宫殿，它居高临下，俯瞰全城，一眼望到地中海。

维多利亚女王前后五次来尼斯，陪伴她的除了威尔士亲王和几位将军，她的子女和孙辈，还有一群庞大的随从：女官和侍女、男仆、私人秘书、司库、厨师、车夫、锅炉工、穿苏格兰短裙的风笛手、十二名马夫、一群缠着头巾的印度仆人。一座高六层、宽二百米的大厦,也就堪堪住下。她还带来了自己的家具——桃花心木大床、巴西香木书桌、威尼斯梳妆镜,以及她的马车、她的骏马,当然,更少不了她的爱驴雅哥(Jacqot)。

雅哥,在当时可是大名鼎鼎,风头无两。它的照片三天两头出现在报纸杂志上,有谁没见过它的英姿呢?照片上,威严的女王坐着双轮车,雅哥在前边神气地拉着。1898年,女王在尼斯会见了法国总统菲利克斯·福尔。法国讽刺报刊以玩笑的口气给这种英国车起了一个外号——"维多利亚"。一时间,坐着"维多利亚"在公园和街上兜风,居然成了巴黎的时尚。在尼斯的海滨大道,从早到晚,"维多利亚"穿梭在双篷车和四轮小轿车之间,引来棕榈树下、夹竹桃花影中打着花伞散步的无数丽人的脉脉注目。

直到第二次世界大战爆发之前,英国人在尼斯风光无限。大战以后,当英国人再次光顾尼斯的时候,尼斯已经今非昔比,不过他们之中却多了一位欧洲的英雄——英国前首相丘吉尔。他的足迹不仅停留在尼斯,也遍布周边的小镇和海岛。以他惯有的蔑视世俗的幽默,丘吉尔说:"大战以后,我一直面临两种选择:或者作为国会议员,或者作为酒鬼度过晚年。感谢上帝,现在我已经不是议员了。"

玫瑰谷

玫瑰谷这个名字，我几乎每天都能听到，却从来没在玫瑰谷那里见过一朵玫瑰。

如此浪漫的地名，可以在脑海中生出无数美丽的想象，但它真实的样子即使不会让人失望，也跟大多数人的想象绝对无关。如今的玫瑰谷，既没有玫瑰也没有山谷，原先芳香四溢的地方，耸立着一座古老的城堡。坐落在这里的是尼斯大学，城堡是办公大厦，周围散落着不同时代留下的建筑，是理工学院的教学楼和实验室。

玫瑰谷的名声始于十九世纪末，正是尼斯成为欧洲人趋之若鹜的休闲胜地之时，而把它们真正联系在一起的，却是一个原籍德国的俄国人——冯·戴维斯男爵。

保尔·冯·戴维斯出身于德国汉堡的一个资产者世家。早年，家族的一个成员曾跟随瑞典大公霍尔斯坦－葛托服务，当后者成为俄国皇帝时，他也被封为神圣罗马帝国的世袭贵族。保尔·冯·戴维斯在圣彼得堡就读法律，以优异成绩毕业后，进入沙俄的工业和铁路部门，由于业绩出色，俄国铁路的股票飞涨，他很快便成为沙俄的铁路和银行大亨，并被任命为亚历山大二世的顾问。

事业成功的冯·戴维斯，念念不忘从童年起就一直热衷的两个理想：一个是投身音乐，另一个是享有庄园。他曾习钢琴，并不满足于业余水平，早就是一位出色的钢琴家。如今既富且贵，有钱又有闲，已经到了可以满足任何欲望的时刻。于是，他选择了来尼斯实现自己的理想。他和十九世纪末的许多欧洲贵族一样，开始来尼斯度假。享受地中海的阳光海水之余，他更加心向往之的，是做一个艺术慈善家。

1867年，他买下了尼斯近郊这片叫作"玫瑰谷"的地方。花了三年时间，雇了八百多名工人，建起了一座巍峨气派的哥特式城堡。城堡脚下，青草地围绕着几棵高大的棕榈，稍远一些，是大片橄榄园和郁郁葱葱的树林。负责园林开发的设计师，是著名的摩纳哥园林设计师卡莱斯。他从意大利买来各种树木，移栽到玫瑰谷：博尔迪盖拉的棕榈，热那亚的松树，佛罗伦萨的橄榄树……还建了养玫瑰和其他植物的玻璃暖房。园里依仗天然岩石，修了瀑布，开了池塘，还安置了一座专门从乌克兰搬来的古色古香的木亭。

城堡里边，除了一系列卧室和书房，还有引人注目的舞厅和接待大厅，屋顶装饰着出自大师之手的水晶吊灯，壁画的作者是著名画家加朗，曾经装饰过巴黎的万神殿。但城堡最有特色的部分，是一个声响效果极佳的音乐厅。建成以后，男爵请来当时欧洲最有名的乐队和指挥，年年在玫瑰谷举办音乐会。他自己也曾作过一些曲子,如今流传下来的,有为普希金和莱蒙托夫的诗谱写的歌曲。

冯·戴维斯并不是一个醉心社交生活的人。只因他举办的音乐会水平之高,在欧洲首屈一指,不仅俄国贵族,而且全欧洲的上流社会都纷纷慕名前来,以能接到玫瑰谷的邀请为荣幸。其中或许有人"醉翁之意不在酒",成为玫瑰谷的座上宾,在欧洲已经成为身份和品位的象征。

十九世纪末的玫瑰谷,名人云集,衣香鬓影,不只是音乐的盛宴,更是上流社会的聚会。使它声名大噪的,是1881年在这里接待了俄国尼古拉大公,当然,还有英国维多利亚女王的多次光临。

与多雾的伦敦比起来,地中海的阳光太明媚了。不管是名人富豪,还是由于阴湿天气患肺结核的英国人,争相来到蔚蓝海岸。海滨大道上出现了一幢接一幢的豪华宾馆和维多利亚风格的酒店饭店。

早期的西米叶,是一片郊外荒地。古罗马的遗迹,角斗场的废墟,寂寞的橄榄园,几十世纪以来默默地沐浴着夕阳。一座十七世纪的教堂,居高临下地俯瞰着尼斯老城和大海,不问世事的教士们,年复一年地修整着美丽的花园。如今的西米叶,处处是大不列颠鼎盛时期的痕迹,只要历数街道的名称便可见一斑:乔治五世大街,威尔斯亲王大道,爱德华七世大道,当然,还有维多利亚女王大街,女摄政王小道……

维多利亚女王在其有生之年,一共来尼斯五次。让她如此青睐的,不只是地中海的太阳,还有法兰西的美食。在尼斯的档案馆里，我曾无意中看到一份女王在尼斯的宴会食谱，从开胃菜、冷菜、热汤到主菜和饭后甜点，一共五道，还不算酒类饮品和各种搭配饮料的小吃。女王的好胃口令人赞叹。

为女王而建的雷吉娜（Regina）大厦，就在西米叶大街的顶端。她常去玫瑰谷，特别喜欢在橄榄园里散步，为了方便她出入，在橄榄园旁边专门为她开辟了一条小道。从此玫瑰谷多了一个后门，正对威尔斯亲王大道，门两边竖起的两个柱形圆堡，呈现出典型的英国风格。如今住在西米叶区的我，去大学工作时，便常常沿着这条大道，踩着维多利亚女王的足迹，走向玫瑰谷城堡。

冯·戴维斯男爵功成名就，个人生活却磨难不断。他与夫人薇拉的一双儿女，长子弗拉基米尔和爱女芭芭拉，年纪轻轻先后死于骨结核。苦痛之后，他捐赠了一大笔钱财，用于在莫斯科开办专门救助贫穷儿童的医院。

就在女儿芭芭拉去世的这一年，男爵也去世了。不久，冯·戴维斯银行宣布倒闭，破产的男爵夫人薇拉将玫瑰谷出售。它先是被卖给一个叫普提洛夫的人，后来又成为锡矿大王帕提纽的财产。几经转手之后，1950年，尼斯市政府买下玫瑰谷，然后以一法郎的象征价格转卖给法国教育部。玫瑰谷从此成为尼斯大学的所在地。

南方的风格

世界上似乎没有多少国家像法国这样，一切以巴黎为中心。这并不是说除了巴黎别的地方就不存在了，而是因为法国在传统上给人一种印象：从许多方面来说，比如文化、时尚，人的习惯、举止、谈吐甚至幽默，巴黎和其他地方有着明显的区别，代表不同的风格。

在中国，除了北京至少还有上海。在美国，除了华盛顿至少还有纽约。在意大利，罗马之外的米兰、佛罗伦萨和威尼斯，也不能只用一个特点就概括了。德国和西班牙的情形也大抵如此，除了首都，还有其他特点鲜明的城市。而在法国，巴黎的轴心地位不容置疑。巴黎就是巴黎，巴黎以外，全部笼统地称为"外省"。当然，许多地区也不乏自己的特点，但是，如果北京和上海，华盛顿和纽约，罗马和米兰可以说各有千秋的话，法国的外省跟巴黎比起来，似乎总是群星黯淡的感觉。

这种感觉，从前读文学作品时就隐隐出现过。巴尔扎克的《人间喜剧》，司汤达的《红与黑》，书中的巴黎场景多么辉煌灿烂：上流社会的名利场，贵族的沙龙和舞会，闪烁着水晶吊灯般的华丽光芒，年轻漂亮的外省人，不管是《高老头》中的拉斯蒂涅，《幻灭》中的吕西安，还是《红与黑》的主角于连，哪怕碰得头破血流，也要往里钻。可到了写外省场景，气氛就变得多么沉闷：落寞的庄园，阴森的城堡，笨重的家具，单调的服饰，无聊的人物，吃过晚饭就坐下来打牌，还常常连灯都舍不得点。美目流盼的贵妇，言辞犀利的政客，打情骂俏的纨绔子弟，到了外省也没那么伶俐了，缩头缩脑，口拙木讷，缺乏趣味。

历史上的巴黎，不仅是法国时髦的标签，也是欧洲风尚的标准。但是深入法国却体会到，实际上，不管巴黎的光芒多么耀眼，外省人也还在忠实着自己的风格，延续着世世代代的传统。生活在这些圈子里的人，也许并不屑于追巴黎的时髦，而更津津乐道于自己的享乐。这样的地方，包括俗称"正午"的南方，从普罗旺斯直到意大利边境的沿海一带。

关于南方的风格，我这样的外国人最早也是通过文学作品看到的。都德的《磨坊书简》描绘外省生活，简单朴素，说不上令人向往，但那是一份温馨的回忆。《塔拉斯贡的达达林》描写生动的南方人，好胜，虚荣，行为有些愚蠢有些可笑，但是骨子里没有邪恶。善意的讽刺后边站着小说家，他面带宽容地微笑，抽着烟斗，闲闲地看着自己笔下漫画般的乡绅和小贵族、农民和土财主。站在高处的巴黎人，即使对这份生活看不起，也还有几分羡慕。

另一个南方作家帕尼奥尔，离巴黎风格就更远了。浓厚的乡土气息，典型的南方幽默，大概是要认识了南方以后才能够真正体会到的。普罗旺斯的农民生活，没时间让你伤感和抒情，但是透过表面的肤浅轻松和诙谐，那种深深的苦涩和沉重，是巴黎式的忧郁盛不下的。

传统的法国，不只是高雅的时装，优美的装饰，精致的饮食。美酒和烛光晚餐的背后，还有一个勤于耕种的民族，外省农民的勤劳节俭，加上精明和狡黠。少了这些东西，或许法兰西风格也是不完整的。

我认识的法国人，大致可以分为两类，一类喜欢巴黎，一类不喜欢。不管属于哪一类，态度都很明确坚决，很少模棱两可。不止一次碰到曾经在巴黎住过的人问我是否惋惜离开巴黎；我问他们同样的问题，回答常常是：打死也不回去。可是也有不少人，受不了外省生活，千方百计要回巴黎。

美国著名导演伍迪·艾伦曾多次来法国拍电影，有人问过他：如果有机会在法国生活，更喜欢南方还是巴黎？他毫不犹豫地选择了巴黎。听到的人很惊讶：巴黎的天气总是灰蒙蒙的，而地中海一年四季阳光灿烂啊！他回答说："我偏偏喜欢巴黎的灰色和微雨。"

南方人的口音，按法国人的说法是"太阳的味道"。跟巴黎法语比起来，够不上优雅，在我听来甚至还有点可笑，但是率直爽快，不扭捏，少矫情，不转弯抹角。说这种语言的人，即使有一点忧郁的话，也是一种比较直接的忧郁，仿佛总是在深入骨髓之前便消散了。我总觉得，一直在这里生活的人，是不会去写像拜伦或者兰波那样的诗歌的。

如今，都德和帕尼奥尔笔下的典型南方人已经不多了，不过南方的风格还在。夏日的傍晚，当梧桐树下聚集着一群玩地滚球的男女，咖啡馆街座上的人们衣着随便，拖着凉鞋喝着茴香酒大声说笑的时候，巴黎显得那么遥远。

尼斯三部曲

一、奏鸣曲

尼斯城的奏鸣曲,从太阳露头的那一刻就开始了。

清晨,充满活力的旋律唤醒城市。当许多人还在梦乡的时候,最早跟着这节奏动起来的,是海边的老城。

黑暗的寂静,被几声轰然巨响打破。机动车的马达声,卡车哐当哐当的卸货声,伴随着一些更细碎的声响。铁架支起来了,木板搭起来了,刚才还空荡荡的街市出现了一个个整齐干净的摊位,小贩们把货物从车上搬下来,摆在自己的摊子上。木箱、铁桶和箩筐的撞击声,夹杂着大声吆喝和问候,小贩们手脚紧张不停,嘴里开着悠闲的玩笑。奏鸣曲的第一乐章,跳跃的快板里也含着南方生活的从容。

跟老城的热闹比起来,海边就显得安静多了。太阳刚刚照亮东边的天，海面才只有一层微弱的金光，海水静悄悄的，仿佛古典时期第二乐章的慢板，简明纯净，一枝独秀似的。浪花冲击海岸的声音是那么轻微，居然也能听得见。

海边出现了跑步的人影，一个，两个，慢慢多起来。这个矮小的身影，是一位退休老人，每天都是最先到。那个细长的女子，总是从机场一直跑到港口，清晨来海边的人几乎都会碰到她。影影绰绰的黑点，从微明跑来，跑进晨曦，不一会儿，背后就披上了一道霞光。

海对面的街灯，忽地灭了，城市一下子模糊起来，黎明的光却渐渐亮了。集市上传来的嘈杂声，已经被无数声音淹没。阳光照亮了海滨大道，汽车一辆接一辆，流水似的东来西往，这时候还没有堵塞和停滞，乐曲是流畅而活泼的，好像第三乐章的小步舞曲。

随着太阳升高，海边的行人越来越多，海滩上的人也多起来。尼斯的海滩一年四季都是热闹的。即使是冬季甚至圣诞节前夕，只要天气晴朗，人们还是要来海边晒太阳。脱掉衣服走到海里游一阵，也不是什么了不起的英勇行为。每年元旦，老城旁边的卡斯戴尔海滩上都组织新年首泳，参加的人大多数是老头儿和老太太。

上班族的奏鸣曲，是激越而清亮的。紧张忙碌中，只要稍微偷个闲，瞟一眼窗外的蓝天远处的海水，就会驱逐一些疲劳。法国上班族钟爱的咖啡时光，是工作中的调节剂，尼斯人走上办公室的阳台，甚至走到街边，吸一口清新的空气。激昂的乐曲，经过短暂的慢板，再恢复行进的节奏。

这个时候的集市，已经是人群熙攘了。穿梭来往的人们，有的脚步匆匆，有的从容不迫，见到熟人不时停下来闲话。主妇的篮子里有了不少蔬菜水果，不时还伸出来一束花，娇艳欲滴的。

花市总是最吸引眼球的地方。不光爱美的主妇，游客们也都不愿错过。尼斯的花市，在久远的古代就远近闻名，身置四季鲜花之中，耳边满是乡土味儿的叫卖，恍若回到了中世纪。

累了的话，可以在旁边的咖啡馆坐一坐。泰蕾丝大婶刚支起大锅，兜揽游客品尝一下尼斯的特产"索卡"，一种用鹰嘴豆磨成面，掺了橄榄油摊成的热煎饼，焦黄喷香。

紧挨着花市的，是尼斯的特色食品市场。琳琅满目的各种果脯，是附近乡村几百年来的传统特产，色泽透明，浸满了蜜糖，让人忍不住想吃，心里又有种怕发胖的犯罪感。还是赶紧扭头去看旁边的香料吧，胡椒、咖喱、孜然、丁子香花蕾、匈牙利辣椒粉、土耳其番红花，赤橙黄绿青蓝紫，有的来自地中海南边的马格里布和热带，有的来自中东和更远的东方。香料旁边是橄榄，大大小小有几十种，令人目不暇接。

最拥挤的要算菜市场了。毕竟，这是人们每天要装满菜篮的地方。只要有时间，这里的人实在不必去超市买蔬菜水果。商贩们都是附近的菜农和果农，地里种的大多数是绿色食品，一大早刚从地里摘下来，赶着运到早市，蔬果上还挂着清晨的露珠。

走过了街市，就到了城堡山的脚下。几间古董商店安静地接待着稀稀朗朗的游客。这里的一天才刚开始呢，等菜市收了摊，饭馆开完了午餐，下午的时光才属于他们。

有闲暇的游客，可以沿着教堂边的小路爬上城堡山。从山顶上望去，西边是十几公里的蓝色天使湾，东边是繁忙的海港。山顶的公园里，什么时候都有锻炼身体的人们，最引人注目的是东南角，一小群人在打太极拳，在师傅带领下，一招一式有模有样。

在城市南边的另一片高地上，也有这样的一群人。这里离海边远了一些，但居高临下能望到整个城市的全景，远处的海水是一片蓝色的闪光。旁边是十六世纪的教堂，教堂旁边的墓地，葬着画家马蒂斯和杜菲。在这里，连墓地也显得不那么阴郁，阳光和鲜花中的音乐，像大提琴奏鸣曲，有一点点低沉，更多的是安详和宁静。

夏季的星期六，教堂里常常会有一场婚礼。中午，新人们走出教堂的时候，总要来到花园，姹紫嫣红的玫瑰花廊下，缤纷如雨，芳香似雾。这时候的空中，似乎回响着婚礼进行曲的旋律。

二、 交响曲

午后的地中海放慢了节奏，就像刚从午睡中醒来的人，享受着一种懒洋洋的舒适。行进中的奏鸣曲过去了，下午的变奏从慢板开始，徐缓如歌。

离开海边和老城，躲开热闹的商业街，漫步走向一个幽静的住宅区。这里的街道宽敞，始于"美丽时代"的建筑优雅讲究，布尔乔亚的富庶气派，虽然带着几分炫耀，却已显出没落的迹象。

十九世纪末到二十世纪初，欧洲的旅游之风兴起，有钱的贵族、资产者和社会名流们纷纷涌向温暖的地中海。阳光，海滩，赛马，赌场……静下来的时候，他们也喜欢听听音乐，念念诗歌。酒店饭店和宫殿府邸一座接一座出现。在华厦林立的海滨大道后边，也出现了一些风格别致、具有艺术特色的楼房。这一片地方，被叫作"音乐家区"，每一条街都以一位音乐家的名字命名。

这些音乐家，其实并没有都在这里住过，有的甚至根本就没有来过尼斯，比如莫扎特。莫扎特广场在音乐家区占据着一个中心位置，如今是个街心花园，下面开辟了地下停车场。

以莫扎特广场为中心，四面街道纵横，最长的是罗西尼街，从甘贝塔大街开始，斜着插向栽满梧桐的雨果大街。这条街8号是一座古典风格的宫殿，有一个充满异国情调的名字"阿米达"，这是罗西尼一部歌剧的题目。除了法国作曲家，被纪念的外国音乐家大都来自意大利。长长的罗西尼街，由西向东，横穿过埃罗尔德街、柏辽兹街、古诺街、奥柏街、杜朗特街和帕格尼尼街，像历史的纽带一样把他们连接起来，记录着他们的相遇和交往。

出生于音乐世家的埃罗尔德和创作过五十部歌剧的奥柏，如今有些被人们遗忘了，但在十九世纪初的巴黎，他们代表着典型的法兰西轻喜剧的辉煌。

柏辽兹来到尼斯的时候，还十分年轻，但是他的音乐天赋已经传遍了欧洲。在贝多芬的第九交响曲问世六年后，柏辽兹以一部《幻想交响曲》受到李斯特、柴可夫斯基和施特劳斯的赞赏，李斯特还将它改编为钢琴曲，但也招来了一些人的不理解。获得罗马大奖以后，柏辽兹开始了他的意大利之行。向往已久的意大利，既给了他灵感，又让他失望，在罗马遇到的门德尔松不欣赏他的创作。带着这样的矛盾心态，柏辽兹打道回法国，经过尼斯时小住一段，就在这段时间里写出了一部重要作品，《李尔王》序曲。

另一个法国音乐家古诺，经历与柏辽兹有些相似之处。他也曾获得罗马大奖，然后到意大利深造，也遇到了门德尔松，而且他们俩还都写过一部以《罗密欧与朱丽叶》为名的歌剧。但是，与柏辽兹的浪漫派风格不同，古诺以华丽质朴的宗教音乐独树一帜，除了《圣母颂》，他最成功的歌剧是《浮士德》。

威尔第街是另一条东西向的长街，与罗西尼街平行。这两条街就像是这个区的两条主线，标志着两位意大利大师在尼斯人心目中的地位。

威尔第与尼斯的联系由来已久。他的家乡帕马地区，在他出生时还属于法国皇后玛丽·路易斯的辖区，不久后被奥地利军队占领，所以威尔第当过四个月的法国人。他在音乐生涯中一直在靠近法国的地区，后来长期在米兰生活，其间多次来尼斯。作为十九世纪最具影响力的歌剧作者之一，威尔第的名字令人联想到一连串歌剧：《茶花女》《纳布科》《阿依达》《温莎的快乐女人》……

威尔第跟法国的关系，一直有点像打打闹闹的情人，矛盾不断但又互相离不开。十九世纪的巴黎，对于每一个音乐家都是巨大诱惑。《茶花女》在威尼斯上演时反响冷淡，在巴黎则大受欢迎，但接下来的《唐·卡洛斯》和《麦克白》却遭惨败。威尔第对巴黎歌剧院的工作方式深恶痛绝，巴黎也总是对他吹毛求疵，却又不肯放弃他。直到生命的最后几年，威尔第才完全得到承认。他的最后一部交响乐，是为《奥赛罗》在法国上演而作的芭蕾舞曲。

确切地说，梅耶贝尔街并不在音乐家区之内。它是古诺街的延伸，从雨果大街开始一直到海边。这个特殊的位置，不知道是否出于巧合，恰好跟一个例外吻合：这是唯一献给德国音乐家的街。当然，梅耶贝尔也许是最接近意大利的德国作曲家，而他的创作被认为是十九世纪法国大歌剧的奠基之作。

梅耶贝尔是听从了萨列里的建议来欧洲南方的。在意大利，他成了几乎跟他深深崇拜的罗西尼齐名的作曲家，但是不久却离开了意大利，追随罗西尼前往巴黎。是巴黎成就了他一生的荣誉，他的歌剧《魔鬼罗伯特》在巴黎被誉为"有史以来最成功的歌剧之一"，为新型的历史悲剧奠定了基石。

这个时期，登上巴黎的舞台是全欧洲作曲家眼中的成功标志，不但在尼斯的音乐家纷纷北上，就连多尼采蒂也去了巴黎，甚至德国高傲的瓦格纳也来寻求巴黎的认可。而已经闻名巴黎的帕格尼尼，却不得不离开巴黎，到尼斯去。

帕格尼尼在尼斯的遭遇是奇特的，也是最令人唏嘘的。这位天才小提琴家一生放纵，还在少年时期就开始赌博，酗酒，乱交女人。疯狂的演奏，高超的技巧，和他的外貌一样惊人：鹰钩鼻子，奇瘦的身形，披散的长发，憔悴的面容……这一切给他带来的评价是"天使的音乐，魔鬼的人生"。

到了晚年，他病痛缠身，贫困潦倒，又在巴黎赌博输了钱，被警察通缉，只好跑到南方来。在尼斯，幸亏有好友赛索尔伯爵。热爱艺术怜惜天才的伯爵不但帮助他藏身，还为他提供了生活来源。

尼斯老城的昏暗广场，曾出现过他幽灵般的身影，小巷狭窄的天空，曾响起过灵魂颤抖的琴声。直到1840年5月的一个清晨，帕格尼尼在一条小街的房子里悄然死去。第二天，尸体却神秘地失踪了。当时的尼斯主教一口咬定帕格尼尼是魔鬼化身，拒绝为他举行天主教葬礼，禁止为他入殓。

据说，是赛索尔公爵将他藏在府邸花园里，后来又秘密下葬。直到五十三年以后，帕格尼尼的遗体终于被运回意大利的热那亚，重新安葬在家乡。

三、 小夜曲

黄昏降临时分，是海边最浪漫的时刻。

无云的日子，夕阳像一个鲜红的火球，一点一点往海里落，把身上的金光也一起拉扯进去，只给水面留下一片细碎金末。有云的时候就更美了，天边也许是橘黄，也许是松绿，也许是藕荷，也可能是围了一道镀金花边的浅紫或深灰，还可能是石榴红，法国人叫作"波尔多酒"的颜色。

这个时候听到的音乐，是轻柔的小夜曲。

海滨大道上车龙川流不息，一条是红色车流，一条是黄白色的，缓缓流泻，有时停滞一会儿，再向前流动。静悄悄的画面，没有鸣笛声,好像早年的无声电影。海边的棕榈树,披着最后的夕阳,背后的地中海宫,也染上了一层粉红。

这座宫殿,是尼斯城的象征之一。第一次世界大战结束后,欧洲的有钱人又回到了尼斯,享受海水浴,尽情寻欢作乐。这时的尼斯已经有了两座游乐场,但是人们还嫌不够,还想建造一座世界最豪华的赌场。新赌场的建筑风格富有装饰性的外观,使人想到巴黎歌剧院。宽阔的大堂采用了白色大理石楼梯,厅内有大块彩色玻璃和水晶吊灯。正门是七个高大的拱廊,旁边的大理石美女雕塑和海马,出自本地雕刻艺术家萨托里奥之手。

如此华丽的外表,却隐藏着一个悲剧。金钱和光芒,可惜是常常跟罪恶与黑暗走在一起的。提起地中海宫,尼斯人就会想到发生在三十六前至今悬而未决的"安妮丝疑案"。

财源旺盛的赌场,从来是蔚蓝海岸令人觊觎的目标。当时的赌场主人,一位富商的遗孀勒鲁夫人和独生女儿安妮丝,经历了一场争夺战。争夺赌场经营权的有两家公司,一个是法国最大的赌场集团巴利尔,另一家公司的老板是科西嘉商人弗拉托里。为了赢得这场战争,弗拉托里买通了尼斯的一个律师阿涅莱,阿涅莱引诱安妮丝成为他的情人,然后让她在董事会上投票反对母亲,又把自己的股份卖给阿涅莱,将三百万法郎转到两人在瑞士合开的账户。事后安妮丝后悔了,但是就在此时她却神秘失踪。尽管勒鲁一家有足够的理由相信凶手是阿涅莱,他却被宣布无罪释放,因为安妮丝的尸体始终没有找到,而且他的新情妇为他提供了不在现场的证明。勒鲁夫人一直没有放弃追诉,多年后,当那位新情妇又移情别恋的时候,终于承认当年的证词是一个伪证。阿涅莱再次被起诉，却再次被释放：根据当时的法国法律，只要没有尸体，杀人罪就不能成立。直到 2007 年检察院上诉，在安妮丝失踪整整三十年后，阿涅莱终于被判了二十年监禁。

事情到此居然还没完。就在几年前，阿涅莱的律师透露，安妮丝的凶手不是阿涅莱，而是马赛黑势力组织里的一个"哥们儿"。这位哥们儿早已去世了，据说去世前承认是他杀死了安妮丝，把尸体扔下海边的悬崖，又把她的车推了下去。这样类似电影的情节，不仅勒鲁夫人不能接受，连马赛的黑势力也提出了抗议。

惊心动魄的故事不是每天发生，赌场里更常见的是纸醉金迷。一夜暴富的似乎没听说过，瞬间输尽家产的倒是偶有所闻。很多年前，一位刚退休的外国游客，一晚上输光了自己的全部退休金，在海边默默坐了几个小时，天亮前跳进了大海。法国一位著名歌星，给母亲在尼斯买了公寓，母亲却几次把公寓输掉，儿子一次次地替她还赌债，最后不得不宣布断绝关系……

今天的地中海宫，是一座五星级酒店，有地中海料理餐厅和印度风格的宾伽罗酒吧，还有室内和室外游泳池。夜幕中，灯光神秘地闪烁着，宫殿闪着一千零一夜般的传奇色彩。

跟这些金碧辉煌比起来，老城里的饭馆酒肆显得朴素而温馨。这里永远是游客喜欢光顾的地方，低矮的砖木房，厚重的门窗，坑洼不规则的地面，显示着一种抵死不肯融入现代的意志。二十世纪的慢节奏，伴着小夜曲，热闹也只是宁静的骚动。

那些平时漫不经心的露天饭馆和街座，这会儿怎么有些仓促？往日华灯初上时早已摆好了桌椅，餐桌上放上粗布的方格餐巾，点亮小蜡烛，一闪一闪地招徕客人。哦，原来这里刚拍完电影！那个著名的电影导演，在法国比在美国更受欢迎的伍迪·艾伦，今夏来尼斯拍片，一住两个月，今天这些老街暂时为他圈起来了，好奇的人们还围在这里："这一次，他要拍些什么呢？"

蔚蓝海岸，早就是好莱坞的一道独特风景。1897年，卢米埃兄弟刚发明电影不久就来尼斯拍片，虽然还是无声电影，但美丽的景色使人们留下了深刻印象。从那时起到今天，有几百部电影在这里拍摄或者取景，有人称这一带为"蔚蓝海岸的好莱坞"。

第一个让尼斯大出风头的好莱坞电影，是希区柯克的《当场被捉》。绰号叫"猫"的盗窃犯盯上了富孀和她女儿的别墅，警方奉命侦捕，但美丽的女儿却爱上了盗犯……饰演主角的好莱坞女明星格蕾丝·凯莉，有冷美人之称，不久后却成了摩纳哥王妃。据说她就是在这次拍摄时初遇摩纳哥亲王，第二年又来法国参加戛纳电影节，两人再次会面，结成了一段闻名大西洋两岸的世纪姻缘。

1965年，英国的007系列影片之《霹雳弹》也选择了尼斯做背景。邦德的上司觉得他老了，身体不佳，于是送他到一个美丽的地方去休养，他来到蔚蓝海岸，但很快得知"魔鬼"组织偷走了美国空军的两个核弹头……

电影镜头中的蔚蓝海岸，或许就是这样吧：阳光蓝天，海滩棕榈，豪华的别墅，传奇的夜总会。旋转的华尔兹舞曲中，也许正上演着阴谋和罪恶。

电影院门前，看晚场电影的人们散去了。夜色渐深，城市终于安静下来，荡漾在天空的小夜曲，也是轻轻的，不想吵到已入梦乡的人们。突然，歌剧院的灯光大亮，镂花的玻璃大门打开，一群人涌出，把一阵喧哗带到了街上。

从歌剧院走出来的人，脸上带着刚散场的红润，晚会的衣饰依然光鲜。穿长裙的女士们，细高的鞋跟踏在石板路上，敲出愉快的声响。已经差不多空旷的街道，忽然又热闹起来，酒馆咖啡馆又坐满了人。下班后就急着赶去听歌剧的，现在终于吃上了晚饭，提前吃过饭的可以点一份夜宵，不然就来一杯酒或者什么别的饮料，高声谈笑着，为某个演员的唱腔或演技争论不休。

今晚上演的，是普契尼的《图兰朵》。二十世纪初的音乐家中，普契尼无疑是最早受亚洲影响的一个。公主图兰朵，美丽聪明又残忍，以中国为背景的古老东方，带着意大利的色彩。这部歌剧首次在米兰的斯卡拉歌剧院上演，其中几段极美的乐曲，是明显的中国风格。一座东方亭子里，三个中国大臣在谈天，三人轮唱时而俏皮，时而悲伤，充满对故乡的怀念，在优美的曲调中现出遥远的熟悉画面："河南有我家的老屋，周围长满了翠竹……"

当酒馆里的人们喝完了最后一杯，纷纷离去时，尼斯城才彻底安静下来。

这安静也是短暂的。要不了多久，花市菜市的摊贩和主人，就要起身赶来了。那些面包店的师傅们，已经开始陆续醒来，他们总是天不亮就起身，准备一早开门要卖的新鲜面包。

空中飘荡的小夜曲已近尾声，交织其中的圆舞曲，隐约是李希纳的一曲《勿忘草》；有些忧伤的旋律，卷着海风，在漆黑的海面上，飘向更远的不知什么地方。

安镇黄昏

我不想诋毁巴黎。巴黎毕竟是我的第二故乡，有美丽的塞纳河、浪漫的圣路易岛，有黎塞留大主教创办、我就读过的索邦大学……可是，你不能否认，巴黎的天空常常是灰色的。

卢森堡公园的浓荫，拉丁区的古巷，在天低云暗、灯火阑珊中别有诗意，却仿佛不能诞生梵高、塞尚们的强烈色彩。认识这些是到了南方以后。蓝天白云碧海鲜花，什么颜色都不折不扣，没有一丝暧昧。夹竹桃、九重葛姹紫嫣红，树叶油绿青翠，玫瑰更是开出浓艳欲滴的娇色。少了巴黎的典雅含蓄，但那天真爽快，不是更能让人明白画家们对光线的格外钟爱吗？

前一段家里装修，暂住朋友闲置的一所海边小屋。房子位于安蒂柏半岛，离尼斯十几公里。早晨开车上班，沿海而行，海天相接之处嵌了一道橘黄色的光，明亮而柔和，随着太阳升起，那光越来越强，像要穿透一切似的，然后，忽地成了一片金色。离开海边进入闹市，魔幻就消失了。

小屋旁边有一条石子小路，蜿蜒通向坡上的灯塔，只要有时间,黄昏时我总要去走一圈。坡顶有座小教堂,教堂里展示着几组泥塑,姿态生动,表情各异,出自一个上海同胞之手。这位同胞是个真正的艺术家,毫无商业头脑,只求果腹蔽体,至今仍穿国棉三厂的工作服。游人驻足在泥塑前,像面对西安兵马俑一样细细欣赏。

爬上灯塔,夕阳正像一个大红火球,拽着金光一点点沉入海里,水面一片碎金。

下了坡,穿过莫泊桑大道和梅里美大道,从海边走回家。东边,逐渐黯淡的海水推着浪缓缓而来,粉碎在岩石上,撞出白色的花;西边,一幢幢地中海式花园别墅绿丛掩映,多达一半无人居住,树影婆娑中,欲说还休地现出豪华的潦倒、富丽的寂寞,总让我想到哪天编个侦探故事,比如徐娘半老的富孀遭人暗杀之类。

天色暗了,棕榈和塔松的高大剪影投在空中,铺衬作底的色调是藕荷和淡紫,几朵云,招摇地用玫瑰红画出几个弯钩。再一转头,远处的海水不知何时变成了粉色!从来不知道海水可以是粉红的,不过这是千真万确的,是"淡染胭脂一点轻"……

地中海岸的玉兰,有高达数丈的,树龄几百年,花也大得吓人。初春时节,北方已"素娥千队雪成围"的时候,这里却还是渺无花影,等到它们开花的时候,北方的花季早过了。不知是否洋种的关系,树身和花朵都像西洋人一样,高大有余,玲珑不足,似乎够不上"雪为胚胎,香为脂髓",倒是常让人想起张爱玲对玉兰花的形容。当年她被后母关在房里,看白玉兰好像一块块脏手帕,还说"从来没有见过这么邋遢丧气的花"。看来赏花也是要心情的。

　　有时间的时候，开车不走高速公路，也不走海边，而是舍近求远，穿过靠近山坡的小村庄。跟游人如织的海滨城市相比，这里显得寂静、安然，时间仿佛停止在上个世纪。大片黄灿灿的油菜花，令我想起当年父母下放的河南五七干校：也是金波起伏的花海，翻飞的蝴蝶，送来醉人的气息。

　　醉了似的跟着这气息走，正好拐进一位画家朋友住的农庄。十五世纪的建筑，透着南方庄园的殷实、稳重、古旧，还有一丝昨日的忧郁，农田里是大片的热烈和沉闷。风起了，将这热烈和沉闷搅成一团，撕不开扯不开的。再远一点，是被塞尚和梵高们画了不知多少次、现在又被朋友画着的风景。

　　黄昏的阳光，流金溢彩。坐在杨梅树下喝茶，伴着绿竹和橄榄，又听到蝉声和蛙声，响亮而持续。关于蝉声的讨论不是第一次了，大家再次争论一番，最后一致认为这里的蝉鸣缺少节奏，比京西的低了八度，癞蛤蟆的叫声也没有昌平的脆。

　　给紫色的薰衣草画完最后一笔，朋友说，咱们把车开到意大利去吧，直到佛罗伦萨，徐志摩叫作翡冷翠的地方。风中飘起这诗意的名字，眼前炽烈的风景似乎添了几分清凉。

科西嘉岛上的石头房

初到蔚蓝海岸,常听人说:晴朗的冬日早晨,如果你的运气和天气一样好,就有可能看到科西嘉岛。也许是我的运气始终不够好,这样的日子迟迟没有出现。久而久之,我也只把它当作一个传说了。

一日从海边经过,习惯性地向大海眺望,不由得吃了一惊。平坦辽阔的海面上,何时竟横了一座大陆!山峦起伏,山顶飘着白云;海岸清晰,连沙滩都依稀可见。明明是眼前画面,却好像走进了童话:一个不知名的国度,突然从海底浮出了水面。这如幻如梦的风景,是海市蜃楼?

行人一片惊呼,将我拉回现实:"快看啊,科西嘉岛!"

因为期待,也曾多次猜测过,就算能见到,想来不过是远远的模糊形状,朦胧轮廓,雾中剪影。谁知原来是仿佛近在眼前的庞然大物!

科西嘉被法国人称为"美丽之岛",名不虚传。即便早已见惯了蔚蓝海岸的晴天碧水,到了科西嘉仍会感到惊艳。这里的海水更纯,更清澈,宝石般的碧蓝,若非亲眼见到,简直难以相信世上真有。阳光映射下的清波,荡起一片晶莹,一直闪烁到天边。

离开海边往山上走,空气越来越清新,迎面的山风夹着凉意,令人心旷神怡。进入林中,就会见到路边山泉淙淙,喝一口,冷冽甜爽……

在法国,科西嘉是个有些特殊的地方。大陆上的人提起它,偶尔带出几分不屑,有些"哀其不幸,怒其不争"的味道。

从科西嘉融入法国的那一天起,岛上的独立运动就从未停止过,不但声势不断,而且常有动作。骚扰官方机构、向政府抗议什么的,大多不过是刷存在感的小打小闹,绝不影响当地人生活,但也偶有过激行为,比如几年前发生的驻岛高级官员被杀的事件。这样的暴行,不仅被全国谴责,也遭到本地科独拥护者的反对。总的说来,反对者和拥护者都以各存己见、相安无事为准则。外来游客爱恋宝岛风光,来度假或来定居皆无不可,都深谙此间风气和不成文的规则。循规蹈矩的,当地人真诚欢迎,让你感受到岛上热情好客的古风,但趾高气扬自以为是的,就可能有麻烦了。

如今的法国,治安每况愈下,偷盗抢劫犯往往有恃无恐,制裁他们的警察倒要自己小心,稍一越位便有被控告的危险。科西嘉人可不管那一套!法律制裁不力,他们就自行主持正义,没人可以在科西嘉为所欲为。就连巴黎郊区拿烧汽车当乐子的小混混,到了这里也变得老老实实。

尽管对政府的离心旷日持久,岛上的民众实际上是不愿意脱离法国的。各种因素中，政府的补贴也是道理之一。科西嘉长期经济落后，每年吃政府大量补助，不少人只靠救济生活，在有勤劳传统的法国人眼里，属于"懒惰"一族。

说起来，这里还是拿破仑的故乡，尽管这位世界知名的法国人并不怎么喜欢他的同胞，甚至对自己是科西嘉人这一点也似乎不情不愿。科西嘉岛1768年5月15日归属法国，按照一般记载，拿破仑1769年在岛上出生；但也有考证说，他的出生日期是1768年2月5日，在归属法国之前，所以应该算热那亚人。众说纷纭，事实或已难考，但拿破仑与约瑟芬皇后大婚时，执意将自己的出生年月写作1768年2月，确是事实。

我先生的祖辈是科西嘉人，在岛上南部有一幢祖屋。如同这里的大部分老屋一样，房子是花岗岩的，高大结实，敦厚古朴，呈现出耕作生活的久远和沉重。房子离村口不远，旁边是个小广场，广场上有高高的梧桐树。树下一家小小的零售铺子，是村里唯一的商店。村外，静静的小路通向山林。

也许因为远离现代化都市，这里民风淳朴，习俗竟与中国乡村有几分相似。人们来往随便，并不需要事先预约就可以造访。不请自到的客人，随意坐下来聊天，主人拿出茴香酒，摆一碗橄榄，一两碟花生，聊得兴起，可能放声唱上几句。到了饭点，主人邀客留饭："随便吃点儿！"饭菜是否丰盛，客人留与不留，都无须纠结。说起来，村里人沾亲带故的也多。祖辈们当年很少有出门在外的，娶媳嫁女，即使不是本村人，也多与邻村和附近山庄联姻。

山村不是世外桃源，居民也并不与世隔绝。有从国际大公司退休回家养老的,谈起网络毫不陌生,带着老人们也学会了上网。亲戚中有人好奇上网搜搜自家的名字,结果最先跳出来的竟是我的名字,我的书和翻译。于是感慨不已:"咱们偌大家族,居然要等一个中国人嫁进来才得以扬名?"

长久以来,科西嘉人的房子是从不分家的。按照传统,祖屋要传给长房的男丁。女儿们是不中用的,只能分到海边的地块。海边的地离村子远,卵石旱碱,不宜耕种,这不值钱的家产就用来打发女孩子。谁想世事变迁,如今旅游发达,海滩的地皮涨了又涨,而山里的地,如今还有多少人愿意辛苦耕种呢?

儿孙们继承的祖屋,也是兄弟叔伯一起住,没有明确的权属,更没有房契,谁长期占用了哪块,哪块就归谁。传到如今,后辈矛盾就出现了。

像所有的欧洲村庄一样,年轻人纷纷离乡,有的进了高等学府,有的外出谋生,许多老屋已空无一人。要卖了,只凭几代子孙的默契。顺利的,多点少点无所谓,达成产权协议;不顺利的,就此打起财产官司。即便没有财产分配的问题,也不一定能够顺利出售。我先生家的祖屋,到他这辈共有九个直系业主,分布在法国和欧洲各地。大家都主张卖掉,只有一个表姐不同意。这位表姐已经二十多年没回去过了,居然说出于对父辈的纪念,要留着,让她将其余部分买下,她却又不肯。

最初要买房子的是村政府,村长也是家族的远亲,他打算用它建一所文化中心。多好的计划,依着我们,宁肯放弃自己那份,免费让给村政府。但是,表姐一人的反对,让事情一拖再拖。再结实的房子,也一天天老去,花岗岩的山墙依然屹立,屋顶却年久失修。当需要分摊的维修费用清单摆在她面前时，她终于同意签字了。

以农业为传统的法国，乡村人口越来越少。即使有村民回归，也大多是退休老人和度假的游客。夏天，这里是理想的乡间别墅，人声笑语不断；冬季则一片萧索，冷清到凄凉。

偶尔，也有年轻人回乡务农，他们喜欢远离都市的大自然，又享受那一份清静。我对这些人总是充满敬意。选择这份生活，除了要承受物质生活的单调，文化娱乐的贫乏，还要有勇气面对寂寞孤单。虽然如今网络无所不在，但无人交谈的间接社交，毕竟不能与都市的人文环境相比。更何况，没成家的年轻人，在这里很可能一辈子找不到老婆呢。

淘金者的波克罗尔

从尼斯一路沿海向西,在电影城戛纳和军港土伦的中间,有一个美丽的小岛,波克罗尔。在常年游人如织的蔚蓝海岸,这里是个难得的"宁静港湾"。

一样的阳光,一样的大海,因为静,岛上仿佛一尘不染。不问世事变迁,不顾周遭的热闹,就像不加修饰的天然美女,悠然活在远离尘嚣的仙境。

除了少数岛上的居民,上岛的游客一律不许开车进入。人们必须将车停在陆地上的停车场,乘船过海。每天上岛的人也是有限制的,船满了就只能耐心等待下一趟。等你一踏上小岛,顿感空气新鲜。耳边只闻清风拂枝,海水拍岸,鸟儿啁啾。夜深时分,甚至听到新竹拔节,花草呢喃。

自从法国二十世纪实行了全民假日以后,蔚蓝海岸成了许多人的度假首选。盛季一到,四处人满为患。波克罗尔岛之所以能幸免,或许要归功于它的开发者,弗朗索瓦-乔瑟夫·加尼埃。

加尼埃来到蔚蓝海岸的时候,已经是个腰缠万贯的富翁了。

谁能想到，这个财大气粗的人物，曾经是穷人的儿子。

加尼埃传奇的一生，是在一条破旧的小船上开始的。加尼埃的父母是比利时人，靠在布鲁塞尔和查理城之间的运河上摆渡为生，生活艰难困苦，连属于自己的一间房都没有。1857年的一天，在船上一个简陋的小角落，母亲生下了弗朗索瓦－乔瑟夫。尽管贫穷，父亲却想方设法一定要让儿子念书。他把儿子托付给河边村里的神父，请其教他识字。然而，几年后父亲的早逝，让年仅十六岁的加尼埃挑起了养家糊口的担子，他成了在火车上烧锅炉的学徒工，成了全家的支柱。

在最艰难的日子里，他始终没有忘记父亲的话："弗朗索瓦－乔瑟夫，你的名字，是跟奥地利皇帝一样呢！"或许，《皇帝进行曲》一直就在小锅炉工的脑海里不停回旋？跟着火车的巨轮，他走南闯北，心中却早已走得更远。终于有一天，他决心已下，跳下火车，再也不回头，徒步从比利时走到了巴黎。

人生新的一页开始了。在巴黎，他先被一家精密仪器厂录用，然后进了自然博物馆的实验室，后来又进了蒸汽机制造所。每一次应征，他都并不具备人家要求的那些技能，但他总是拍着胸脯，信誓旦旦地保证毫无问题。好在那个年代，人们对文凭似乎没那么看重，加尼埃凭着自己的机灵、大胆和好学，总是能闯过难关，成为技艺纯熟的工人。

一次又一次的成功，使他不甘心永远为别人打工。1883年，他作出了更大胆的决定，登上一艘远洋轮，直奔加拿大。

十九世纪末的北美，正是冒险家施展身手的天地。面对太平洋铁路公司的老板，加尼埃还是那句话："我什么都能干！"在筑建洛基山铁路时，或许，他也曾跟无数华工一起并肩携手，风餐露宿。

铁路建成后，该去哪儿呢？淘金时代，人们正纷纷涌向金矿。跟着这股人流，加尼埃也一路南下，先到内华达，最后来到了墨西哥。在这里，命运终于对他微笑了。他找到了一座金矿！十年的开采经营，他开采出的金子相当于一块长十四米、宽五米、高四米的大金砖。这还不算，他又发现了一座银矿。有了这笔财产，他得以买下一所农庄，一座工厂，还有一块拥有十万公顷面积、几百名工人的油田。

加尼埃终于有了自己的领地，正当他以为从此可以一劳永逸安居乐业时，墨西哥革命爆发了。拉美梦随之破灭。但加尼埃是不会被命运击败的。他带着财产，回到欧洲，知天命那年，遇到了希尔薇娅。两人决定去法国蔚蓝海岸度过新婚蜜月。这一来，就再也没有离开。

普罗旺斯的阳光，几十年后将引来梵高；地中海的清风，也还在等待着未来的毕加索、马蒂斯。加尼埃夫妇的目光，却对一个十二平方公里的小岛情有独钟。当时的波克罗尔，还是个无人居住的荒岛。岛上残留着当年英国人占领过的痕迹，还有拿破仑为抵抗英国军队修建的工事。几年前的一场大火，烧毁了大片森林，尽管山林被毁，风暴冲垮了海岸，但衣衫褴褛遮不住天然的美貌。加尼埃兴奋地问妻子："你喜欢这座岛吗？我买下来送给你！"于是，波克罗尔岛成了希尔薇娅的新婚礼物。

近六十岁的加尼埃，在岛上跟希尔薇娅生育了七个子女。带领六个女儿和一个儿子，他们用了二十年时间，使小岛繁荣起来。岛上东面是山坡，耸立在海边的悬岩，西边平缓向阳，正适于耕种。加尼埃从意大利请来园艺师和工匠，开辟了柑橘园、橄榄园、农田，养了牛羊和马。开了铁匠作坊、木器厂，然后又开了一家商店，还建了一家诊所。他甚至盖了一座修道院，修女们上岛，沐浴着清风，在鸟语花香中为工人们照管孩子。一时间，岛上已经应有尽有，自给自足，俨然是一片自然王国的模样。

最大的手笔，或许是他开辟的葡萄园。这里阳光充足的沙质土地，特别适于种植普罗旺斯品种的葡萄，四个葡萄园，分别给了四个女儿。1935 年，加尼埃传奇的一生，在 77 岁那年终止了。随着他的离去，岛上的王国已不复从前。多年后，政府买下了这座岛。

如今的波克罗尔，鸟语花香一如往日，农田却大多已服务于旅游产业，只有葡萄园不但依然繁荣，而且带来更大的价值。加尼埃的子女中，只有一个女儿蕾拉继承了葡萄酒的酿造工艺，她和丈夫一起，经营着岛上最老的一个葡萄庄园，而近些年风生水起的另一个葡萄园，主人却是当年十月革命时流散出来的俄罗斯贵族后裔。

常年住在蔚蓝海岸的人，自然不是头一次上岛了。他们来波克罗尔，除了享受清新宁静，也许是为了赫赫有名的"龙虾湾"饭店。这里的餐厅，早已是法国米其林美食榜上有名的星级餐厅。来吃晚餐的也喜欢在这里住上一夜。酒店舒适讲究，外表却是古色古香。橘红的墙，浅绿的窗，半圆形拱门，都保留着古朴的地中海风格。清晨，阳台上洒满阳光，眼前是一片碧绿的葡萄园，再远一点，是如烟的橄榄树。花园里种着各种花草，还有一个热带植物园。一条白色的小道,蜿蜒通向沙滩。

夕阳在海滩上映出最后一抹血红,餐厅里灯光映着烛光,敞开的玻璃窗,送来园里的阵阵芳香。宁静舒适的夜晚,当游客们面对美食,淘金者加尼埃的名字,已经随着松涛的细语、海风的吹拂,飘向不知什么地方去了。

阳光色香味

阳光有色香味吗？答案应该是否定的。但你如果到了蔚蓝海岸，也许会不由自主地改变看法。阳光，好像无形无影的"道"一样，不可触摸，不可捕捉，但又无所不在。阳光的存在显形于它的造物。受阳光恩惠的大自然，不但有形，而且色香味俱全。

薰衣草

薰衣草，是蔚蓝海岸的第一个象征。抽穗的紫色花朵，微尖的花顶，在阳光中挺立，那股永远向上的劲头，生气勃勃。更何况，它的香气是那么猛烈，毫不含蓄，不屑于矜持。

在地中海的每一个城市，都可以见到商店里卖的薰衣草。花布缝制的一串串小香包，形状和图案都那么天真，带着普罗旺斯的农家气息，捧在鼻尖上一闻，芳香沁入肺腑。

薰衣草有镇静和放松的效用，可以减轻头疼，帮助睡眠，还可以驱逐蚊虫。它散发出的气息是干燥的，朝气蓬勃的，带着阳光田野的土香。买几包带回家，放在衣柜里，塞在被单和枕套里，忽然间一屋子都有了阳光的味道。

百里香

到野外爬山，路边不时有阵阵强烈的香味袭来。闻到这香味，就会忍不住驻足，向四周的灌木丛看去。褐色小梗、淡绿叶的矮草一丛丛的，每个人都不由自主地伸出手摸一下，然后放到鼻子上嗅。

在有些地区，百里香只是夏季才有，可是地中海一带四季都可以见到。在山里碰到了，人们就会采上几把带回家。野生的百里香，比超市里卖的新鲜，香味也强烈得多。不过想采摘的话，最好还是避开行人践踏的路，多走几步，高高的向阳坡，陡峭的岩石上，长着最干净最纯洁的香料。

百里香还有一个诗意的名字，叫"维纳斯之泪"。希腊神话中说，特洛伊战争时，城郭的守护神维纳斯被士兵的忠诚和勇敢感动，流下了眼泪，滴在地上，就长出了这种叶片好像泪珠形状的草。

南方人烹饪离不开百里香，炖家禽、煮面条、熬汤都可以放。烤肉时用它代替孜然，有一股辛香。

秋天我们常去附近爬山，一条名叫"天堂之路"的盘山小道，把人引向一座山顶，山顶的小村里有一个农家饭馆，招牌菜就是百里香烧兔肉。又累又饿的时候，寻着香味走进去，要一碗喷香的兔肉，一盘撒了百里香的意大利面条，再来一杯当地产的葡萄酒……

迷迭香

有一首著名的英国民歌《斯卡布罗集市》，曲调美歌词也美："你是否要去斯卡布罗集市？香芹，洋苏草，迷迭香，还有百里香。请代我向那儿的伊人问好，他曾是我的真爱……"

每当听到这首歌，迷迭香的名字总是引起浪漫的联想，就像它的英文名字"萝丝玛丽"（rosemary）一样。其实它跟"玫瑰"和"玛丽"都没什么关系，这些音节不过是拉丁名称的误传。在拉丁语中，它们的意思是"露水"和"海洋"。据说是因为迷迭香格外耐旱，可以长在非常干旱的地上，只要有海上的水汽和天空的阳光，就能存活。

蔚蓝海岸的迷迭香，似乎没有那首曲调中的忧伤，香味里透着一种积极和昂奋。

迷迭香也是南方烹调喜欢用的作料。许多人家的花园里都栽种它，炖肉时撒上一把，腌制橄榄时也拌上一些，饭前吃可以健胃，饭后拿它煎茶喝，既助消化又安神。

夹竹桃

蔚蓝海岸的夹竹桃，花期很长，可是只有初夏开得最好。

进了五月，天气真正暖了，再也不会有寒流的威胁，夹竹桃才开始放心吐艳。先还是羞怯地，慢慢地，然后就一朵接一朵怒放起来。这时候的花朵最纯净，清新中带着娇艳。

城里的很多街道两边种满了夹竹桃。花开满树的时候，路边就有了两条缤纷的河流，粉红，浅红，紫红，玫瑰红和纯白间杂在一起。斑驳的花影投在行人的身上，人们的脸也染上了太阳的红晕。

海滨的夏日再长，还是会过去。秋天来临时，夹竹桃也显出了疲劳，花瓣有些蔫蔫的，卷曲着，花边上添了一圈浅褐色。

秋风吹过，花落了满地，脚步踏在上面变得黏黏的，拖拖拉拉的。整个城市都有些无精打采了。

九重葛

来到蔚蓝海岸以前，我从来没见过这么多九重葛。海边的漂亮别墅，街边的围墙，公寓人家的阳台，到处都爬满了枝叶茂密的青藤，紫红色的花朵铺天盖地，几乎成了这一带海滨的象征。

九重葛的花朵是三瓣合成一丛，呈三角形，所以又有一个名称三角梅。花朵色泽鲜艳，颜色有多种，但蔚蓝海岸最常见的是紫色。听说紫色的花生命力最强，是否属实不知道，但是那纯净的紫色，似乎将艳丽、热烈和豪爽浓缩在一起，真是饱饱吸足了太阳光的感觉。只有地中海的太阳，才这样慷慨地把颜色涂抹在植物上。

据说这种植物原产南美，1768年一位叫布甘维利埃的法国军官在巴西发现，所以它的法语学名就叫布甘维利埃。

除了紫色，红色的花也比较常见，有大红、浅红和橘红几种，都非常漂亮，只是比较难养。我试种过一棵大红的，养了一阵子，开出的花变成了紫红，后来就死了。

橄榄树

在蔚蓝海岸，到处都能见到橄榄树。

山坡上有成片的橄榄园，整齐干净，横成行竖成排。也有散乱的林子，这一处那一处随便长着。许多人家的别墅和庭院里，也经常长着几棵橄榄。

橄榄树的枝干，即使还年轻细小，也枯褐弯曲，显出一种苍劲。椭圆形的叶片，几近银白，像是被正午的阳光晒褪了色。那淡淡的绿，跟棕榈的深绿、芭蕉的油绿和松柏的墨绿比起来，有股不屑于争艳的超脱。

夏季开花以后，结出果实，小如青豆。秋冬之际开始成熟，从一串串的青绿，变成红色，再变成紫色。

市场上的橄榄，琳琅满目，多数个儿大如枣。有青的，有紫的，还有五颜六色的，里边填了西红柿、白杏仁或黄青椒，外边洒了辣椒粉、百里香、迷迭香……可这些都不是尼斯的橄榄，多半来自希腊。

尼斯的橄榄，小得不起眼，紫得发了黑，远来的游客大概不会惊艳。可是你看看村里的梧桐树下，那些饮着茴香酒的当地人，桌上都摆着一小碗貌不惊人的小黑橄榄。微咸的果肉，有一点点涩，从咸涩里却嚼出了香。那股无法形容的馋人味道，说不定就是太阳种下的吧。

无花果

秋天一到，没有什么味道比无花果树更霸道了。

走在野外的路上，一股甜甜的香会突然袭来。那样地不由分说，是硬逼着你不许等闲视之。浓烈的气息，搅着热浪和甜腻裹在一起，令人头晕目眩。

秋熟的无花果，是熟透了的太阳味道。整整一个夏天，骄阳像是上足了的发条，到现在好像疲倦了，有些懒懒的，无精打采地打发着剩下的余热，好像在处理已经不那么新鲜的存货。这时候的阳光，有一点像过了季节的残果，带了些腐败的气味。

爱吃无花果的人，是不会等到这个时候的。初夏，果子还没有熟呢，青绿的果皮刚泛出一点粉色，透过条条纹路才能看出来。也没有什么香味，凑近鼻尖才能闻出点淡淡的清香。南方人吃的就是这半生的，用手轻轻掰开，里边的果肉洁白中夹着丝丝粉红，清新有如莲藕。再熟一些，就有了美丽的石榴红。这时的果子不怎么甜，咬下去生脆爽口。

这样新鲜的无花果，吃到的人并不多，因为一般商店和市场很少有卖。随时可以买到的是蜜饯无花果，过于甜蜜却没有鲜果的清香。

无花果酱也较多见，不过很少被摆上早餐的桌子。近年来的法国，吃肥鹅肝讲究配一点甜味料，无花果酱是其中最时髦的一种。

葡萄园

有人说，地中海风景优美，可惜就是没有秋天。也难怪，那些棕榈、松柏和热带灌木四季常青，就连落叶梧桐，也不等叶子变黄就已经是枯枝疏条了。

蔚蓝海岸的秋色，是要到葡萄园里去找的。

深秋时节，葡萄采摘完了，漫山遍野只剩一行行好像用大梳子梳理过的葡萄秧。映透秋霜的叶子，淡黄，金黄，火红，深红，浅绿，墨绿，绛紫，棕褐，浓浓淡淡，盖满了起伏的山坡。

秋天的太阳，也是这么色彩斑斓的。清晨是雾蒙蒙的白色，近中午时变得透明，午后掺了点温暖的黄色，接近黄昏时，光线倾泻如长长的丝线，是金色的，然后一闪一闪暗下去。等太阳掉在地平线的时候，天边的橘红如火烧一般，映在地里却像奄奄一息的炭火，忽明忽暗，由紫转黑，有几分惊心动魄。

四月的来客

四月天气转暖，风清日和，草地和树梢一天比一天绿，园里来了些不速之客。

最先到来的"绒绒"，其实并不是一位新客了。这是一只毛发柔软的猫，白色和浅棕色相间的一团，圆滚滚肉乎乎的，活像一只毛茸茸的玩具。美丽的蓝眼睛，可爱的小脸，永远是一副什么都不在乎的神情。从体态和毛色看，绒绒并不是一只流浪猫，应该是哪个邻居的宠物。它常来常往，有时几乎天天来，有时突然消失，过一阵子又重新出现，好像去哪里度了个假。见到我，经常跑过来在腿边蹭两下，非常敷衍地打个招呼，然后进屋楼上楼下地转一圈儿，再跑到院子里去玩儿。

吃不吃饭，要看它的心情。有时候，进了花园就直奔放猫食和水的盆子，往旁边一蹲，不时回头看一眼，似乎嗔着："怎么还不上菜？"碰上喜欢的罐头菜肴，乖乖地吃完，把盘子舔得干干净净。有时候却动都不动，冷漠地看一眼，傲娇地转过头去。

有一阵子，它喜欢跳到沙发上或床上。跳上皮沙发是不被允许的，它明白了也就作罢，但是上了床却不肯轻易下来，赖皮地躺在那儿，眯起眼睛，一副极舒服的样子。如果赶它走，就会伸出小爪子，张牙舞爪地轻挠一阵，或者抓起你的手，用牙齿轻轻咬一下，从来不会重咬，只是表示不满和抗议。

"猞猁"是个新客，第一次来，倒也不客气，从椅子跳上饭桌，差点把花瓶打翻。让它下去，它仰起脸"喵"了一声。给它起名猞猁，是因为它的耳朵又长又尖，喜欢把两只前爪放在地上，好像坐着赏风景，样子却有点凶。猞猁身子细瘦，似乎总是很饿，对饭食倒不挑剔，吃什么都狼吞虎咽。忽然发现了什么，一跳一跳地往树上扑，扑一半又停住，警惕地竖起耳朵，然后动作敏捷地跑了。

雨后初晴，阳光的欣悦带来一个意外惊喜：不知从哪里飞来了两只漂亮的鸭子。只听扑棱棱一阵水声，它们跳进了游泳池。这两只绿脖鸭，显然是一对夫妻，你挨我，我挨你，在清澈的水中灵活地摆动粉红的脚蹼，水面荡起一圈圈波纹。公鸭非常美丽，油绿的头颈，带着一道精致的白围脖，翅膀上的羽毛是翠蓝色的，太阳一照，又变成了紫色。母鸭就朴素多了，全身褐麻色的羽毛，虽然也美，但没有那股流光溢彩的华丽。

高颜值的老公并不骄傲，反而很低调，唯老婆的鸭首是瞻。老婆往东游它绝不往西，老婆上岸它上岸，老婆睡觉它打盹儿。老婆往水里扎猛子扎得欢实，它跟着做个样子，似乎没那么喜欢，但捧场是必须的。

第一天，因为不知道它们吃什么，我没有喂它们吃东西，遗憾地看着它们飞走，心想也不知是否会再来。晚上跟朋友说起，朋友立马热心地列出了菜谱：绿菜叶，青豌豆，擦丝的胡萝卜，切两半的葡萄……第二天，绿脖夫妇又来了，而且有了大名"关关"。我们赶紧拿出食物待客，两只鸭子看也不看。后来我想起小时候在北京养鸭的经历，便把玉米面用开水烫熟，掺一点菜叶，它们果然伸长脖子，吃了起来！确切地说，只有关关太太不停吃，老公跟在后边没张嘴。它为什么不吃呢？难道不饿吗？太太吃饱了，满足地扇扇翅膀，到一边去散步，这时候，老公才颇有风度地上前，开始吃饭。哦，原来是模范丈夫啊。

从四月中旬到四月底，关关夫妇隔一两天就会来一次，但从不过夜，黄昏到来，他们抖抖翅膀，朝着夕阳的方向飞走了。这一幕总是让人拍案惊奇：鸭子居然是世界上速度最快的飞禽之一，时速可达九十公里。

另一对经常来吃饭的夫妇，就省事多了。那是一对斑鸠，总是结伴飞来，一先一后落地之前，老公喜欢在小石桥上走一圈再下来，所以它们就叫"石桥"。石桥夫妇从去年夏天就开始来包伙了，那时天气热，我们在花园里吃饭，它们总是一到饭点儿就来。有时我们早上起晚了，开门就见到它们在饭桌旁边，咕咕叫着，抱怨已经等好久了。面包渣永远是美食，后来发现它们也喜欢各种奶酪，饭后来个蛋糕、甜点什么的也很合它们胃口，毕竟是法国长大的嘛。

两口子相亲相爱，对其他同类却缺少互助友爱。有时候别的斑鸠来了，它们不搭不理也就罢了，石桥先生总是翘起脖子赶它们走，驱散还不算，还要飞起来追上高空，仿佛一定要让它们记住不许再来。这期间，石桥太太头也不抬，继续不停地啄着地上的美食，留几个渣渣给战斗的老公。

小画眉是从不用人喂的。它不喜欢被打扰，总是在远处蹦蹦跳跳的，你刚要走近，它就警惕地飞走了。为了让它安心，我们不但躲得远远的，而且尽量不看它，以至于很长时间都不知道它吃了什么，直到发现一个奇怪的现象。平常喝咖啡的桌椅旁边，经常出现一些橄榄核，吃得干干净净，跟尼斯老城酒馆里那些喝茴香酒的常客吐出的果核一模一样。大家互相指责谁弄脏了地面也不收拾，后经调查证实，谁也没吃橄榄。再后来仔细观察，才发现是小画眉吃的。原来它也喜欢生活有仪式感，把橄榄叼到桌旁，舒舒服服地享用，甚至可以想象，这小家伙大模大样坐在椅子上，晒着太阳，恨不能来一杯葡萄酒……

客观地说，海鸥的长相还是很体面的，白身黄嘴灰翅膀，不算难看，但是在尼斯总是不招人待见。据海边开餐馆的老板说，经常有客人点的菜肴上了桌，刚拿起刀叉，就被突然飞来的海鸥把肉叼走了。本来它们只在海边活动，可是近两年常闯入住宅区，一大早就嘎嘎地叫，用难听的声音把人吵醒，跟小猫争食，把小鸟吓跑，有一次甚至凶残地将一只雪白的小鸟开膛破肚，吃得满嘴血红，令人厌恶。这是唯一不受欢迎的来客。听说，海鸥造访人家始于新冠暴发，城里的餐馆关门了，海滩也没了食客们遗落的残渣剩饭和游人扔的面包，它们也是饥饿难挨，不得不四处求生。

完全陌生的来客，是一只从来没见过的鸟。它的个头像一只大公鸡，但身上的花色却讲究多了。它的美丽不但惊人，而且别致。棕黄黑白色相间的羽毛，错落有致地组成一道道漂亮的花纹，头上竖着一个小花冠，忽而打开，就是一把精美的小扇子。它样子骄傲，不吃东西，走起路来雍容华贵，堪比孔雀。赶紧上网去搜一下，原来它叫戴胜！是因为头上戴着胜利的桂冠吗？法语名字叫"玉波·法西埃"（huppe fasciée），有名有姓的。"玉波"的意思是头上的羽毛，"法西埃"是指一条条的波纹。嗯，叫玉波正合适。

名字起好了，玉波却再也没有来过。跟它合过影的那株茶花，已经开出了鲜红的花朵。幸运花铃兰也和每年一样，在四月的最后几天不失时机地钻出土来，翠绿的叶子，挂着白色小铃铛。几场细雨，柑橘花忽然全开了，空气中飘着清香。五月来了。

格拉斯的芬芳

从蔚蓝海岸城市尼斯出发，沿阿尔卑斯山脉西行，穿绿浪过花海，便望见了那座城镇。它耸立山坡，俯瞰大海，屋檐交错的古老风貌，仿佛没有刻下世事变迁的痕迹。人口不足五十万的格拉斯，几个世纪前见证了香水的诞生。在名牌驰骋争奇斗艳的今日市场上，它的名字或许有些被遗忘了，可是当你追根溯源，走进历史，倾听田野里的玫瑰、薰衣草、紫罗兰，就会听到它们述说：芬芳从这里开始。

一

借用某些欧洲邻国不无嫉妒的说法，位于地中海和阿尔卑斯山之间的蔚蓝海岸，是个"格外受上帝青睐"的地方。阳光明媚，气候温和，河溪穿流其间，格拉斯从中世纪就种植香料，虽然那时跟香水还没有关系。

说起香水的历史，就要想到香料的起源，它将我们的眼光引向东方。在东方，熏香传统在古代就有了，从埃及、希腊到阿拉伯经历过不同阶段。波斯人种玫瑰已有两千多年历史。十二世纪，东征归来的十字军骑士将玫瑰和香料带回欧洲，在必经之地意大利，威尼斯成了交易中心。罗马帝国的陨落，结束了威尼斯对香料贸易的统治。英国、法国和西班牙的航海家相继从亚洲引进香料，同时引进的，还有提取花香的蒸馏和浸渍工艺。

传入欧洲的中国品种，有一种被叫作"茶玫瑰"的黄蔷薇，花季长，香气浓，但其实与茶味相去甚远。它在法国繁衍，成为波旁玫瑰之母，品种有花团锦簇、雍容华贵的"中国香粉"和"福寿"；色如象牙瓣似纱绢的"雪仙女"，据说是鸦片战争时一个英国军官送给法国情妇的。

十六世纪的格拉斯，刚走出罗马帝国的统治，脱离领主的保护。传统手工业以制革为主，尤以手套闻名，城里作坊遍街，店铺林立。但它的真正繁荣要归功于一个意大利女人，即来自佛罗伦萨美第奇家族的法国王后卡特琳娜·德·美第奇。亨利二世娶了她为后，却宠幸比他年长十九岁的情妇狄安娜·德·波提耶。卡特琳娜先是不动声色，等亨利二世去世，王后摄政，她立刻让法兰西领教了她的本事：政治平衡，宗教战争，修建卢浮宫，引领时尚潮流，法国成了欧洲的楷模。

卡特琳娜喜爱格拉斯的手套，但厌恶兽皮味，于是制造商想了个办法，在鞣皮时掺入香料。王后大为赞赏，香手套时髦起来。卡特琳娜从意大利带来自己的调香师，这就是法国历史上资格最老的"鼻子"。

手套商变身香水商，是时代的产物。那时候的医生，深信水是疾病之源，认为洗澡会让细菌进入身体。因不洗澡产生的体味，可以用香水来遮掩。法国人如获至宝，香水风行巴黎，自然就成为一种时尚。路易十四时代的凡尔赛宫，每天充斥着浓烈的香水味。澡可以不洗，锦袍缎服、蕾丝羽饰、宫扇手帕、蝴蝶结假发套，无一可以不香。当欧洲宫廷争相效仿时，格拉斯的田野里，花草摇曳生姿，芬芳四溢……

二

格拉斯的腾飞，与法语"香水"一词的诞生同步。1528年，法语从拉丁文"per fumum"引申出"parfum"，意为"从烟雾中来"。此后，香水与皮革分道扬镳。格拉斯垄断了市场，产品包括香粉、香皂、花露水、洗浴膏和香脂。最有名的三家公司，规模大产品多，风格各有千秋，客户同样显赫。三大家族之间互相觊觎，此消彼长，墙内之花香到了墙外。

今日的南法游客，常把格拉斯作为必游之地，对三家公司的名字——嘉利玛、莫利那、弗拉戈纳——并不陌生，但对其历史或许了解不多。

最早出现的公司是嘉利玛，成立于1747年，创始人让·德·嘉利玛是塞拉农的领主。路易十五喜欢他们的香脂和橄榄油，这无疑是最好的广告。高贵客户接踵而至，香水要量身打造，就必须研究出独一无二的香型。不断创新，反复探索，成了嘉利玛的宗旨。是他们第一个引用柑橘花和橙花,开拓新配方,当别人如法炮制时,嘉利玛又投入了下一个挑战,试种茉莉。处处走在别人前面,花工卢克斯功不可没。这位耕种出身的老农,经验丰富,头脑聪明,而且培养儿孙有方。儿子成了化学工程师,毕业后创办了至今脍炙人口的"香泉"蒸馏厂。第三代卢克斯则当了公司经理,在城外大路上开设展馆式的销售店,就是他的创意。

1849年成立的莫利那,虽然晚了一步,却最具巴黎风范。亚辛特·莫利那既没做过手套,也不耕种花田。门庭若市的店铺,只卖花露水,秘诀是堪称艺术品的包装。喜欢艺术的贵客慕名而来,其中就有五次莅临尼斯的英国女王维多利亚。追求精美,崇尚别致,奠定了莫利那的奢华路线。设计蒸馏炉,请的是古斯塔夫·埃菲尔。没错,就是那个刚设计了"怪物"巴黎铁塔的埃菲尔;遭非议也好,挨骂也罢,铁塔还是屹立不倒的里程碑。设计香水瓶,请的是世界顶级玻璃匠巴加拉,还有著名首饰大师拉利克。这些艺术品如今陈列在莫利那博物馆。"皇冠上的七颗钻石""金岛"已成为经典,"牧神之吻"1939年被纽约国际展览会评为世界最美香水瓶,"哈芭妮塔"作为女性解放的标志载入史册:潇洒不羁、告别柔弱的女子形象,就要抽香烟、喷香水。

弗拉戈纳(有些旅游指南译作"花宫娜")是二十世纪的后起之秀,在香水世家震惊的目光下,它如同一颗耀眼的新星,很快便跻身三巨头。创始人欧仁·福什没用自己的姓名,而是选了格拉斯的著名画家当公司招牌。让-奥诺雷·弗拉戈纳(1732—1806)是法国洛可可画派最后一位重要代表,父亲是手套商,他在巴黎学画曾师从布歇、夏尔丹,他的画颇受印象派赏识。福什的女婿科斯塔接手后，一边遵循传统，一边尝试新路。看到大批美国游客涌向蔚蓝海岸，他不失时机地在海边景点增添了供游客参观的作坊，首创厂家直销。到了小科斯塔这一代，弗拉戈纳还把香水博物馆开到了巴黎。如今掌舵的是一对姐妹花，在安妮丝和弗兰索娃手下，二十多家分店遍布欧洲，机场也设了专卖店。焕然一新的包装，图案鲜活，色泽明快，既有印象派情调，又富南法风光，令人想到太阳下蝴蝶翻飞的花田。

三

格拉斯和巴黎，一南一北，好像一对爱怨交织的情侣。巴黎成就了格拉斯的荣耀，也遮掩了它的光芒，甚至一度令格拉斯的前景暗淡。

初恋时节是甜蜜的。巴黎需要格拉斯的香水，格拉斯也需要巴黎，这是它通向法国和世界的窗口。每年，制造商们齐集沙龙，洽谈业务，展示产品，当然还要了解巴黎的风尚，筹划新品牌。

十八世纪的法国经历了启蒙运动，开始摆脱愚昧陋习，勤洗澡已经不被认为会得病了。香水既不以遮盖体味为目的，就更成了高雅的象征。它也不再是贵族专属，新兴的布尔乔亚大把撒着银子。南北分别成立了香水行会，跃跃欲试之际，却被世纪末爆发的法国大革命阻住了脚步。在革命者眼中，香水是特权和堕落的代名词。

革命结束了,香水再度流行,这一次走进了寻常百姓家。可巴黎岂能让外省小城独领风骚?由娇兰(Guerlain)打头,资历雄厚的大公司涉足香水,采用商业手段,抢夺市场。格拉斯好像一个迟暮的美人,挣扎着跟巴黎贵妇平分秋色。竞争力弱的小企业,被迫放弃香水,转向原料加工,或者干脆专事种植,成了花农。

娇兰是法国香水走向世界的标志,尽管当格拉斯征服北美时,它不过是英国洗漱品的代理商,卖些牙膏香皂之类。时装商圣罗兰、香奈儿卖香水,迪奥在格拉斯附近买下墨山城堡,边设计时装,边调配香水,更是后来的事。当这些名字还鲜为人知的时候,娇兰已经成了欧洲宫廷的独家供应商,客户有德国巴登大公、比利时王后、保加利亚沙皇和拿破仑三世的皇后欧仁妮。

巴黎的上流社会有一种魔力,什么东西到了这里,立刻就有了规范,你说它矫揉造作也好,穷讲究也罢,香水也要经过这里才能走上艺术殿堂。十九世纪的巴黎,香水不是随便用的。麝香和琥珀有挑逗之嫌,淑女的香气应该含蓄,从扇子和绢帕上微妙地散发出来。寒暄时的巧言恭维,是一句"您的香水,一定是在娇兰买的吧?"

两个世纪交接时期,贵族没落了,布尔乔亚开始出入从前只属于贵族的圣日耳曼区,假作清高的名媛也不再拒绝艳俗的香水。在普鲁斯特笔下,忧郁的华尔兹哀悼着似水年华。节奏暧昧的旋转中,交际花令世家子弟破产,爱情正在用钻石衡量。外貌造就地位,装饰代表身份。巴黎沙龙里,人人谈论印象派,印象派香水"蓝色时光"的气味在弥漫。据说,这款香水的灵感来自一次黄昏漫步：蓝天融进夜幕的瞬间，光线朦胧透明。蝴蝶兰、天芥草的清新，化解了香草和松脂的浓烈，隐隐的忧伤，正如往日的回忆。

二十世纪，淡雅成为新的追求。香水业出现了两大倾向：一是使用化学元素，二是异国情调。工业的发展，使香草醛乙醇、硝基麝香等合成元素进入配方，成本降低。1905年，科蒂公司推出东方之花"奥莉佳"，但随即被娇兰品牌抢了风头："雅丝米拉达"上演一千零一夜，"美智子"和以普契尼歌剧《图兰朵》人物命名的"刘氏"唤起亚洲梦，"莎丽玛"风靡了大洋彼岸。绿色生态刚成为新鲜话题，迪奥便推出双艳：为男士打造的"野水"香型原始，色泽清冽，禁欲般地高冷；女士香水却倒追一般大胆，茴香、桂皮和胡椒的东方辛辣，配以地中海的甜蜜——柑橘蜜和红浆果，是名副其实的"毒药"。

四

在巴黎交响乐中，格拉斯的声音喑哑了，但香水之都的骄傲仍在。地中海的太阳搬不走，埃菲尔铁塔脚下也长不出香料。然而，当香水走进文学的时候，格拉斯就难以望巴黎之项背了。

直到十八世纪，法国文学中的嗅觉词汇还相当贫乏。"嗅觉被看作一种原始感官、动物本能，而视觉和听觉将人类提升到高贵境地。"最先为嗅觉平反的是启蒙学者，卢梭曾在《爱弥儿》中说："嗅觉是想象的感官。"

香水在小说中闪亮登场，始于巴尔扎克的《人间喜剧》。写《赛查·皮罗托盛衰记》时，巴尔扎克从娇兰订购了一瓶花露水，摆在书桌上，每天对着它写作。花粉商皮罗托的发家史，有格拉斯的影子。这老兄不顾老婆反对，"从格拉斯地方挖来一个工人，专做肥皂、香精和科隆香水，条件是赚的钱各半均分。"

在诗人波德莱尔笔下，香水跟酒精、鸦片和印度大麻一样，是另一朵恶之花，却又是"歌颂思想和情感徜徉的芳香"。他在《香水瓶》中写道：

> 有些馥郁的芬芳，可以渗透一切物质
> 似乎连玻璃瓶也能穿透。
> …………
> 我们时而会发现暗香犹存的旧瓶，
> 重现的灵魂从中喷薄而出。
> 无数沉睡的思想，好像阴郁的蛹，
> 在浓重夜色中轻轻蠕动，
> 伸张翅膀，恣意飞翔，
> 染映着天空的蔚蓝，玫瑰的冰莹和金子的绚烂。

欧洲著名的采花大盗卡萨诺瓦，在法语自传《我的一生》中说，香水代表身份，是诱惑的手段。身上喷着为帝王特制的香水，不就是最好的名片吗？让人既爱又怕的麝香，法语名字 musc 源于 muscadin 一词，原指花花公子、纨绔子弟，难怪有人用起来总是犹抱琵琶半遮面。

在现实主义小说中，香水更是社会阶层的象征。莫泊桑笔下就不乏典型：《俊友》中举止轻浮的女人，喷的是麝香；《伊薇特》中的清纯少女，用紫罗兰香水；《我们的心》里的女仆，身上是廉价香水的味道。左拉小说中的人物娜娜，一路轻佻地走过，在她身后留下一串"女人的气息，和野性粗糙的头发混杂在一起的脂粉和麝香。"福楼拜在《包法利夫人》中用气味烘托人物的性格和环境："她轻轻喘息着到来，双颊粉红，全身散发着青草汁液、绿植和清新空气的香味。"

提到味觉记忆，人们都会想起普鲁斯特的《追忆似水年华》和贝壳形小蛋糕。普鲁斯特的嗅觉描写也令人难忘，比如通过香水隐喻文学创作中的想象："如果说多年来——就像香水制造商不停地往一个团块里掺油脂那样——我在帕尔马王妃这个名字里掺进了几千种紫罗兰，见到她之前，我始终在心里认定她最起码是塞维丽娜①，但见到她的瞬间，第二个过程开始了，说实话，它持续了几个月，这个过程就是，由于一种新的化学混合，所有的紫罗兰精油和所有的司汤达味道，都从这个名字里被清除了……"

香水走进文学，文学也走进了香水。从某种意义上说，一款香水和一部小说一样，都在讲述一个故事，都是诞生在现实之中，超越于生活之上。香水与文学结缘，感性和思想碰撞的火花是双向的。是为了开拓思路，还是追求文雅？香水的命名开始从文学中汲取营养。

---

① 司汤达小说《帕尔马修道院》中的人物之一，即帕尔马王妃。

第一部被用作香水名的作品,是圣-埃克苏佩里的《夜航》。小说发表两年,"夜航"就成了畅销品牌,它巧妙地利用法语词 vol 的双重含义(航行,偷窃),暗示午夜的一缕幽香。"惶惑"借用了弗朗索娃·萨冈的小说题目。这部公认"最 60 年代"的法国小说,反映年轻一代离经叛道,试图冲破一切束缚,却在精神和道德上无所适从。正如这款香水,让人既疯狂,又迷惘惶惑。

路易威登的调香师喜欢兰波、波德莱尔和阿波利奈尔等诗人,他引用夏尔诗中的"湍流"作香水名,认为诗意能升华气味和环境,使哪怕其貌不扬的花也令人沉醉。兰蔻香水"诗歌"选择向女诗人致敬,它的香语既是形容香水,也是女性诗歌的写照:"诗歌"是对照的艺术,光与影,冰霜与日晒,激情与懒散;矛盾融合恰如神秘的女性。

帕科·拉巴那(Paco Rabanne)热衷于古代文学,荷马的《伊利亚特》《奥德赛》和古希腊神祇,为他们带来了"奥林匹亚"。2023 年冬季,古典文学也在爱马仕亮相。"变形"以古罗马诗人奥维德的《变形记》为蓝本,既典雅高贵,又体现了当代人的动态感和多功能性。

古塔尔(Goutal)的文学名声来自母女两代。母亲最喜欢女作家尤瑟纳尔和她的《哈德良回忆录》,嫁到格拉斯以后迷上了制香,首批试制香水就叫"哈德良之水"和"哈德良之林"。女儿喜欢异国题材和魔幻。东方派作家洛蒂的《菊子夫人》《北京的末日》是她研制"梦想"的灵感;新品牌"曼德拉草"则受了《哈利·波特》的启发,香水和巫草一样,自带魔力。魔草在文学中的传奇由来已久,在古埃及和中世纪文学中都有记载。原产于波斯和小亚细亚的曼德拉草,波斯语意为"爱之草",据说会让人为爱而疯狂。它很早就被引入地中海沿岸,十八世纪后在法国小说中出现,确因南方的种植而起。

今日的格拉斯,曼德拉草也只是个神话了,但香水传奇还在继续。经过几个世纪的变迁,格拉斯在传承与创新中焕发青春。

传统的优势,在提倡回归自然、提倡天然材质的今天格外珍贵。传统工艺成本高,费工时,但格拉斯人一丝不苟。鲜花采下立即送到工厂,进蒸馏器加热到一百度,将水分和香精分离。娇嫩不耐高温的花,必须采用更细致烦琐的冷加工,用特殊油脂萃取花香,然后真空蒸发。

在传统的基础上创新,是面对现代的挑战。近年流行的芳香疗法,为格拉斯开创了新商机。芳香疗法是个年轻学科,倡导者加特福塞认为,气味是生活的重要因素,芳香分子进入大脑,可以激活神经中枢,令人舒适放松,精力充沛。如今格拉斯的香精油、香氛、香蜡远销各地,不输香水。

沉淀着历史的土壤,不仅提供了香料基地,也承载了研究中心。许多巴黎的公司不满足于从格拉斯进购原料,还在这里设研究室,开培训班。培养"鼻子"即调香师的学校,世上仅两所,最大的一所就在格拉斯。天生嗅觉出众的人,也要学习三年实习七年才能拿到证书。十年研修,不抽烟不喝酒,唯有花香为伴……

放眼窗外,格拉斯的五月玫瑰开得正好。采花女们脸上映着春光，身上沾着花香。笑语飞过山坡，落进毗邻的园地，玫瑰却没了踪影，香气也变得踪迹难寻。走进那片山谷，看到云雾似的花海，闻到那似有似无却沁人肺腑的花香，方才豁然梦醒：这是穆尔农庄！自从1921年老穆尔跟柯柯·香奈儿携手合作，"香奈儿5号"诞生，已经过去了一个世纪。谁不知道穆尔家的茉莉绝无仅有，专供香奈儿，而如今在法国几近绝迹的晚香玉，也只能在这片山谷中见到了。五代相传的穆尔农庄，和"香奈儿5号"一样，至今不衰，也是个百年奇迹。

芬芳之花，扎根格拉斯，绽放巴黎，香满全球。

春天花絮

初春，天空的颜色还没有像夏季那样浓到化不开。轻描淡写的蓝，有一种恬静的味道。盈盈的暖意，催动人们走出门来。街头巷尾，到处是一些有趣的画面。如果不是怕唐突到侵犯别人隐私的话，按动快门拍下几幅来，一定挺有意思。不过，用笔留住也还是可以的。

一

花儿开了，草也绿了，春风却还一阵暖一阵凉。阳光迷离的清晨，路上行人缩头缩脑，不时裹紧冬衣快走几步，抵挡丝丝寒气。

小巷里转出来一对少女，一样高矮，一样年轻，一样卷曲的长发，一个是金黄色，一个是深褐色。两双长腿迈着一样的步伐。

宽松飘逸的T恤衫，下摆遮住刚好过屁股的迷你短裤，捂了一冬的胳膊和大腿痛快淋漓地在春风中裸露。脖子却怕冷的，又厚又软的粗毛线围脖，绕了一圈又一圈，直到把嘴和鼻子都围住。脚上是薄薄的透明丝袜，长筒靴高过了膝盖。

并排走着的两个人，一部随身听，耳机一左一右分别插在两人的耳朵里，嘴里哼着歌。金发瀑布，棕发瀑布，从左到右荡着同一个频率。

一阵风吹过，行人打个哆嗦，她们毫无觉察。风儿摇落一片紫藤花雨，浅紫色的花瓣，细碎地落在头上肩上，她们也不理会，踏着富有弹性的节奏，一路紫花点点地去了。

二

路边草地青青，新刷了漆的铁栏杆，绿得格外耀眼。身穿白色短风衣的女士，围巾飘扬，指挥着握方向盘的男人泊车。

她双脚紧并，呈丁字步站得笔直，一边做手势，一边发号令。舞蹈演员的身材，优雅得像跳芭蕾舞的小天鹅。美丽修长的手指，极富表现力地指指点点。

"向右，倒，倒，好，stop！"

砰！前车灯撞到了铁栏杆。划出几道白印，蹭上几抹绿漆。

"哎呀，我不是叫你stop吗！"

漂亮女士有些恼火，调门高了八度，姿势仍然优美。

"现在要往左边倒了，好，一点点，五厘米，四厘米，三厘米，stop，stop！"

砰！这次是车尾碰到了松树。

"你怎么回事，怎么回事？没听见我在说 stop，啊?!"

嗓音跟撞碎了的车灯一样，嘶哑起来。

青草地，绿栏杆，白风衣，粉花围巾飘扬。

三

海滨城市，经常见到露宿街头的流浪者，天气一暖和，更多了起来。广场上，草地上，商店门口，红绿灯前，他们悠闲地享受春日，不时伸出手来，寻求施舍。如果他们主动打扫一下弄脏的周围，捡去脏纸片，擦掉烂涂鸦，大家是不是会更愿意帮助他们呢？

游乐园的门口，一个壮汉半躺在花坛旁边，手里拿着一个酒瓶，身上有没洗澡的味道。"给个硬币吧！买饭吃。"他对路过的人说。

行人有的目不斜视，有的瞥上一眼，然后漠然走过。一个小小的男孩站住了，使劲拉妈妈的手，让她停下来。

"给他钱，妈妈。"他说。

"我们走吧。"那母亲似乎并不情愿。

"不走，你给他钱。"小男孩坚持。

"这样的人多得很呢。"妈妈说。

"他没饭吃。"

"你是个小孩,也管不了呀。"

"给他。"孩子背着手,不理妈妈。

妈妈终于掏出钱包,把一枚硬币放在那人的帽子里。小男孩重新拉住妈妈的手,走了。

四

新修的街心花园很漂亮,围栏设计成极艺术的形状。春天刚到,五颜六色的花朵就开满了花坛。旁边的路标也换了,既醒目又干净。除了路标,隔不远还有一些绿色的小牌子,上面用白漆印着可爱的小狗。小狗翘起一条腿说:"我在外面拉屎,可是不污染环境。"牌子下边有一些备用的小塑料袋,供主人捡拾粪便。

没过多久,花圃里散发出一股难闻的味道。不用看也知道,那些来遛狗的人,并没有都遵守清洁规则。许多人把狗带到花丛底下了事,有的更省事,连隐蔽些的地方也不屑于找。

前边走着一位上年纪的老人,脚下刺溜一下差点滑倒,原来踩到了一堆新鲜的狗粪。肇事的小动物尚未走远,正在前面窥视,欲说还羞,主人却显得心安理得。倒霉的老人指着小牌子和塑料袋冲她理论,她嗤之以鼻,哼了一声扬长而去。

倒是那小狗一步三回头,摇摇尾巴,似乎有点愧疚。

五

星期天，戴高乐广场的菜市场格外热闹。这是尼斯最大的菜市场之一，虽然不如海边的老城菜市场那样吸引游客，但是价廉物美，当地人都更喜欢来这里。

我常光顾的菜摊，每到星期天就很拥挤。这儿的菜新鲜，水果种类又多又便宜。我拿起一个箩筐，把选好的水果放进去。过秤收钱的年轻姑娘十分麻利，一边称一边算账，手里忙着，嘴里不停吆喝。她刚给一个帅小伙称完西红柿，找钱的工夫，顺便把半边脸递给他亲吻，嘴里的玩笑开了一半，突然转身，抓住一个人的手腕。

"哎，干什么呢？放下放下！"

那老太太手里抓着一把杏儿，正偷偷往篮子里塞，神情十分狼狈。这种事其实很少见，因为市场上的东西实在都很便宜，我想不出有人会占这一点便宜。看到老太太的窘态，大家都替她尴尬，恨不得赶紧算了。卖菜姑娘却不依不饶。

"您说，您这么大岁数了……"

"算了，算了。"人们劝道。

"不是我非要计较不可，她这不是头一次了。"

"她没钱，您不是有钱吗！"有人半开玩笑地说。

"我有钱？啊，没错，我是有钱，我多有钱啊，钱多得星期天人家都休息，啊，我上这儿来卖菜！"

姑娘抱怨着,继续卖菜,脸上没多少伤心的样子。

六

海边的咖啡座,在午后阳光下永远给人一种悠闲的感觉。

两杯鲜榨的柠檬汁,一对优雅的夫妇,晒出红晕的白皙面孔和戴着墨镜还受不了刺眼阳光的样子,显示出他们是来自北方的游客。独坐的老人在看报纸,身边的咖啡早已凉了。年轻的大学生用手机聊天,不时发出无声的微笑。角落里的老妇人像往常一样,久久地盯着街上来往的车辆。

一个胖妇人提着大包小包走过来,东西和身子同时落座,桌椅一阵乒乓乱响。刚坐下就开始大声打电话。

"哈喽,哈喽?是我呀,连我都听不出来吗?什么?你大声点,我在咖啡馆呢!喂,你等会儿……服务员,来一杯卡布奇诺,请快点儿!"

胖身子扭过来,撞到了邻桌,柠檬汁晃荡了几下,差点溅出来。优雅的夫妇皱了皱眉头。

"我刚才说什么来着?噢,今儿我没上班,我休病假了。对啊,最近有点累,昨天去看医生,让他给我开了两周病假。今天上街买点儿东西,打算去意大利玩儿。是啊,昨天让医生顺便给我老公也开了几天病假,这样就可以一块儿去了嘛……"

七

我到的时候，市政府民事办公处门口站着两个人。警卫说："已经关门了。"大家不约而同地看表。

"怎么，才四点一刻，不是五点下班吗？"

"你们没看见吗，天这么阴，预报有大雨，提前下班了。"

我失望地把手里的证件放回去。好不容易找到时间来……

"您也是来修改证件上的错误吗？"旁边有人问我。又高又壮的黑人，操着明显的非洲卷舌音。

"是啊，新换的证件，打错了一个字母。"我说。

"这算什么，您瞧瞧我这个，"他弯下高大的身子，指点着打开的护照，"性别：女。"

后边的人嘿嘿笑起来。我们一起转身。

"您也是来改证件的？"

"我呀，是来找税务部门的。哼！"

老人拿出一封公文信。信上说他多领了退休金，必须退回，否则罚款。打印文字标明多领的金额：0.01 欧元（即 1 生丁，约等于人民币 8 毛）。信封上的邮票显示，这是一封挂号信，花了国家 3 欧元。

"您还真来还那一生丁啊？"被判断为女性的高大黑人问。

"哼，这下边不是印着'根据法律规定，您可以要求分期归还'吗？"老人狡黠地一笑，"我是来申请分期付款的。"

八

来尼斯办事兼旅游的 L 君，这天有些闲暇，信步走上街头，打算享受一下阳光和街景。

可是，今天好像有什么活动吗？三三两两的人群，跟在几块标语牌后边，不疾不徐地走着，前面的方阵还算整齐，人们脸上依稀有些愤怒的表情，后边的哩哩啦啦，一路聊着天，偶尔嘴皮动动，举一下拳头。队伍的尾部是一群推婴儿车的妇女，优哉游哉，好像带着孩子出来晒太阳。

路边的警察挡住行人，让这奇怪的队伍过去。L 君终于明白了，这是游行呢。居然有几分兴奋：早就听说过法国的游行了，居然让我赶上一回……

"这是抗议什么？反对谁呢？"

"抗议政府，反对经济危机。危机造成人们购买能力下降，消费减少。"

"那，这危机也不是政府愿意的啊，政府也一样不赞成吧？再说，游行抗议，危机就减少了吗？"

同行人都宽容地对他笑笑，并不作答。

夏夜拾翠

　　夏季是尼斯最热闹欢快的季节，至少对游人如此。每年七八月一到，游客们从四面八方涌到法国蔚蓝海岸。来自北方的游客，带着苍白的面容，迫不及待地拥抱大海，将长年不得裸露的身躯舒展在海滩上，享受太阳的烫晒，任慷慨的阳光涂上健康的肤色。

　　孩子们在沙滩上追逐，在海水中嬉戏。打水仗，扔飞镖，踢皮球，堆沙堡，永远不知疲累。乐得安闲的父母们，午睡醒来，太阳已斜，打着呵欠捡起身旁的书报，也只挑那些体育新闻、明星逸事、美容秘方、瘦身妙招……一边浏览，一边思量着到哪里去吃美味的晚餐。夕阳落进海水时，湛蓝的海面渐渐变成橙红、淡紫，选好了餐厅和晚间的节目，便大声呼喊孩子们，迟迟不肯离开海滩的孩子们大声抗议，训斥声和哭叫传来。

　　久居海边的人，对炎热的夏天却不那么翘首以盼。早早地，有人甚至就开始盼望：还有多少日子游人们才会离开，将海岸"还给"蓝岸人。像许多土生土长的尼斯人一样，我也喜爱宁静的季节，但是必须承认：夏季的魅力，给蔚蓝海岸的四季充实了不可或缺的生命活力。

夏天是色彩的盛宴。

地中海最典型的花木，趁这火热的季节，尽情释放自己的鲜艳和浓烈。最引人瞩目的是九重葛，又名三角梅，茂盛密实的花朵，浓郁的紫色，火焰般的红色，不容分说地逢人便炫耀：我是热烈季节的象征。

粉红色的合欢花，看似柔弱，无意争风，却格外引人垂怜。其实，蔚蓝海岸最有名的是金合欢，冬季和初春开放，绒球状的花朵，繁复灿烂，像寒日明媚的阳光，是尼斯狂欢节上不可缺少的点缀。而开粉红花的合欢树，据说是从东南亚传来的，当地人叫作"丝之树"。那丝丝细长的花蕊，恬淡的红色，还有羽状对生的叶子，无一不令人想到亚洲女子的柔美和坚韧。

春天绽放的夹竹桃，开到这个时候，展示出姹紫嫣红的极致。月白，香槟，浅粉，榴红，淡紫，深红，绛紫……如同颜色的交响乐。再远一点，郊外的绿色山坡上，星星点点、深深浅浅的红色是杜鹃花、百日红。清晨，红绿掩映之间，隐约的彩色缤纷，是太极扇学习班在起舞。

夏天是声响的合奏。

喧闹的海滩旁边，是熙攘的街道。路边的车辆，有的呼啸而过，有的不耐烦地鸣笛，还有的偶尔放着震耳欲聋吵死人的音乐。度假的人们，似乎决定释放自己，抛开一切束缚，借着各种大小音乐会的节奏，尽兴欢愉。

在温暖的地中海岸边，室外活动一年四季不断。到了夏天，人们有了闲暇，更是格外热闹。网球，足球，赛车，沙滩排球，大呼小叫此起彼伏。

蔚蓝海岸的夏季音乐会，遍及每个大小城市和村庄，连几十公里以外的山村也会举行。最著名的是尼斯的音乐会和安蒂柏半岛的爵士音乐会。尼斯的音乐会曾经一年一度，在古罗马角斗场旁边的橄榄园举行，如今却搬到了位于市中心的花园和街心广场。安蒂柏的爵士音乐会，看台面向大海，华灯初上时拉开序幕，随着橘红色的夕阳一点点坠入海中，舞台的色彩不断变换。音乐会上年年有来自世界各地的明星，我曾在这里听过美国布鲁斯音乐的先驱雷·查尔斯的演奏，还有驰名1960年代而至今仍活跃的摇滚女歌手琼·贝兹的演唱。

夏天是芬芳的荟萃。

街边巷角，一丛丛一簇簇的花木散发着幽香。郊外田野，沁人肺腑的却是另一股清香。在香水之都格拉斯，五月玫瑰已经开过，热闹的采摘景象仿佛就在昨天，现在却只剩繁星点点，余香虽在，已是不敌正当盛时的晚香玉和茉莉。晚香玉又名夜来香，花瓣洁白晶莹，向来是格拉斯香水工厂的重要原料。据说从前可以见到大片的花田，后来却因为人工等原因，很少栽种了，许多工厂改为从亚洲进口。如今，蔚蓝海岸唯一的晚香玉花田，要到贝格玛斯去找。当年巴黎的香奈儿公司为创制新香水来蔚蓝海岸寻找香料基地，与贝格玛斯的花农签下协议，合作至今。几十年来，香奈儿的香水名冠全球，那一片美丽的花田，年年清香飘满山谷，默默地做出贡献。不久前，巴黎的一次园艺展出，将贝格玛斯的花田搬上了市中心的杜乐丽公园的展览，使巴黎观众大呼惊艳。

在尼斯的郊外散步，偶尔可见到野生的晚香玉，亦有淡淡清香。这清香一飘而过，待想再次捕捉，细细品味，却已不知去向。扑鼻而来的是另一种香气，带着典型的地中海风格，豪爽，霸道，草根，不客气地冲击那些阳春白雪的馨香。因为它们是太阳的骄子：百里香，薰衣草，洋苏草，迷迭香……

今夏的地中海，因为世界杯足球赛，比往年更多了一份热闹。随着法国队小组出线，进入八分之一、四分之一决赛，继而进入半决赛，街上的鸣笛昼夜可闻，各处悬挂的三色旗也突然多了起来。决赛之夜，整个法国更是全都沸腾了。

黄昏降临，城市终于有了片刻安静，就像随着太阳在地平线消失，地中海的风总会停息一样。傍晚时分，去园里摘一把新鲜的马鞭草，沏上一壶，在淡淡的柠檬香气中，拿出文友赠送的新书。园里，正是"绿肥红瘦"。似火的石榴花已经落了，留下一个个带小喇叭的果实。橄榄花谢了，结出小小的青果。无花果刚透出粉红。百子莲花秆挺拔，蓝紫色的花瓣散了一地。柠檬早已结出了六粒，却忽然二度开花，白色的小花苞，宣示迟来的青春。橘子树已经结了无数的小青果，待秋风起时就会变成金黄。

风儿吹开一本画册，那是不久前画家老树送给我的。春天，我与尼斯亚洲艺术博物馆合办了"老树画展"，风格别致的画，配上翻译成法语的诗，令法国人爱不释手。我却仍觉得，只有中文诗才能显出画中意境。一片绿色，一根竹笛："雨涨三尺春水，风净万里闲云。自己待着真好，不想混在人群。"

仲夏夜的宁静是短暂的。夜幕降临时分，暑气消散，城市重又活跃起来。国庆节的游行和烟火中的节日余韵未了,法国队世界杯夺冠又掀庆祝热潮。今晚,狂喜的人群犹未尽兴,欢呼喧嚣声中,响起普契尼的《今夜无人入睡》("Nessun Dorma")的旋律。地中海岸"今夜无人入睡",大街小巷回荡着高昂的结尾:"Vincero! Vincero!(我将必胜!我将必胜!)"

秋日细语

　　天空还是那么晴朗，海水还是那么蓝，但是不知不觉中，阳光已经不再炙热晃眼，多了几丝金黄的柔和，湛蓝的天色变淡了，融进了几分清浅。迎面吹来的风虽然还没有凉意，却变得有些轻软。秋天来了吗？

　　秋天的节奏，在年轻人的步伐中最明显。他们赶路，脚下踏着进行曲的节奏。离开了沙滩，收起了泳衣凉鞋大花短裤，收起了懒散的脚步和百无聊赖的笑容。晒成金铜色的皮肤还在蒸发太阳的味道，一股脑儿地把这干燥的活泼的气息带进仿佛寂寞了很久的厅堂、学校、办公室。

　　我家不久前搬进的新居，位于十九世纪末兴起的典雅别墅区。隔壁是一所艺术设计学校。校舍不大，古色古香的小楼，也是十九世纪末的尼斯风格。乳白色的建筑，橘黄色的屋顶，在外面可以望见室内高高的天花板。屋檐下雕着一排缠枝花纹，似乎是葡萄藤和玫瑰花环的交织。院里有高大的古树，我能叫得出名字的，除了地中海常见的棕榈和一棵参天雪松，就只有一株地中海玉兰。

地中海常见的白玉兰,应该也是木兰属,却跟北京和巴黎常见的紫玉兰或辛夷十分不同。首先,它异常高大,比紫玉兰高得多,树干粗壮,往往几人才能合抱。其次,它不是落叶乔木,而是常青乔木,花只有白色。另外,花期也晚很多,不是春季三四月开花,而是盛夏开花,能持续好几个月。叶子也不一样,不是像辛夷那样开花后才长出来,而是一直油绿绿的。如果缩小尺寸的话,它其实更像巨版的栀子花。

玉兰树紧挨着我家东墙。墙根下原本什么也没有,一米远的地方歪歪斜斜地长着几丛灌木,后面扔着一些废砖头破木条,落叶层层覆盖在上面,一片杂乱破败。趁着最后几天假期,我终于下决心着手清理。先扫除了落叶,扔掉废砖废木,砍掉灌木,请工人挖掉树根,然后平整土地,又买来大理石碎石,铺在上面,摆上白色桌椅。两棵大点的树留了下来,沿树根用石头圈出个花坛,掺进肥土,种上了矮牵牛、吊钟、秋海棠……粉白相间,闻着不香,看着香。

留下的两棵树,一棵是榛子,一棵是紫薇。此时正是榛子季节,不时有成熟的果实落下,噼啪作响,地上就多了一些绿色的小球。初时并不知道那就是榛子,绿色小球像个花苞,外面包着带锯齿的小叶,打算扫进落叶堆的时候,才发现里面有个浅褐色的果实。用手轻轻一剥,饱满的果实就露了出来。

认识那棵紫薇,还是不久前的事。早就听法国人说过它的学名,"拉杰斯特罗埃米亚",俗称"印度丁香",虽然它明明是源于中国的。中文的俗称却叫"百日红",是说它的花期长,每年要开三个月左右。奇怪的是，我家这一棵，开花晚不说（之所以知道它开花晚，是因为微信群里有位北京诗人，每逢花期必写咏花诗，春末他写紫薇开花时，我们这一棵还光秃秃的，毫无消息），花期还特别短，从七月底见花，满打满算也就是一个多月吧。实在辜负了"百日红"之称。不过，我也不想诋毁它，听这里的园艺师说，这是本地区最大的一株紫薇。也许真的是年老资深，气力不继，只是拼了命在开出最后的灿烂吧。

紫薇之紫，更确切地说是玫瑰红，或者鲜艳的粉红。大红和火红的，那就是赤薇了。白色的是白薇，也叫银薇。最名贵的翠薇，我原以为该是淡绿色，后来才知道是紫中带浅蓝的，不太常见。古代咏紫薇的诗文不算少，最有名的之一是宋代杨万里的诗："似痴如醉丽还佳，露压风欺分外斜。谁道花无红百日，紫薇长放半年花。"听说百日红因此而得名。据周瘦鹃《花语》说，《广群芳谱》本来对紫薇的评价挺高，有"舞燕惊鸿""耐久""烂漫可爱"之词，可是后来的诗却常含贬义，很可能与唐朝将中书省改称紫微省后紫薇被广泛植于宫中有关。中书令也成了紫微令，有人还在诗里把紫薇叫作"官样花"。一旦跟功名官运什么的沾边，再美的花也少了妩媚。

勉强算起来，可以说院里还有一棵无花果树。之所以说勉强，是因为这棵树实际上并没有长在院里，而是紧贴着院墙长在外面的。但是枝干斜倚着墙，一个劲儿往墙里长，仿佛不顾一切要钻入艺术学校的殿堂。如果不追根究底的话，只看肥大浓绿的叶子，挂满枝头的果实，就完全是院内的风景。无花果成熟的时候，浓烈的甜香四处飘散，越过围墙，越过街道，一直飘到了街对面去。

　　街对面是一座五层小楼，二十世纪初的建筑，有着红褐色屋顶和雕花屋檐，仿古的橄榄树枝花纹之间，刻着大写的字母，想来是某个贵族或某位建筑家的名字缩写。不知从哪一层，传来钢琴的练习声，有一搭没一搭的，李斯特、舒伯特、肖邦……断断续续，犹犹豫豫，不怎么有信心的样子。时不时，却忽然弹出一串流利的音符，结尾响亮地一顿，带着得意。这时，顶层的某个房间里就会传出一声清越的萨克斯，嘹亮激昂，像是要把谁比下去似的。萨克斯吹奏的间隙里，钢琴声越发显出柔弱哀婉，娇怯怯的，却也并不服输，固执地在萨克斯的覆盖下持续着，此消彼长。清越和哀婉各不相让地交缠着，如影随形，难舍难弃，伴随着秋日午后的斜阳，在空中荡起音符的舞蹈，如彩蝶纷飞。

冬季浪花

曾经有人问我，来蔚蓝海岸游玩，哪个季节最好？貌似并不复杂的问题，我却一时不知何以作答。

蔚蓝海岸气候宜人，四季温暖，各有各的特点，可以领略不同的美景和魅力。但面对来自北京的朋友，踌躇一番，我建议不妨冬天成行。相比中国北方雾蒙蒙的冬天，地中海天空澄明，海水湛蓝，令人眼前一亮，呼吸舒畅。冬季的阳光，使这萧索的季节多了几分熨帖，一种岁月静好的安详。更何况，避开度假的盛季，酒店饭馆和景点的费用也低了不少呢。

最难得的是，冬季是地中海少有的宁静时刻。喧嚣的游客远离了，云集的地摊商贩稀疏了，海滩上那些在夏季像雨后蘑菇一样冒出来的餐馆酒吧消失了，垃圾烂纸少了，烟熏气味没了，刺耳音乐也听不见了。只剩下与世无争的海滩，恬淡的蓝天，还有轻柔的浪花。

夏天来尼斯，自然别有一番热闹。海水浴，沙滩排球，游艇冲浪，水上跳伞……满眼是快活的画面，刺激的尖叫此起彼伏，其实是听不到浪声的。尼斯的鹅卵石滩,戛纳的沙滩,菲拉角半岛的岩石滩,晒成古铜色的躯体和比基尼点缀着夏季的色彩。少女曼妙的身姿,无论穿多穿少,看着都是眼福,只可惜更多的却是臃肿的身材,松弛的皮肤,让人恨不得替它们多加几层布料。跟这样的景观比起来,长年在地中海生活的人,总是更喜欢回归大自然的海滨吧。

冬季的晴朗,的确非别的季节可比。也许是温度降低,海上蒸气消散,天光清亮,水色透明。只有在这个季节,如果你运气好,才可能有机会看到隔岸的科西嘉岛,拿破仑的故乡。顺便说一句,科西嘉在历史上曾经属于热那亚共和国,1755年宣布独立,但1768年却又被热那亚不顾科西嘉岛人的抗议转卖给了法国。法兰西王国经历了近一年的战争,到1769年5月才控制了这个海岛,但直到今天这里也不断爆发独立的声音。

要想在尼斯一睹海岛的全貌,最好登高远望,爬上尼斯城外的高山,在空气最纯净、视野最辽阔的地方,极目远望,海上可能会突然出现一幅惊人的巨大画面,宛如海市蜃楼。清晰的山脉,浅黛色的山峰,疏朗的海岸线,无一不明明白白显示出美丽的海岛,让你惊诧着,自问平时如何从未注意到。这样的景观,是可遇不可求的,还要有清晨去爬山的勇气。近几年空气时有污染,就更难见到了。清晰如海上升起巨幅丹青的画面,我也只见到过一次。

地中海一带极少下雪。但自从我来到这里居住,却也经历过几次印象深刻的大雪。第一次大概是2004年冬,大雪将至,提前几天就有预报,我所在的大学已通知不得在那几天安排考试。第一天下午，天气阴沉，雪花飘起时只见浪漫，不见威胁。不到三点，学校便提前放学，人们也早早下了班，工作地点冷冷清清。海边的英国人散步大道银装素裹，却是格外熙攘热闹。被阻塞无法前行的小汽车快乐地鸣笛，有人干脆下车，加入行人队伍，披着满头满脸的雪花，享受地叫喊着，为罕见的地中海雪景雀跃。车里车外，争相摄影，往常堵车的不耐烦也全不在乎了。

最近一次大雪，是几年前的春节前夕，北京的朋友还在抱怨今冬无雪，尼斯却被罕见的大雪压城。上班族的工作、学生们的上学理所当然地陷入瘫痪，人们也一如既往地为南国雪景倾倒。地中海风格的建筑盖上了皑皑白顶，棕榈树白雪压枝，银装素裹，因为少见而显得滑稽，却也比刚过完的圣诞节不知壮观了多少。常绿的热带植物，纷纷开出洁白晶莹的花朵，又是多么新奇美丽……

接下来的几天，不管是迟到的还是缺勤的，全部有了借口。一位在经管类学校工作的法国朋友告诉我，雪后次日，学校门可罗雀，除了看两只黑色喜鹊欢快地在白雪地上跳跃，他正无所事事，忽然，雪地上一支小队伍蔓延前来。定睛细瞧，原来是在这里学习的中国学生。他们都没有自己的车，公交车又停了，居然是从住地步行了两小时走来的。

这件事后来却成了学校里的谈资。在一有借口便不上班的法国人眼里，这是不可思议的事。

辑二：似水流年

花季的忧伤

有人说，蓝色是忧郁的颜色。我不知道这种说法有多少根据，但是，诗歌中的蓝色，即使形容视野开阔、胸怀宽广，的确总是带着忧郁的色调："那蓝色就是语言。我想使世界感到愉快，微笑却凝固在嘴边。"二十世纪法国一位女作家的崛起和沉浮，就是将南方、蓝色和忧伤联系在一起的。地中海阳光明媚，鲜花似锦，离忧伤似乎很远，谁想在二十世纪中期，它却恰恰披着"忧伤"色彩风靡一时。

当历史步入1954年的时候，法国弥漫着悲剧气氛。多年罕见的严冬，令几千名穷困者饥寒交迫。皮埃尔神父向全国发出呼吁，号召救助贫困人群。

总统科蒂早年是文学爱好者，被法国人称为"好爸爸总统"，刚当选便要面对如此严峻的局势：印度支那战争结束后的残局，阿尔及利亚独立战争……几年后便让位于新总统，他眼中"最出色的法国人"，戴高乐将军。

尽管危机四伏，此时的法国，仍是安分理智和推崇秩序的。

蔚蓝海岸，也一如既往地吸引着人们，法国和欧洲之外，就连大洋彼岸的美国人，也正在透过希区柯克的镜头，透过好莱坞影星加里·格兰特和格蕾丝·凯莉的俊美身影，将向往的目光投向尼斯、戛纳、摩纳哥和附近海岛。不久，格蕾丝嫁给摩纳哥亲王，成为地中海王国的王妃，这个地区在世人眼里更是笼罩了一层神秘：五光十色，扑朔迷离，蓝天下的美景，阳光下的罪恶……正在这时，一部惊世骇俗的小说《你好，忧伤》，又让蔚蓝海岸驰名文坛。作者却是个名不见经传的女中学生，年方十七。《你好，忧伤》当年发行近百万册，连获大奖，次年英译本成为《纽约时报》畅销书排行榜冠军，并被改编成电影。一颗新星诞生了。

弗兰索瓦丝·库瓦来兹发表这部处女作的时候，并不知道自己将留名青史。她正经历着生命中的花季雨季。身材适中，柔弱美丽，喜欢穿男孩子的衬衫，常常不经意地撩一把耳边的短发，嘴里叼一根切斯菲尔德香烟……虽然在中学毕业会考中落第，但她并不在意：明年再考就是了。乖巧的外表和潇洒不羁的做派形成反差，她小说中描写的放浪情戏、百无聊赖和空虚忧伤，却代表了那个时代西方年轻人的心态。那些所谓"反道德"的情愫，在今天看起来，只能让人微微一笑，在当年却是惊天丑闻。她把自己关在房里，偷偷写作，然后偷偷把手稿寄给巴黎的朱利亚尔出版社。

嗅觉灵敏的出版商，立刻捕捉到了成功的味道。他对多年前的一次奇迹还记忆犹新：年轻的拉迪盖以一部《魔鬼附身》成为文坛的耀眼新星，也是以蔚蓝海岸为背景，也是反映一代人的病态爱情。他立即决定出版《你好，忧伤》，并大肆宣传。弗朗索瓦丝的父亲却没有这般宽容了。他唯恐女儿的文坛丑闻使家庭蒙羞,不准她以真名发表,弗朗索瓦丝·库瓦莱兹便给自己取了笔名萨冈。这个名字来自她崇拜的作家普鲁斯特的《追忆似水年华》,萨冈是书中一位亲王的名字。

小说的开头,引用了法国诗人艾吕雅的诗句:"在这不知名的情感中,烦闷与温柔困扰着我;我迟迟不敢说出它的名字,那美丽而沉重的名字:忧伤。"

故事发生的地点,是戛纳郊外山坡上的一所别墅。十七岁的少女赛茜尔,像作者弗朗索瓦丝本人一样,出生在一个富裕舒适的家庭。也像作者一样,中学毕业会考时名落孙山。她来到蔚蓝海岸,跟随鳏居的父亲和他的女友安娜一起度夏。聪明而有决断力的安娜,在赛茜尔眼中是随心所欲、自在放纵的生活的障碍,她一边利用一切手段让父亲离开安娜,一边与在海滩邂逅的男友初尝情欲的禁果。父亲的旧相识爱尔莎的出现,使她成功地让父亲离开了安娜。这一变故促使安娜在车祸事故中身亡。赛茜尔在迷惘中品尝到了忧伤……

蔚蓝海岸的人们欣喜地看到,地中海令人羡慕的美好夏季在这里生动地展现。从圣特罗佩到尼斯,到处洋溢着无数像弗朗索瓦丝一样的有闲阶级眷恋的气息:轻松恣意的生活,时髦疯狂的跑车,漂亮的别墅,海滩的邂逅,慵懒的享受,一切都沐浴着灿烂的阳光。

这本书里描写的浪漫不羁和情爱,显示了青年一代对传统道德的蔑视和挑战。它所反映的情绪,是二十世纪六十年代法国要求自由、渴望性解放的前奏。到了二十世纪六十年代,代表这一切的是影星碧姬·芭铎,她饰演的一系列女性,以《上帝创造女人》为代表,既有小姑娘的诱惑又有成熟风韵,成了无数法国男人的梦中所思。银幕中的镜头,与赛茜尔的描述重合:"我在斜射的炙热阳光中醒来,阳光倾泻在我的床上,结束了我在奇怪而混乱的梦中的挣扎。"

小说获得巨大成功,却不合所有人的口味。获诺贝尔文学奖的天主教小说家莫里亚克是激烈的反对者之一。他在《费加罗报》发表文章,称《你好,忧伤》为"女性少年的放纵淫荡,伤痕时代的又一个伤痕"。

无论如何,女作家萨冈成了红极一时的文坛新星,而且有了很多钱。这时,她方能步女主人公的后尘,第一次来到蔚蓝海岸。1955年的圣特罗佩,还只是一个安静的小港,清风徐徐,湛蓝的海面映着波光;拂晓出海的渔船归来,不及收拾渔网,就摆下摊子,叫卖着新鲜的鱼虾……

酷爱豪车的弗朗索瓦丝接连买了好几辆捷豹车,送给母亲一件貂皮大衣,剩下的稿费,便随心所欲地尽情挥霍。她下榻的拉旁什旅馆,今天已经是大名鼎鼎的五星级酒店,当时还只有四个房间。规模虽小,名气不凡。常来光顾的客人,有萨特和西蒙娜·德·波伏娃,还有诗人波利斯·维安。酒店主人的女儿也叫西蒙娜,她从此成了弗朗索瓦丝的密友,日后又成了撰写她生平的作家。

萨冈成了这里的常客以后,带来了许多朋友,其中有记者兼作家弗朗克,作家马尔罗的女儿芙洛伦丝,女歌星朱丽娅·葛莱柯,还有巴黎社交界名人、集芭蕾舞明星与作家于一身的帅哥雅克·沙佐。圣特罗佩从一个安静自然的小港湾,变成了文人云集的时髦海滨。几年后,影星碧姬·芭铎正式息影,买下了附近的一所小屋,来此退隐。她的光环,引来了一群文艺界的明星和大批追星族，也带来了圣特罗佩的黄金季节。

1957年，代表"轻松生活，飞快跑车"时代之风的弗朗索瓦丝·萨冈，在巴黎附近遭遇了一场严重车祸。当时她驾驶的是新买的豪车阿斯顿·马丁。多处严重骨折，使她一度濒临死亡的边缘。终于脱险以后，她立即南下，回到圣特罗佩休养。在长达数月的治疗和恢复期间，剧烈难忍的疼痛，令她不得不借助于吗啡止疼，从此，吗啡和酒精，成了她离不开的毒药。

二十三岁时，弗朗索瓦丝嫁给了比她大二十岁的出版商舒勒，两年后二人离婚，她又与美国模特罗伯特·韦斯特霍夫结婚，并有了儿子丹尼斯。这第二次婚姻看似美满，弗朗索瓦丝却同时保持着与女记者佩姬·罗什的同性恋关系。

萨冈的一生，注定与挑战和斗争为伍。在随后几年法国的社会动荡中，她口头声明不属于任何党派，但实际上立场鲜明地站在以社会党为首的左派一边，并因此与社会党领袖、未来总统密特朗建立了亲密关系。

她的一生，也注定是备受争议的一生。文学上的美誉和诋毁交织，几桩诉讼案，更加把她推向新闻媒体的风口浪尖。1995年，她因吸毒被卷入刑事案；2002年，又因偷税漏税被起诉。司法部门判处罚款后，她已几乎一无所有，连支票簿也被没收了。两年后，萨冈病逝，享年六十九岁。

在给自己起草的墓志铭中，她这样写道："她以一部小说《你好，忧伤》出现。她的消失，在经历了快乐而草率的一生后，只是她自己眼中的一场丑闻罢了。"

与花朵凋零的凄凉相比，当年少女的忧伤已经显得不再那样沉重了，那淡淡的忧伤，似乎早已成了遥远的梦。

柴可夫斯基的蓝岸乐章

柴可夫斯基第一次来到蔚蓝海岸，是为了给陷入旋涡的爱情找到一个避风港。1870年，法国皇帝对普鲁士宣战，巴黎公社的革命运动爆发在即，俄罗斯音乐界却掀起了一场不大不小的风暴：柴可夫斯基和他的学生弗拉基米尔·希洛夫斯基的同性恋情暴露于众。在世人眼中，这桩恋情是可耻的，邪恶的，圣彼得堡的法庭更是认定这属于犯罪。俄国，的确不适合他们待下去了。

这一年，柴可夫斯基三十岁，弗拉基米尔十九岁。决定离开俄国时，他们想到了一个遥远的传说般的地方，法国南方的蔚蓝海岸。俄国的宫廷贵族，以沙皇尼古拉一世、亚历山大三世，皇后亚历桑德拉·费奥多罗芙娜、玛丽娅·费奥多罗芙娜为首，经常去那里避寒。当寒冷的冬天席卷俄罗斯的时候，尼斯阳光明媚，鸟语花香。此时，柴可夫斯基的一个旧日学生正随俄国海军驻扎尼斯附近，在他写给老师的信中，在这里服兵役简直就像在天堂度假。

旅行的前景是十分美好的。弗拉基米尔出身于大富豪瓦西里耶夫家族，花费自然不成问题。不久前，莫斯科和尼斯之间的铁路开通，俄国沙皇是首批旅客之一。1871年12月的一天，柴可夫斯基和他亲爱的"瓦洛佳"满怀希望地登上了开往尼斯的火车。

可惜，圣诞节前的尼斯却没能以美好天气迎接贵客。天阴云暗，风凄雨冷，马车驶向市中心时，一路只见沼泽水洼，车轮在泥泞中打滑，他们抱成一团，在簌簌发抖中来到了马塞纳广场4号的酒店。

今日的马塞纳广场，平坦宽敞，热那亚风格的红色楼房古色古香，华丽的石阶通向有着白色大理石雕像的喷泉，但当年只是一块半月形的平地，连着一座老桥，桥下是浑浊的帕永河，河水卷着枯枝落叶，流向同样浑浊的地中海。

不寻常的坏天气持续了一个多月，帕永河几次出现泛滥征兆。酒店后边的城堡山发生了滑坡，泥石流冲塌了一所房子，砸死了房客。这一切，离他们想象中的鸟语花香实在太远了。

然而，春暖花开的时节毕竟还是来了。早春二月，漫步在海边的柴可夫斯基这样描述："多么奇特的感受啊！远离俄罗斯的严冬，在这里散步居然不用穿大衣。柑橘、玫瑰和山梅花都已盛开，绿叶满树！尼斯真是个美妙之极的地方！"

在尼斯海边，这一对情侣无疑是引人注目的。柴可夫斯基自带艺术气质，美少年瓦洛佳唇红齿白，体态风流。可是没过多久，海滩上却剩下了形单影只的柴可夫斯基，瓦洛佳已不知去向。尼斯的风雨是短暂的，情人间的风暴更加冷酷无情。

在尼斯共享良辰美景的愿望成了泡影，两人决定打道回俄罗斯。柴可夫斯基还试图挽救二人的关系，瓦洛佳则在所有朋友面前抱怨昔日恋人的忘恩负义，逢人便说他花了自己二万八千卢布。柴可夫斯基既失望又气愤："在贫穷和富有的两个朋友之间，难道需要计较金钱吗？难道受帮助的一方就该得到惩罚，赠与的一方就可以恶毒指责吗？"

失去爱人和金钱来源的柴可夫斯基，毕竟还有才华，他很快就找到了新的慰藉。娜杰日达·冯·梅克夫人是一位有钱人的遗孀，比他大九岁。她对柴可夫斯基的爱是毫无保留的，爱他的身心，他的才华，更爱他的音乐。直到她离世的那一天，她对他的爱始终不渝。

梅克夫人长年生活在蔚蓝海岸，来往于尼斯和夏纳之间。十几年中，她每年提供给柴可夫斯基六千卢布。他们的关系多少有些奇怪，除了频繁的书信往来，他们几乎从未见过面。

梅克夫人默默付出，并不要求回报，柴可夫斯基却似乎不满足于一个红颜知己。或许是为了让那些指责他同性恋的人闭嘴，他一面继续给梅克夫人写着温柔的书信，一边突然跟另一个女人安东尼娜闪电结婚。安东尼娜也是他的学生，比他小八岁，他们1877年7月结婚，9月就离婚了，婚姻只持续了两个月。安东尼娜精神失常，被关进了疯人院，而柴可夫斯基也试图自杀。

为了疗伤，他再次来到蔚蓝海岸，这一次，陪伴他的是新的秘书兼同性恋人，阿列克塞，还有弟弟莫代斯特。经过意大利时，明媚的阳光和海风给他带来好心情，使他终于淡忘了人生的苦痛。

在蒙特卡洛，一行三人受到了圣彼得堡音乐学院图书馆馆长的招待。此时新年刚过，蒙特卡洛云集了许多俄罗斯的宫廷要人和贵族，他们享受着冬日的温暖，无所事事，今天一窝蜂去参加射杀鸽子的比赛，明天懒散地躺在赌场前边的花园里，打量着撑阳伞走过的美丽女人，闲话八卦。夜晚降临时，他们沐浴熏香，衣冠楚楚，手挽长裙羽饰摇曳生姿的贵妇，走进华丽的舞会。华尔兹的曼妙旋律中，裙裾飞舞，珠钻闪烁。

在这样的气氛中，柴可夫斯基陶醉了。赌场里，轮盘飞转，骰子跳跃之间，他眼见了多少惊喜和绝望，一掷天堂，一掷地狱，有人一夜暴富，更有人一夜输光了家产。昨日被人争相恭维，曲意奉承，今朝流落街头，无人理睬……

此情此景，无疑给了柴可夫斯基创作《黑桃皇后》的灵感。剧本是他的弟弟莫代斯特根据普希金的一部短篇小说撰写的，背景是圣彼得堡的一个赌场。音乐家赫尔曼一边追求莉莎，一边却想方设法接近莉莎的老祖母。老祖母是个富有而乖戾的老太太，在法国生活多年，带回了一份赌博秘籍，据说用三张纸牌就可以赢到大笔赌注。但是老太太守口如瓶，直到去世也没吐露秘方。赫尔曼遗弃了莉莎，莉莎自杀后，他仍然疯狂地日夜流连于赌场，最终输光全部财产，弃世身亡。柴可夫斯基的歌剧中，显然有他自己的影子：摩纳哥赌场，有钱的寡妇，从发疯到自杀的年轻女友，无一不令人想到柴可夫斯基的经历。唯一不同的是，这个时候，人们还不知道音乐家赫尔曼的结局也将是他本人的结局。

尽管相距近在咫尺，柴可夫斯基并没打算去看望一直资助他的梅克夫人。他们只是一如既往地书信来往。1878年，他在给她的信中描绘了尼斯狂欢节的场景:"在尼斯,我们置身于童话般的荒诞气氛之中。街上黑压压的,全是戴着面具的人,他们列队前行,还有一群群站在马车上的奏乐者、异国风情的舞者,以及各种各样奇奇怪怪的人们。"

他这次下榻的和平饭店,就在帕永河边。每天早晨,浣衣女们来到河边,洗完衣服,将它们摊在鹅卵石滩上晾干。柴可夫斯基饶有兴味地欣赏这幅场景,偶尔,浣纱女轻声哼起快乐的小调,他就拿出小本子把曲调记下来。闲暇的时候,他也会去郊外散步。"我从来没见过这么多鲜花……天气美好,阳光温暖,鸟儿在绿树成荫的路边啼唱。我觉得幸福极了!"前妻自杀给他带来的阴影终于远去了。

离开尼斯后,他又到邻近法国边境的意大利城市圣雷蒙小住,在这里完成了歌剧《叶甫盖尼·奥涅金》。

柴可夫斯基最后一次到蔚蓝海岸时,梅克夫人已经破产,不能够再为他提供资助了,而尼斯正值鼎盛时期,风光无限。已经开始动工的海上长堤,很快就会变成上流社会的时髦场所,吸引欧洲各国的名流贵胄。海滨大道上,一座接一座的豪华酒店如雨后春笋。漫步在这条熟悉而陌生的大道上,音乐家的思绪交杂着美好、快乐、惆怅和伤痛的回忆……这一次,他没能如愿久住:旅居巴黎的好友、钢琴作曲家尼古拉·鲁宾斯坦病危,他带着遗憾离开尼斯前往巴黎,再也没回来。

几个世纪以来,在尼斯歌剧院里,人们一次又一次地沉醉于那些闻名于世的作品:《天鹅湖》《睡美人》《胡桃夹子》《黑桃皇后》。那部最后的杰作《悲怆交响曲》,让多少人赞叹、敬佩,但它述说的伤痛又有多少为世人理解呢?

这部作品完成后没几天,柴可夫斯基喝了被霍乱病毒污染的涅瓦河水,中毒身亡。他没有忘记,自己的母亲就是这样去世的。

两个月后,梅克夫人也在尼斯去世了,她没能看到《叶甫盖尼·奥涅金》在尼斯歌剧院的首次演出。在尼斯公墓中安息的梅克夫人,如果听到这部歌剧,不知是否会得到安慰。可以肯定的是,她一定会为他的音乐骄傲和感动。

贝蒂·莫里索的尼斯印象

十九世纪末的一个夏日傍晚,在法国南方城市尼斯,利奇蒙酒店新来的客人吸引了大厅里的所有目光。

走进来的一行四人,是一对夫妇带着女儿,还有一个巴黎女仆,但人们的眼睛都只盯着那位妇人。她身段苗条,举止优雅,天鹅颈细长笔直,盘着金色发辫的脑袋扬起,看向众人的目光便成了一种高傲的扫视。她步伐轻盈地走过,留下一缕幽香。等她消失了,大厅里的人才轻松地舒了口气。

当人们得知她的名字以后,这一切都变得理所当然了。原来她是贝蒂·莫里索!印象派的缪斯,画家们尊重的同行。在巴黎画家的圈子里,她一向受到爱戴和珍视,男画家们之间时断时续的矛盾、嫉妒和争吵,从不舍得将她卷进去。

如果说贝蒂的惊人美丽足以征服人们的话,她那份天生的淡泊优雅,却或多或少给人一种压抑感,一种清高或难以接近的印象。

贝蒂的好友,著名诗人保尔·瓦莱里曾这样形容她:"说到她这个人，大家普遍认为她属于那种最少见的内向性格；与生俱来的高雅，自然而危险的沉静，接近她的人如果不是当时的顶流艺术家，便会感到一种拒人千里的气势；而她自己却浑然不觉。"巴黎的艺术家晚宴中，常与她同坐一席的是德加、雷诺阿和莫奈。诗人马拉美既是她的崇拜者，也是她一生的挚友。

贝蒂·莫里索来到尼斯，用她自己的话说，是为了"体验南方"。当然，跟那位姓弗拉戈纳的远亲也有点关系。弗拉戈纳是法国历史上相当有名的画家，是贝蒂的曾叔父，祖籍就在离尼斯不远的格拉斯。格拉斯作为法国香水的发源地，已经成了闻名世界的香水之都，弗拉戈纳家族如今名声响亮，却跟那位画家关系不大了。他的后代没人从事绘画，却致力于香水工业，弗拉戈纳和嘉利玛、莫利那一起，成为三大香水家族。在遥远的中国，它的名字有一个更娇艳的翻译："花宫娜"。

在尼斯，每天清晨，贝蒂背起画架来到海边。面前的风景，未经下笔，在她眼中就已呈现出印象派色彩。脚下的海滩，海上的长廊，不远处的老城和歌剧院，都笼罩着一层朦胧柔和的光。一向热烈爽朗的地中海城市，在印象派的笔下，第一次显得脉脉含情，甚至带了几分羞涩。

穿戴随意、举止粗率的当地人，经过女画家身边不由得放轻了脚步，连询问也是悄悄的："她是谁啊？"

贝蒂·莫里索出身于富裕的资产者家庭。像所有这类家庭一样，少女时代，父母为她规划的人生是结一桩门当户对的姻缘，相夫教子，平安富裕。不过，倒也没阻止她经常光顾卢浮宫。女孩子以画画为消遣，可以陶冶性情。何况，一个谈起艺术头头是道的妇人，不也是巴黎上流社会沙龙的骄傲吗？

没想到，在卢浮宫的一次邂逅，改变了她一生的命运。

1868年的一天，贝蒂跟姐姐爱德玛一起去卢浮宫临摹鲁本斯的画。一位男子朝她们走来。他衣饰讲究，面含微笑，潇洒中带几分风流。跟他一起走过来的方丹-拉图尔，是莫里索姐妹的好友，日后大名鼎鼎的画家，不过当时的名气却还不能跟身边这位相比。他向姐妹俩介绍了自己的同伴：爱德华·马奈。

听到这个名字，贝蒂几乎不敢相信。这个看起来彬彬有礼、循规蹈矩的绅士，难道就是那个伤风败俗的画家？惊世骇俗的丑闻、轰动巴黎的《奥林匹亚》《草地上的午餐》，真的出自他之手？

不论如何，两人眼中的火花是真的。至于他们是否坠入爱河，是否有过地下恋情，朋友们心里都暗自想过，却没人大声问出来。或许，当他们看到马奈那幅《贝蒂·莫里索与紫罗兰》时，就已经不需要答案了吧。画中的少妇，漆黑明亮的眸子注视着前方，燃烧着无声的渴望和执着。

马奈的目光也同样漆黑而明亮，但是深不见底。多情公子，原也是情场老手。在贝蒂既青涩又热烈、既纯洁又不顾一切的情感面前，他是否会因为道德、义务和责任望而却步呢？没人知道，人们只看到一幅接一幅的贝蒂画像。是的，风流画家曾拜倒在不止一条石榴裙下，但是除了贝蒂，没有哪个女子能让他画十四幅肖像！再说，两人这时期的画，不就是唱和之作吗？马奈的一幅《在船上》，引来贝蒂在布洛涅森林湖上的《夏日》；而她的《少女梳妆的背影》，又何尝不是对马奈《镜前》的回应。

同样没人知道的是，贝蒂的婚姻，究竟是出于对爱情的失望，还是报复？

跟贝蒂一起出现在利奇蒙饭店的男人，名字也叫马奈。但他不是画家爱德华，而是爱德华的弟弟欧也纳。

欧也纳也画画，但除了这一条，他跟社交场上如鱼得水的兄弟没有一处相像。他沉默寡言，病恹恹，木讷谦逊到自卑的地步，就连绘画，都不过是兄长光芒之下可有可无的影子。他跟贝蒂的结合是老莫里索夫人的意愿，贝蒂没有理由拒绝。毕竟，岁月流逝，她单身独处在一众男画家中间，地位越来越尴尬。或许，跟欧也纳在一起，也算是走进了爱德华的生活？

夫妇俩都是第一次来尼斯。确切地说，除了偶尔去诺曼底吹吹海风，新婚后他们就没有一起出过门。南方之行，也是迟来的蜜月旅行。或者，还是打破夫妻相敬如宾的契机，甚至也是对沉闷的逃脱。

在海边作画，是贝蒂的快乐时光。

南方的印象，首先来自光线和颜色。蓝天，白云，鲜花，骄阳，沙滩，海港……水面反射的波光，颜色鲜亮的帆船，都令她着迷。多年后，女儿朱莉这样回忆母亲作画时的情景："一只鲜黄色的小船，衬着蔚蓝的海水，后边五颜六色的是一些更大的船，透过船桅之间的空隙，可以望见粉红色的房屋……"

当太阳从东方升起的时候，贝蒂对着意大利的海岸线出神。那里有她少女时代的梦想：热那亚，比萨，佛罗伦萨……意大利文艺复兴的名城，父亲曾经许诺带她去，却始终未能如愿。如今身在尼斯，那里已经近在咫尺，她迫不及待地出发了。

或许是童年的想象过于美好，现实终抵不过梦幻？贝蒂失望了。1882年初春，意大利北方天气阴冷，旅馆潮湿，女儿开始咳嗽。他们打道回尼斯，贝蒂想在温暖的地中海多待一阵。可是在巴黎，第七届印象派画展即将开幕了。幸好丈夫自告奋勇，独自乘火车北上，回巴黎为妻子安置展画。欧也纳自认天赋欠缺，半生都在为经营妻子和兄长的画展和画作奔波。他联系工匠，配画框，又到展览馆去挂画。最好的位置已经被占据了，幸而，画家同行们都乐意相助，贝蒂·莫里索的画终于跻身雷诺阿、德加、莫奈等一众大师之列。这一次，画展没有马奈的名字，马奈已经和印象派分道扬镳了。

贝蒂·莫里索的画，都是一些简单日常的主题：花园中的妇人，海边玩耍的孩子，风景秀丽，岁月静好……她善于捕捉动作，比如少女纤纤素手，梳理柔发，少妇拉住奔跑的孩子；她也喜欢留住瞬间，比如转眼即逝的一抹金光，夕阳落海的最后一闪，花朵在春风中绽放的刹那。

艺术家似乎都是孤独的。在利奇蒙饭店，贝蒂·莫里索一如既往地引人注目，也一如既往地不与任何人交谈。

此时的尼斯，既是欧洲贵族和富豪的乐园，也是冒险家和暴发户的天堂。四季笙歌，昼夜狂欢。文艺沙龙和社交舞会上，谁不以能邀请到贝蒂·莫里索而自豪？可在她看来，这些场所却是"可怕""无聊"的。高傲，冷淡，仍然是别人给她的标签。

巴黎传来的消息却不太妙。她自己满意的《尼斯海港》没有得到青睐（这幅画如今收藏于美国达拉斯艺术博物馆），评论家们认为它"莫名其妙"，甚至有人要"抗议"。贝蒂只付以淡淡一笑。不被理解，对画家来说不过是家常便饭罢了。

她继续画着自己的南方印象。她想要的，已经在这里找到了。从此，颜色不再是描述，它们将使形状和空间发生颤抖。离开尼斯时，她发誓一定再回来。

贝蒂·莫里索重返尼斯时，已经年近五十了。往日的青春和轻盈已不再，只有目光还是那样年轻，还是因执着和神秘而显得严厉，也还是令某些人不知所措。

南方的光线依然明亮，色彩依然鲜艳，却映射出物是人非。最近几年，贝蒂的生活中接连发生不幸。爱德华·马奈去世了，死时情景悲惨。他的单侧下肢坏疽溃烂，需要截肢，而那个时代的布尔乔亚是不去医院的。截肢手术在自家厨房的大桌子上进行，画家没能活下来。一年后，马奈家的长子，两兄弟的长兄，患了肺梅毒，在尼斯以东临近意大利的芒通去世了。反倒是一向健康不佳的欧也纳还在。医生建议他去南方休养。

这一次，他们选择了远离海边而居。拉蒂别墅坐落在市外的山坡上，旁边的花园里，长着橄榄树、无花果、芦荟，还有一片竹林。波光粼粼的海面，闪烁在山峦之间。闲暇时，夫妻俩喜欢去不远的西米叶区散步。古罗马废墟，伴着百年的橄榄园，还有中世纪的教堂。贝蒂给姐姐写信说："这里比意大利还意大利。"

乡村情调，田园风光，一片宁静，最可贵的是亲人的陪伴。贝蒂能安心作画，因为有欧也纳替她打点一切。他为她搬画架，拿颜料，跟画商交涉，装框邮寄，卖画记账，总之，包揽了一切贝蒂讨厌的烦琐事务。相濡以沫，日久生情，夫妻间的温暖和爱意带给她一生最大的幸福。

可惜，肺病的阴影始终没离开这一家。1892 年，欧也纳去世了，当时还不到六十岁，而女儿也感染上了同样的病。贝蒂心绪不佳，本来连这一年的布鲁塞尔画展也拒绝参加，只是由于欧也纳生前一再坚持，才终于前往。可惜欧也纳没能看到，这次画展使贝蒂获得了她绘画生涯上的巨大成功。

为了照料女儿，贝蒂自己也染上了肺病。去吉维尼花园拜访莫奈，是她最后的出行，也是与印象派的最后交集。1895年贝蒂·莫里索去世，年仅五十五岁。她委托挚友诗人马拉美做了她女儿的监护人。

如今，在尼斯美术馆里，这位印象派女画家占据着最醒目的位置。然而在墓园中，她的墓碑上刻着这样的碑文："无职业，欧也纳·马奈遗孀"。

贝蒂·莫里索的画，就像当年的少妇一样，吸引每一个人的目光。艺术评论家说：这些画让人们明白，严厉、苛求、高傲和冷淡，都只是她的面具，旁人的误解。贝蒂·莫里索一直想表现的，是生活的颜色。她对温柔色彩的沉醉，对宁静自然的热爱，来自她的信念："生活，就是梦想……梦想比生活更真实；因为我们沉浸其中，真诚地沉浸其中……如果我们有灵魂的话，它就在这里。"

半个世纪的二重奏

十九世纪初,当尼斯成为地中海岸的度假胜地时,西米叶还是一片寂静的郊野。这座有着古罗马遗迹的山坡,千年橄榄园伴着奥古斯都大帝时代的残垣和角斗场废墟,十七世纪的本笃会教堂俯瞰着老城和海岸。

西米叶成为富豪青睐的住宅区,是随着英国人的旅游热到来的。与多雾的伦敦比起来,蔚蓝海岸的阳光太灿烂了,英国人纷纷涌向尼斯,维多利亚式的酒店如雨后春笋出现在海滨大道,而一些贵族名流,却像公元前的古罗马人一样,将府邸建在了西米叶。这一时期的痕迹,从地名便可见一斑:乔治五世街、利奥波德二世街、威尔斯亲王大道、爱德华七世大道,当然还有维多利亚女王大街。这位英国女王曾五次光临尼斯,居高临下的雷吉娜(Régina)大厦,就是为她建造的行宫。英帝国衰落后,雷吉娜和许多酒店一样,分割出售成为民居。二十世纪中期,这里住进了一位名叫亨利·马蒂斯的画家。在三层那个两套相连的画室兼公寓里,他度过了生命的最后十六年。2021 年,西米叶作为尼斯文化史迹，名列联合国教科文组织的世界遗产名录。

我家住在西米叶，离雷吉娜大厦几步之遥。经过这里时，常不由得抬头猜想：哪一扇窗子曾经是画作背景？哪一片室外风光曾经入画？大师三个孙子的肖像，究竟画在哪一块天花板上？这里不但见证了许多名画的诞生，而且和不远的马蒂斯博物馆一样，见证了画家与另一位大师毕加索的交往。

马蒂斯博物馆坐落在与大厦毗邻的橄榄园里。热那亚风格的红色建筑，绿树掩映，深秋的黄叶，湛蓝的天空，正像野兽派的画面。这里收藏着马蒂斯的七百多幅作品，时常举办的展览吸引着来自世界各地的人。新冠疫情暴发前最后一次展览，以"模特之争"为题，演绎了马蒂斯和毕加索的南方往事。两位现代绘画史上的标志性人物，在近半个世纪的交往中有相互切磋，也有摩擦碰撞，启发出灵感，也爆发出火花，甚至产生过烈焰。复杂微妙的关系，犹如一部曲折跌宕的二重奏。

一

当序曲响起时，琴瑟和谐。那是1906年初，歌舞升平的巴黎还没有闻到战争的硝烟。在芙洛露丝街27号犹太画商斯坦恩的家里，两位画家初次见面。这一年，马蒂斯三十六岁，毕加索二十四岁。

斯坦恩兄妹来自美国宾夕法尼亚，家族原籍德国，父母移民美国后，经营铁路和房地产致富，儿女们却都醉心艺术。列奥第一个来到巴黎，步他后尘的是格特鲁德。格特鲁德早年研习医学和心理学，从事写作后也颇有成就，在巴黎，她以捍卫现代艺术特别是立体艺术而闻名。当长兄米凯尔携妻子莎拉到来之后，斯坦恩公馆便成了先锋艺术家的沙龙。每逢星期六晚上，六点钟米凯尔和莎拉待客，九点轮到格特鲁德和列奥，宾客中除了巴黎艺术家，还有以美国人为主的外国同道。

斯坦恩画廊正式收藏的第一幅画，是马蒂斯的《戴帽子的女人》。就在几个月前，秋季沙龙见证了野兽派的诞生。这幅画和《开窗》一起惊世骇俗，评论家们大呼："被野兽包围了！"列奥买下马蒂斯的第二幅画时，毕加索正在画《格特鲁德·斯坦恩肖像》。这时候的毕加索，已经走出蓝色时期，进入玫瑰时期。他到法国还不久，法语生疏，经济拮据，格特鲁德和列奥买了他许多画，使他不但再无生计之忧，而且增添了艺术探索的动力。格特鲁德肖像是毕加索的用心之作，他面对她临摹了八十多次，仍不满意，涂掉五官，将画作暂时搁置。

斯坦恩家的晚餐上，灯光烛影，气氛融洽。格特鲁德还没有跟列奥的女秘书阿丽丝同居，没人知道三年后兄妹将永远决裂。毕加索欣赏了列奥刚买的马蒂斯新作《生命之快乐》。这幅画，后来他又反复看过多次。对毕加索来说，这是挑战的开始，他感到自己对驾驭大幅画还没有把握。

这一年秋天，两位画家再次见面了。毕加索从西班牙的加泰罗尼亚回来，马蒂斯也结束了阿尔及利亚之行，他把从非洲买的人像木雕给毕加索看。毕加索手拿木雕，凝视良久。非洲雕刻对人体某些部位的夸张给了他灵感。不久后完成的格特鲁德肖像，丰腴姿态即来自非洲原始艺术，而带有面具特征的五官，源于伊比利亚的雕塑。他开始构思《亚维农的少女》，这幅画在线条简洁上也受到了非洲木雕的启发。

两人谈起塞尚的去世，不胜唏嘘。作为从印象派过渡到立体主义的重要画家，塞尚对色彩、造型和体积感的尝试，曾为他们开拓思路。马蒂斯在1900年就买下塞尚的《三个浴女》，他非常喜欢这幅画，即使在生活最困难时也舍不得卖掉，1936年才把它赠给巴黎的小皇宫博物馆。塞尚晚年画得最多的，是家乡普罗旺斯的圣维克多山，不久前他上山作画，遭遇雷击，回家后一病不起，很快便去世了。毕加索说："塞尚就好像是我们画家的父亲。"马蒂斯也说："塞尚是我们所有人的老师。""如果塞尚是对的，我就是对的。"

从这时起，毕加索和马蒂斯开始交换画作。他们往往选择对方不太引人注意的作品，作为"失败的例子"收藏。第一次交换，毕加索拿出的是一幅静物《碗和柠檬》，马蒂斯的是一幅肖像《玛格丽特》。玛格丽特是马蒂斯和模特卡洛琳·约劳的女儿，当年十二岁。多年后，毕加索曾解释自己为什么选它："当时我觉得那是一幅非常重要的画，至今我仍然这样认为。"

二

马蒂斯和毕加索一直互相关注对方的创作，评论家们却喜欢用"窥视"来形容这种关注，或许是因为在友谊的合奏中听出了一些杂音。

1908年，马蒂斯首次在描述风景时使用了"立体"一词。他的两幅大画《舞蹈》和《音乐》被俄罗斯富商兼收藏家谢尔盖·舒金买下，用来装饰他在莫斯科的宫殿。两人的龃龉在此时初见端倪。马蒂斯的画既有野兽性，也是安静的，色彩猛烈而笔触圆润，正如取自波德莱尔诗歌的画题那样，显示出"奢华，宁静与享受"。毕加索的画充满挑衅，他用灰褐和绿色的混合以及《人身牛头怪物》《哭泣的妇女》这样的命题，表现怪异和抑郁。"马蒂斯喜欢画华丽而优雅的画。"毕加索不乏揶揄地说。马蒂斯的反击却带些兄长的无奈："毕加索是个不可捉摸和任性的家伙。"

个性的不同也在加深观点的分歧。马蒂斯认为，在性格上他们"南辕北辙"。格特鲁德对两人的评价是："一个是北极，一个是南极。"1907年以后的裸体系列和一些静物画，像叫阵一样此呼彼应。马蒂斯的《蓝色裸女》（比斯科拉回忆）在巴黎沙龙遭到了严厉抨击，而毕加索的《双臂抱胸的裸女》颇受立体派追捧。在《金鱼与雕塑》中，马蒂斯用深蓝色背景衬托金鱼，代表生命和运动。毕加索的《静物与骷髅》则诠释死亡，并且用裸女和画笔强调创作与性、死亡的紧密联系。

访问毕加索的画室时，马蒂斯看到了尚未完成的《亚维农的少女》。这幅画在独立沙龙获得巨大成功，是他没想到的。尽管有诗人阿波利奈尔的支持，先锋艺术家们已经不再将马蒂斯看作领袖了。两人的关系开始冷却。据好事者私下传说：在蒙帕纳斯的毕加索画室里，有人曾看见那幅马蒂斯女儿的肖像《玛格丽特》被钉在墙上，充当掷飞镖的靶子。

艺术上的渐行渐远，使他们甚至不相往来。这期间，马蒂斯进行过不同尝试：野兽有所收敛，《浴女与乌龟》和《玩球者》甚至回到了黄金时代。毕加索寻找立体手法的一切可能，他摈弃马蒂斯认为造成体积视觉的颜色，追求形状和线条。1910年马蒂斯完成的《舞蹈》，像是对《亚维农的少女》耿耿于怀的回应：两幅画都呈现了五位女人，都同样充满颠覆性和挑战性。

是对传统的挑战，也是相互挑战。用格特鲁德的话说："他们之间的矛盾愈演愈烈。"评论界也形容他们针锋相对。但马蒂斯并不这样认为："我们的争执是友好的，有时候双方的观点还奇迹般地吻合。我们都对技巧的问题感到极大兴趣。"

三

马蒂斯和毕加索再次见面，已经是1913年了。这一年，马蒂斯患了重病，毕加索前去探望，两人冰释前嫌，在创作上也表现出和解。

毕加索不再排斥颜色，马蒂斯也开始借鉴立体派的技巧。看到毕加索画的《丑角》时，马蒂斯说："我的'金鱼'引导了毕加索。"的确，这幅画中有马蒂斯的黑色和长方块的影子，但马蒂斯的几何形状中立体派的影响也很明显。两幅作品可以说都是象征性的自我画像，都表现了世界大战环境下的沉重，也都体现了不同风格的相互滋养。

大战结束后举行的"马蒂斯—毕加索画展"，是二人相得益彰的明证。这是他们第一次联展,超现实主义诗人阿波利奈尔撰写的前言中说:"将代表当代艺术两种截然不同倾向的两位大师合在一起展出,这是一个最罕见、最出人意料的想法。大家都能猜到他们是亨利·马蒂斯和巴布洛·毕加索。前者的辉煌作品为印象派开拓了新的道路,我们感到伟大的法国绘画中这一生命线还远未衰竭。相反,后者则证明了这一丰富视角并非呈现给艺术家及爱好者的唯一方向……"

跟所有印象派画家一样,马蒂斯对南方的阳光格外敏感。他称蔚蓝海岸是"天堂"。在南方的日子是多产的,室内女人和静物是他喜爱的素材,明亮色彩是阳光的折射。他说:"当我明白每天清晨都能见到这样的光线时,简直不敢相信自己的幸福,我决定不再离开尼斯……"在《舞蹈》中,纯净的蓝色寓意仲夏八月的天空,大片翠绿是草地的象征;旷野奔放的画面里,舞者踏着原始的节奏,手拉手围成圆圈,扭动四肢。人体的朱砂红,地中海妇女的健康肤色,在先于他定居蔚蓝海岸的雷诺阿笔下,也曾出现过。

从1917年起,马蒂斯每年都来尼斯小住,1921年以后,近一半时间都待在这里。秋冬季节,他喜欢住在海边,先是下榻海滨大道的酒店,后来搬到老城,再后来在"美国码头"105号租了一间画室。坐在窗前,他可以看到狂欢节的花车和人流经过,可以一边听儿子皮埃尔拉琴,一边画《窗口的提琴家》。夏天,他喜欢在宝隆坡租一栋别墅,听山间松涛,画门外树林。他也喜欢将模特带到南方来,阳光下的女人给他新鲜的灵感。于是,以亨莉叶特为原型的土耳其女郎出现了,其中最著名的是穿红色和灰色短裤的两幅舞女。在花市旁边查尔菲利克斯广场的小屋里，一幅又一幅土耳其女郎诞生了，倦怠的姿势，慵懒的体态，带着画家念念不忘的阿尔及利亚和摩洛哥情调，成为马蒂斯"尼斯时期"的重要主题。

连续几年冬季，马蒂斯都是在尼斯度过的。1917年的最后一天，他前往卡涅的雷诺阿庄园，跟雷诺阿一起共度新年前夜。这一天，也正好是他四十八岁的生日。雷诺阿看了马蒂斯带来的画，对他的功力感到吃惊。送走马蒂斯以后，他说："我原以为这家伙也就是随便画画罢了……这是错误的！他非常认真！……一切都恰如其分，这很难做到！"

四

除了经常北上巴黎，马蒂斯还奔波于伦敦、罗马、哥本哈根、柏林、莫斯科、匹兹堡和纽约之间。定居尼斯的计划一直难以实现，直到1931年才如愿以偿。在尼斯，他将一座废弃的车库改建成画室，宽敞的空间使他得以完成巨幅《巴恩斯舞蹈》，并雇了一名女助手，莉迪亚·德莱克托斯卡娅。1938年，马蒂斯搬到西米叶，在雷吉娜大厦里安置了新画室。巴黎人猜测，两位大师从此一南一北，将不相往来。谁料到，蔚蓝海岸很快也见到了毕加索的足迹。

毕加索初到法国南方，是第二次恋爱的时候，他和伊娃·古埃尔曾在比利牛斯山区小住。1918年他跟奥尔加·科克洛娃结婚以后，长子保罗出生，一家人多次来蔚蓝海岸度假，最常去的是尼斯西边的戛纳和安蒂柏。这时期为儿子画的《着小丑服的保罗》，充满生活情趣。

就在马蒂斯的女助手莉迪亚成为他的新模特时，毕加索的画中也出现了一个新身影，玛莉-泰莱莎。不久，他们的女儿玛雅出生，毕加索在安蒂柏附近秘密安下了第二个家。他开始大量创作水粉画，画了以第二次世界大战为主题的《格尔尼卡》。在超现实主义代表作《浴女》中，女人的壮硕身体，带着地中海的自然和豪放。南来北往之间，毕加索邂逅了朵拉·玛尔。他带朵拉南下，在她陪伴下画的《安蒂柏夜渔》，出现了以前没有的亮丽的蓝紫色，被评论家们认为预示了某种转折。

尽管风格不同，两人这时期的创作却有许多相似之处。比如毕加索的《三个舞者》和马蒂斯的《室内的小提琴》，不仅都以音乐为主题，在空间处理上也十分接近：室内场景、打开的窗子和窗外的景色，都给人异曲同工之感。

1941年，马蒂斯被诊断出癌症，医生预言他的生命只剩六个月。他仍然没停止工作，而且生命持续了十三年！是阳光的奇迹，还是蓝天碧海的功劳？其间他曾离开西米叶，到小山村旺斯暂住。在那所名为"梦幻"的别墅里，他一边享受乡间的宁静，一边构思旺斯教堂的玻璃彩绘。照顾他的护士莫妮卡，也成了四幅画中的模特。

这时，安蒂柏半岛另一所同样宁静的房子里，住进了毕加索。他身边的人已经不是朵拉，而是弗朗索娃·吉洛，后来又多了他们的儿子克罗德和女儿帕洛玛。就像是心有默契一样，毕加索再次搬家时,也离开海边上了山。瓦罗利斯是个有悠久历史的制陶小镇,这里出产的陶器形状质朴,釉彩明亮。在陶器作坊,毕加索拜名匠为师,亲手制作了四千五百多件陶器。但是今天的瓦罗利斯人更加引为自豪的,是毕加索为教堂手绘的屋顶,这幅以《战争与和平》为题的全景图,是世人难以得见的杰作。

毕加索的南方生活丰富多趣,只是时而拮据。当他付不出租金或水暖工和电工的修理费时,就画一幅画以充欠资。工匠们大多不情不愿,勉为其难地收下,甚至将它遗忘在了哪个角落。

在偏爱海岛和山村的毕加索眼里,尼斯实在缺乏魅力。每一次去尼斯,都只是为了看望马蒂斯。他们又陆续交换过几幅画,还一起出席了战后在伦敦举行的画展。

五

有评论家说:"毕加索画模特,关注的是女人;马蒂斯画模特,关注的是绘画。"这话虽然失之偏颇,不过用来形容所谓"模特之争"或可说明一二。

毕加索和弗朗索娃相恋那年,毕加索六十二岁,弗朗索娃年仅二十一。她出身于巴黎艺术家庭,当时已经获得了巴黎大学哲学学士和剑桥大学英国文学学士的文凭,做过服装设计,绘画也小有成绩。在巴黎一家艺术家常光顾的餐厅相遇那天,毕加索不顾身边还有朵拉,请人引荐弗朗索娃,热情邀请她参观自己的画展。此后的几个月,他凭着记忆画了许多幅弗朗索娃的肖像,比如《妇人头像》《弗朗索娃·吉洛》等。作为回礼，弗朗索娃也为毕加索画了像，但面对他的追求犹豫不决。没想到，最后成就了他们的是马蒂斯。

弗朗索娃最钦佩的画家就是马蒂斯。毕加索承诺带她去见崇拜已久的大师。下一次去尼斯做客，他果然携弗朗索娃同往。马蒂斯也十分欣赏弗朗索娃，不顾手腕不灵便，主动提议为她画肖像，甚至有了绿头发的构思。他请求毕加索允许弗朗索娃来他的公寓当模特。毕加索大为光火，一口拒绝。难道我自己不会画吗！

虽然生气，但这并不妨碍毕加索欣赏马蒂斯的新画《舞者与洛可可式椅子》。这是一幅女人形状的椅子，也可以说是椅子形状的女人，毕加索当即吐槽："这怪物像个牡蛎壳。""简直令人难以接受！"可回到家里，当他为弗朗索娃画像时，鬼使神差，笔下出现了相似的画面。从《弗朗索娃的肖像》到1947年的《花枝姑娘》，女人与植物已经分不开了，《坐着的女人》干脆就是一朵花的形状。更让人惊讶的是，他也真的画了《绿头发的女人》。

多年前马蒂斯口中"不可捉摸和任性的家伙"，似乎没变。尽管两人口角不断，马蒂斯的主题接连出现在毕加索的画中，比如《戴帽子的妇人》和《土耳其侍妾》。当然，表现手法大相径庭，最明显的是颜色与形状的分离。毕加索利用蓝绿、深紫、浅粉、灰褐以及黑色和黄色的衬托，强调世俗韵味。之后推出的另一个系列，则是对德拉克洛瓦的《阿尔及尔的女人》的新诠释。

在马蒂斯生命的最后几年，病痛已经使他无法绘画了，他改作剪纸和剪贴画。剪贴画的杰作《蓝色裸体》，如今成为马蒂斯博物馆的重要收藏。后来毕加索用铁皮剪裁的《椅子》，被认为是对马蒂斯的又一次回应。

马蒂斯1954年在尼斯去世，葬在西米叶那座十七世纪教堂旁边。教堂的墓园本来已经没有空地，不再接受新墓穴，但是尼斯市政府决定为这位荣誉市民特别开辟一片墓地。

穿过古老墓园，沿着紧挨围墙的一条夹竹桃小道，我来到教堂脚下宽敞的新墓园。绿茵茵的草坪中间，马蒂斯的墓一如他的遗言，简朴而宁静。站在墓前，望着远处海面的一缕阳光，我想起当年报纸上令尼斯人叹为奇观的报道：马蒂斯葬礼举行的那天，天低云暗，雷声滚滚，棺椁将入土时，乌云突然裂开一道缝，露出蓝天，将一束灿烂的金光洒向墓穴……

毕加索曾坦言："没有人比我更认真地看过马蒂斯的画，也没人比他更认真地看过我的画。"马蒂斯则认为他们是"艺术上的兄弟"。当半个世纪的二重奏来到休止符的时候，毕加索说："马蒂斯走了，给我留下了他的土耳其侍妾。"

阿波利奈尔在蔚蓝海岸

十九世纪末,法国诗人阿波利奈尔曾在南方地中海一带居住过多年。在蓝色海岸,他度过了青少年时代,尝到了初恋的甜蜜,并步入诗坛。

人生中往往有一些偶然事件,会不期然地悄悄留下痕迹。1887年2月23日,尼斯附近发生了一次可怕的地震。正是在这一天,一个六岁的男孩子,跟随美丽而性格暴躁的母亲,从意大利踏上了法兰西国土。他的名字,古利莫-阿尔贝多-弗拉基米尔·亚历山德罗-阿波利奈尔,混合着拉丁语言和斯拉夫的音韵。他是个出生在罗马的私生子,母亲安杰丽卡·德·科斯特罗维茨卡,是破落的波兰贵族后裔,父亲据说是名叫佛兰切斯科·达斯波蒙的意大利军官。

谁会想到,这个面色苍白眼神忧郁的孩子,将成为法国现代最伟大的抒情诗人。

在南方度过的少年时代,对于改名为吉约姆·阿波利奈尔的男孩来说,是一生中具有决定意义的。在这里,他的鲜明个性逐

渐形成。地中海的阳光温暖了他敏感的心,少年的才华开出灿烂花朵。在一篇名为《区域》的诗中,他这样写道:

> 如今你来到了
> 地中海之滨
> 在终年开花的
> 柠檬树下
> 与朋友一起你乘着船儿
> 悠荡……

这个时期的诗歌,充满了对启蒙时代的甜美回忆:蓝天白云,碧海晴空,四季如春,鲜花似锦,一切看起来都是可能实现的,到处充满了乐观的理想和对未来的美好憧憬。

然而,就生活本身来说,并非处处如意。地震后初到法国,他和母亲、弟弟住了一个月棚户房,然后才搬进摩纳哥的一间小公寓。贫穷窘困的移民生活,直到母亲的风韵受到有钱人青睐才得以改善。破落贵族出身的母亲勉强挤进了上流社会的圈子,在豪华的蒙特卡罗赌场结识了一些有钱人。经济状况好转以后,她将兄弟俩送进了著名的圣查理中学。提供学费的是一些匿名的富人,据某些人推断,大概跟阿波利奈尔的生父的家族有一些关系。

在摩纳哥,阿波利奈尔是一个聪明努力而且虔诚的好学生。正因如此,后来的一次风波是谁也没有料到的。

1896 年,圣查理中学关闭,学业优良的阿波利奈尔被送到了戛纳的斯塔尼斯拉斯学校。这是一所大名鼎鼎的贵族学校，学生中不乏显赫家族、王室公卿的后裔，但是阿波利奈尔却没能待多长时间。原因是他偷偷地将一本淫秽的书带进学校，在同学中流传，虽然据他自己说，"这本书只不过是几个段落有点儿荤罢了"。现在看来算不了什么的过错，在当时却招致了被开除的后果。他转学到了尼斯的男子中学，即今天的市立名校马塞纳中学。

阿波利奈尔是个有好奇心、热衷于探索新知识的青年。放学以后，他经常去市立图书馆读书，而且是著名的维斯康第书店的常客。在学校，他还发起并编辑了一份校报。尽管聪敏好学，中学毕业考试时却在口试中失败。有人说，这是由于他天性腼腆，过于敏感和紧张。

无论如何，一次考试失利并不能抹杀他的天分。从这时起，他开始了对希腊语的热爱，一位名叫贝凯尔的老师，极力鼓励他向文学方面发展。于是他开始尝试写诗，不过他自己认为那都是一些"毫无价值的诗句"。

阿波利奈尔的初恋，像一曲优美的田园牧歌。在后来发表的故事集《被谋杀的诗人》中，他用清新的笔触写下了这段回忆。

> 从十五岁时起，他就梦想有一个情人……五月里的一天，他出门作了一次长时间的散步。那是一个清晨，田野还十分清凉。灌木丛中的花朵挂着露珠……他欣喜地看见了一名美丽的乡村少女，她约莫十六岁，在一棵新叶初绽的无花果树的阴影下，洗着一盆衣服……

这里描写的少女,就是少年阿波利奈尔第一次钟情的玛莉叶特。玛莉叶特是一个农夫的女儿,父亲给富有的奥尼姆斯家兼当车夫的差事。奥尼姆斯的小儿子是阿波利奈尔在圣查理中学读书时的伙伴,两人经常一起去附近海边钓鱼。阿波利奈尔去同伴家的花园别墅玩耍,第一次在那儿见到了漂亮的玛莉叶特,她立刻给他留下了深刻的印象:"她的腰身随着洗衣服的动作起伏着,既妙不可言又让人恼火。她那棕色的皮肤,表明血管中流淌着撒拉逊人的血液。"

从童年到青少年,阿波利奈尔跟随母亲在南方生活了十三年。当母亲安杰丽卡失去经济支持,再次面临生存危机的时候,她决定离开这里,到别处去寻找命运的微笑,于是一家三口北上巴黎,后来又去了比利时。

告别蓝色海岸的时候,阿波利奈尔是否有过惆怅呢?地中海的蓝天阳光和风俗人情,已经在他身上留下了不可磨灭的烙印。

在巴黎的几年,阿波利奈尔结识了许多知识界的人士,还经历了与画家玛莉·劳伦辛的一场波澜起伏的恋爱。1914年,世界大战爆发之际,他又只身回到了蓝色海岸。

在尼斯,他找到了昔日的朋友西戈勒。这位少时伙伴如今已经成了律师,他带着阿波利奈尔出入上流社会和时髦场所,最常去的是尼斯老城的达布多饭店。这家饭店当时被认为是名人荟萃的地方,可以遇见当地的所有知识界翘楚和名流。在这里,阿波利奈尔的名字第一次为诗歌界所知,而且渐渐成为现代文坛的代表。也是在这里,年轻的诗人邂逅了一名叫露的奇特女子。

露的原名叫露易丝。第一次世界大战爆发后，尼斯最大的豪华酒店已经改成了临时医院，露就在这家医院当护士。与当时的淑女不同，露从来不穿裙子，而总是大胆地穿着裤子出现。她开放潇洒，还离过婚，举止做派颇具现代人的风姿。有时候，她会给相交甚笃的人递个小条子："喂，晚上一起来海边抽一口儿……"那就是说，在海边的港务总监办公室里，被邀请的人可以吸到鸦片。

在朦胧放荡的烟雾中，阿波利奈尔很快便陷入情网，但是露一直拒绝他，声称另有所爱。求爱不得，年轻诗人失望之下参加了军队，决心去打仗，但是露却恰在此时忽然倾心于阿波利奈尔。听说他的部队已经出发了，露立刻追到他们驻扎的尼姆，两人开始了一段疯狂的热恋。

每当阿波利奈尔的休假日一到，他们马上赶到离尼斯火车站最近的旅馆，租一个房间，亲热一番之后，再大吃一顿从伏加德糕饼点买来的糕点。

多年后，阿波利奈尔对自己的秘书约翰·莫莱讲述了这段难忘的经历："我有两天的假期可以待在尼斯。清晨五点我就从尼姆出发，中午到尼斯。心爱的人到火车站来接我，我们吃午餐，然后就上床，在床上一直待到第二天早上十点……"年轻恋人的热情欲望，在阿波利奈尔的华丽诗章《献给露的诗》中有更多的描写。

疯狂的恋爱，却未能持久。一次，从尼斯休假以后回到部队，阿波利奈尔遇到了另一个女子，玛德莱娜·帕杰斯。与露的大胆不羁相反，玛德莱娜是稳重而谨慎的。这时的阿波利奈尔已经是个有些名气的作家了,在他的一再要求下,她才肯留给他一张自己的名片。此后,两人开始通信,那些温馨浪漫的情书,越来越多地迸现爱的火花,终于燃烧成炙热的火焰,后来被收入了《回忆的温柔》。在写给玛德莱娜的信中,阿波利奈尔说:"我深深爱着你,我非常想念你。"她去突尼斯旅行的时候,他实在等不及她回来,急不可待地前去跟她会合。

回到巴黎以后,他告诉母亲打算跟玛德莱娜在一起,但是对于结婚这样永久的结合方式似乎还有些犹豫。不久他又回到了军队,这次他参加的是步兵团,想成为一名军官。在前线,他的头部被一个弹片击中,后来又身患疾病……

玛德莱娜始终没能成为他的妻子,后来却成为尼斯女子中学的法语教师。阿波利奈尔在病中还一直给她写信。1918年,在去世前写给玛德莱娜的最后一封信中,他还特意告诉她,在尼斯的哪一家饭馆可以吃到最地道的葡萄酒烧肉和烤洋葱排。

安蒂柏的夏日舞会

二十世纪二十年代，当战争的硝烟终于远去时，随之而来的和平年代，浮动着狂热的气息。渴望走出战争阴影的人们，醉心良辰美景，也崇尚文学艺术，热衷娱乐社交。大洋彼岸吹来的享乐风，将巴黎也卷进了"疯狂的年代"，直到1929年的金融风暴使它戛然而止。在风暴降临前，来到法国的美国人，享受巴黎的艺术世界之余，重新发现了蔚蓝海岸，一时间掀起了涌向南方的浪潮。

引领这场浪潮的，是来自纽约的慕菲夫妇。杰拉尔和萨拉都出身于富豪家庭，两人的结合却不被家族认可。出于对法国的热爱，也为逃避家庭的束缚，他们来到巴黎，将财富用于抢救在战争中被毁的艺术品。在修复俄罗斯芭蕾舞剧的布景时，他们结识了年轻的毕加索。不久，应耶鲁旧友之邀，夫妇俩南下蔚蓝海岸。他们立刻爱上了这里，特别是安蒂柏，位于尼斯和戛纳之间的半岛。

自从十九世纪英国人纷纷到来，温暖的蔚蓝海岸就成了欧洲富贵的冬季胜地,夏天却为人避之不及。那个时代的贵妇,似乎也像今天的亚洲人一样怕晒,即使在秋冬艳阳下,也要打阳伞。慕菲夫妇却独爱炎热的酷夏,以肤色晒成古铜色而自豪,在当时是逆流而行,很快却成了时髦。

半岛酒店本来一到五月就歇业,慕菲夫妇说服酒店特别为他们开门,还保证介绍其他客人来。他们也的确没有食言,巴黎沙龙的座上宾接踵而至,最先到来的毕加索,也立刻爱上了这里。

慕菲夫妇一边住着酒店,一边买下了灯塔附近的一幢别墅,大事改造装修。屋顶建成宽敞的大平台,面向海湾,与尼斯遥遥相对。"美利坚别墅"从此成了美国名流的聚会场所。为了接待宾客,他们又买下旁边的一所别院,在这座叫作"柑橘农庄"的园子里,一幢墨西哥风格的双层小楼平地而起:楼上是带浴室的客房,楼下是宽敞的客厅和厨房,半圆形拱门相连的长廊,对着栽满热带植物的花园。

海滩上的午餐,烛火旁的晚宴,游艇中的遨游,星空下的舞会,除了来自大洋彼岸的富商名贵,还有欧洲乃至世界各地的艺术家:作家多斯·帕索斯,画家曼·雷,诗人画家科克托,音乐家斯特拉文斯基;毕加索带来了新婚妻子——俄罗斯舞蹈演员奥尔加。在当地人目瞪口呆的注视下,这些"荒唐的美国人",穿着大胆的泳衣,用袖珍留声机放着叫作"爵士"的音乐,奥尔加带头,竟在沙滩上跳起舞来……

作为主人,慕菲夫妇有钱慷慨,善解人意,尽量让宾客们过得舒适愉快。杰拉尔风度高贵,似乎是骨子里带出来的;萨拉美丽优雅,令所有男士倾倒,据说毕加索曾经心动,为她画了许多画像。这个家庭的幸福画面，加上三个漂亮的孩子，帕特里克、鲍茨和奥诺莉娅，显得更加完美。

1926年6月一个阳光灿烂的早晨，安蒂柏火车站走出了一个年轻人。宽厚的肩膀，结实的肌肉，黝黑的肤色，显出他是一个惯于奔波的男子。开口说话时，嗓音却出人意料地柔和，半生不熟的法语，迟疑的外国口音，给他饱经风霜的外貌添了几分青涩。

欧内斯特·海明威这一年二十七岁，已经有了骄人的履历表。十九岁时，他曾在意大利战场负过伤；作为战地记者，他采访过年轻的独裁者墨索里尼；二十二岁结婚，二十四岁生子……仿佛步步都走在前面的欧内斯特，现在的目标是成为青史留名的作家。他的短篇小说已经引起文坛瞩目，但是对大众读者来说，海明威仍然是一个陌生的名字。

这天早晨，他走下火车的时候，手里提着一只皮箱，里边装着一部小说的副本，原稿已经寄给了纽约的书商。书中主人公，一个美国艺术家，从巴黎的蒙帕纳斯区到西班牙的斗牛场，流浪，潦倒，在酒杯中销蚀着对人生的梦想。手稿的题目是：《太阳照常升起》。

走在鲜花盛开的小路上，海明威还不知道，日后这部小说将震撼世界文坛。这时的他心里最大的忧虑来自妻子哈德莉。这次重逢，他们该怎样相处？几个月前，哈德莉带着两岁的儿子邦比来到安蒂柏，受到慕菲夫妇的款待，起初住在"美利坚别墅"，不久前却搬了出来，因为邦比患了百日咳，萨拉·慕菲担心自己的孩子被感染。他们住进了帕奎拉别墅，主人菲兹杰拉德刚搬到不远的圣卢别墅,这个住处刚好空了出来。

斯各特·菲兹杰拉德是美国"爵士时代"的象征人物,今天被认为是二十世纪最伟大的作家之一。作为"迷惘的一代"的标志,他的小说《了不起的盖茨比》(又名《大亨小传》)描画了当时美国社会的缩影,将二十世纪二十年代歌舞升平中的空虚、享乐、矛盾和颓废表现得淋漓尽致。在安蒂柏,斯各特和妻子泽尔达是慕菲夫妇的密友,也是美国圈子的核心。

无独有偶,菲兹杰拉德来到安蒂柏的时候,行李箱里也带着一部小说稿,正是那部《了不起的盖茨比》。第一稿已经到了出版商手里,但还需要根据编辑的意见修改。在蓝岸的第一个冬天,是在改稿度过的。修改过的新版本不乏蔚蓝海岸的气息,而后来写的《夜色温柔》,更到处是安蒂柏的写照:日复一日的晚宴,沙滩上的香槟,彻夜的舞会,甚至醉后的喧嚣和疯狂……书中的"狄亚娜别墅"显然是"美利坚别墅"的化身,"柑橘农庄"则直接照搬;小说的男女主人公,时而让人想到慕菲夫妇,时而带着菲兹杰拉德夫妇的影子。

海明威夫妇成为慕菲夫妇的座上宾,是由于菲兹杰拉德的引荐。菲兹杰拉德是已经拥有百万读者的作家,他的短篇小说风靡美国,海明威几乎都读过,但他没想到,书中那些三角恋爱,也会在自己的生活中上演。

哈德莉·海明威身材高挑,棕发,高颧骨,有着体育运动员的体魄。她深爱丈夫,而新婚初期的丈夫也十分爱她。孩子出生后,温柔的妻子变成了体贴的母亲。巴黎那间狭窄逼仄的公寓里,尿布奶瓶和孩子哭声,没有给浪漫余一点空间。丈夫心生不满，哈德莉无暇顾及，宝琳就在这个时候出现了。

宝琳是个与哈德莉截然相反的女子。她出身于爱荷华的富裕家庭，自己是时尚杂志 *Vogue* 的编辑，既有钱又有才华，酷爱自由和奢侈。为了征服海明威，她先让自己成为这个家庭的密友，甚至陪他们一起去奥地利滑雪。很快，欧内斯特便坠入情网。哈德莉隐隐觉察到他们之间的暧昧："你是不是爱上了她？"海明威却回答："你根本不该问这个问题！"一场争吵之后，他们一个去了西班牙，一个带着儿子来到安蒂柏。

一家三口在安蒂柏久别重逢，宝琳远在巴黎，日子是温柔愉快的。哈德莉没再提起从前的问题。慕菲夫妇对海明威立刻感到极大兴趣，他成了圈子里的新核心，甚至有取代菲兹杰拉德的趋势。

像圈子里的所有男人一样，海明威也很快成了萨拉的崇拜者，但对杰拉尔却持有戒心。毕竟，纨绔子弟的习俗与他格格不入："有钱人做事都有目的性，"他冷静地说，"他们收集人物，就像某些人收集名画或者收集骏马一样。"

或许正是因为缺乏这份清醒，斯各特·菲兹杰拉德渐渐感到了烦恼和嫉妒。

两位作家是在巴黎蒙帕纳斯区的酒馆里认识的。他们的交情从推杯换盏开始，一杯接一杯，海明威依然撑得住，菲兹杰拉德却突然晕倒了。醒来后他故作轻松："没事儿，经常这样。"心里未免懊丧。海明威的战场经历，他的健硕体魄、运动天赋、稳重冷静，甚至酒量，都让斯各特羡慕。他比海明威年长五岁，看起来却像个不成熟的弟弟。泽尔达却不以为然，逮着机会就对海明威冷嘲热讽。

为了给海明威接尘，慕菲夫妇包下豪华赌场的露天大厅，举办了一场晚宴舞会。

夏夜的安蒂柏海湾，深蓝的海水，深蓝的夜空，连海风都是醉人的蓝色。斯各特喝醉了，借着酒意，羡慕变成了嫉妒，青睐新宠的宴会主人，首先成了他出言不逊的对象。他讽刺慕菲夫妇把文人和艺术家当作流亡公卿，利用他们点缀自己的宫廷，重塑旧日辉煌……众人的劝阻和斥责，却使斯各特加倍挑衅，一会儿用放肆的眼光打量别人的女友，一会儿操起烟灰缸砸向拉架的人……

是夫唱妻和，还是火上浇油？泽尔达也喝醉了，歇斯底里发作，人们第一次看到她疯狂失控的样子。但绝不是最后一次。在后来的日子里，夫妻俩不止一次上演闹剧：醉酒后驾车开上铁路，把车停在轨道上睡觉；高兴了或不高兴了，拿起西红柿砸人。一次，见一位伯爵夫人晚礼服衣领开得过低，斯各特竟恶作剧地把头伸向人家的胸口……1929年后他们回到美国，泽尔达精神崩溃，被关进病院，斯各特拼命写作赚稿费，1940年因心脏病去世。几年后，泽尔达死于医院的火灾时，菲兹杰拉德的文学声誉正如日中天。他的墓志铭上，刻着他小说中的一句话："我们就这样扬着船帆奋力前进，逆水行舟，而浪潮奔流不息，不停地将我们推回到过去。"

舞会的第二天，太阳升起，隔夜的疯狂了无痕迹，斯各特·菲兹杰拉德又变成了才思敏捷、言语犀利的作家。海明威拿着自己的小说来请教，两人安静地对面而坐，身边只听到稿纸的窸窣声,海浪轻轻拍打沙滩。"你的小说很棒。"斯各特抬起头来,神色难以捉摸。他只提出了一条删改的意见:开头的人物背景叙述太过冗长。

海明威埋头改稿,哈德莉则开始收拾行李。宝琳就要来了,作为他家的客人。他们得搬到酒店去住。夏日的三人小夜曲,微妙但不失和谐。像不少移情别恋的男人一样,海明威迷恋新欢,却又难舍发妻:哈德莉不但是邦比的母亲,也是与他共患过难的伴侣、困难中的慰藉。当然,对如今的他来说,也代表日复一日的平凡:安全稳定,但是单调无聊。

他无法抉择。或许,只要日子能这样继续,他似乎也无意抉择。当清晨的霞光照亮沙滩,当黄昏的夕阳染红海水,当手中的笔画下一个满意的句号,树荫下的餐桌摆好三份餐具的时候,风姿各异的两位女子一左一右,难道不令人惬意吗?

夜幕降临时,他们一行三人不是去慕非家,就是去菲兹杰拉德家。大家一起喝晚餐前的开胃酒,卡西诺赌场的海上餐厅传来小号的独奏,悠扬而哀怨。初次听到的当地人,尚不知何为"爵士乐",不由得驻足倾听。

多年后,哈德莉回忆起那段日子:"那时候,盛在托盘里的早餐,绳子上晾晒的泳衣,出行骑的脚踏车,什么都是三份。"

泽尔达一如既往,不失时机地挑拨哈德莉:"在海明威家里,什么都是欧内斯特说了算。"在泽尔达的尖刻和宝琳的假笑之间,海明威一言不发。偶尔,他不无苦涩地私下对斯各特承认:"我们的生活整个成了地狱……我们夫妇早就过不下去了,一切都是我的错。"

夏天结束之前,海明威去西班牙的潘普洛纳参加斗牛节,仍旧是三人行。潘普洛纳是他喜爱的城市,斗牛使他着迷。《太阳照常升起》的灵感,正是从此而起。

斗牛节过后,宝琳回了巴黎。夫妻俩本来有机会重修旧好,但每到一处,宝琳的信都先一步等在那里。怒火中烧的哈德莉,做出了一个日后追悔不及的决定。她对海明威下了最后通牒:一百天之内,不准见宝琳。如果百天之后你们仍相爱,我就退出,同意离婚。多年后她才明白:如果当初不加干涉,任凭这段恋情发展,它很可能无疾而终。而热恋中的别离,是激情的催化剂,促使他们迈出了决定性的一步。

百日未满,海明威就回到了安蒂柏。他告诉慕菲夫妇,他和哈德莉准备离婚。慕菲夫妇大吃一惊,原以为这会是白头到老的一对呢。萨拉私下埋怨哈德莉:"你应该睁一只眼闭一只眼。"杰拉尔考虑的却是实际问题。他将自己的巴黎公寓供海明威暂住,还给他转账四百美元,以备不时之需。他最担心的是:婚姻的不幸会影响海明威的创作,辜负了他的才华。

在巴黎,海明威闭门改稿,终于完成了小说。朋友问起他为什么离婚,他说:"因为我是一个混蛋。"这一年秋天,《太阳照常升起》正式出版,扉页赠言是:"献给哈德莉和乔恩－哈德利－尼诺卡(邦比)"。一部载入史册的小说,一个文坛巨匠的诞生,一场生活的变故。一切都发生在这个夏天。

欧内斯特和宝琳双双再回安蒂柏,是新婚后的蜜月旅行。"美利坚别墅"的百叶窗紧闭着,菲兹杰拉德的帕奎拉别墅也悄无人息。那个奢华热闹而疯狂的夏日,仿佛已成了梦境。

故事到了尾声，一个小插曲让我重又拿起了笔。1929 年金融危机爆发，许多富人破产，美国人纷纷离开蔚蓝海岸，慕菲夫妇也回到了纽约。"美利坚别墅"几经转卖，已面貌全失。"柑橘农庄"多次易手，倒是保存了下来。三十年代它的主人是举世闻名的朗姆酒大亨巴卡迪。1956 年，海明威获得诺贝尔文学奖，巴卡迪还特地在美国为他举办了一场庆祝酒会。而就在几年前，我们的一对朋友成了这里的主人。当我接受朋友邀请，踏进这个传奇之地时，这里仍是一座墨西哥风格的庄园，只不过别墅装修一新，柑橘树所剩无几，更多的是薰衣草、迷迭香和百子莲，半圆形的拱廊，墙上攀着三角梅和葡萄藤。

坐在拱廊的长椅上，望着窗口垂下的藤蔓，我不由得猜测：不知哪间屋子住过海明威？哪个窗口出现过毕加索或者斯特拉文斯基的身影？夕阳在橄榄树的枝丫间隙中隐现；圆圆的红火球，渐渐变成橘黄，像一盘被搅散的蛋黄，倾入地中海。

安蒂柏海湾，像一个世纪以前一样夜色温柔。明天，太阳将照常升起，毫不在意它曾经照亮的人和物已成历史。夜风吹过，阳光洒过，不留痕迹，但是那些已逝的人，因为我们的记忆依然存在。

鹰飞过的道路

地中海的夏天，永远是喧嚣和色彩斑斓的。但是，只要稍稍离开海滩，沿着缓缓的斜坡走向山林，就会立刻被宁静包围。宁静来得那样快，几乎让躲避喧嚣的人们猝不及防。

海滨的山路，通向阿尔卑斯山的深处，辗转崎岖，一路向北，直到巴黎。

当飞机和火车还没有像如今这样便捷，高速公路也还没有四通八达的时候，许多从北方来的人，都要经过这一条路，第85号国道。但是法国人提到它，却常常叫它另一个更响亮的名字：拿破仑之路。

1814年4月，在英国、俄国、普鲁士和奥地利组成的第六次反法同盟进攻下，法军溃败，拿破仑被迫逊位，退隐到意大利境内的厄尔巴小岛。雄鹰栖息，壮志未泯。经过不到一年的准备，他成功逃离厄尔巴岛，带着一千二百名随从，在蔚蓝海岸的茹安湾登陆。他们翻山越岭，跨湖过涧，短短几天就到达格勒诺布尔，然后直捣巴黎，推翻了复辟的波旁王朝，重新夺回了皇位。

雄鹰飞过的道路，如今也成了人们游览和寻找历史的路线。

一个多世纪以前的茹安湾，还是一个安静的小渔港。黎明，渔人们乘着小船出海，在晨曦中收网，太阳未升起时，就已经回港。1815年初春的这天早晨，也是在这样的宁静中开始的，没有人知道，雄鹰将在这里落脚。

打前站的坎布罗恩将军，提前动身，开辟了北上的山路，在山坡的橄榄树下，搭起了第一座露营的帐篷。在他们后面，跟随皇帝的军队士气高涨："集结在元帅的旗帜下吧！与国旗同色的鹰，将飞过一个又一个钟楼，直到巴黎圣母院钟楼的塔顶！"

"皇帝回来了！"一路上，欢呼声所到之处，集结了更多的士兵和拥护者，但也有时并不那么顺利。当拉姆热上校带领先遣队到达离尼斯十几公里的安迪布城时，守城的德奥纳诺上校不肯相信这是真的，对他们关上了城门。

在当时的戛纳，坎布罗恩将军的遭遇也不太顺利。市长先是表示不相信，继而又拒绝见拿破仑。"我已宣誓效忠路易十八国王，"他说，"如果向皇帝致敬，那就等于对国王的背叛。"不过，他倒没有拒绝为军队补充给养，总算让坎布罗恩将军如愿以偿。今天，在戛纳市的历史档案中，我们还可以看到这位市长写的记录："坎布罗恩将军征用了十二辆马车。晚七点半左右，他又返回，征用了三千份面包和肉……我召集了面包商和肉铺老板们。肉铺老板说，皮埃蒙特的商贩们刚送来了牛，需要三头才够。我命令他们买下来并立刻宰杀。我也给面包商下了同样的命令，并派了十二个雇员去拿面包。十一点钟时，一千七百份面包做好了，凌晨一点，其他的也差不多全部准备好了……两点左右，我得到报告,波拿巴已经到了,他在城外沙滩上扎下了营地,点起了篝火。"

当初被称为"城外"的地方,如今早已经成了闹市区,游览图上赫然标着地名:"军营街"。街边立了牌子,讲述着此地不平常的历史。

就在这堆篝火旁边,拿破仑还接待了一个不速之客,摩纳哥亲王奥诺雷四世。亲王刚结束在戛纳的小住,途经此地返回摩纳哥。"我正打算回家去呢!"他说。而拿破仑则答道:"我也一样!"

与此同时,坎布罗恩将军已经先期到了格拉斯。这个小城,如今以香水之都誉满全球,在当时也已经是有名的香料种植中心了。早期的格拉斯,是古罗马人统治下的一座小城,中世纪发展了制革业。但它的命运真正改变,要归功于亨利二世的王后卡特琳娜·德·美第奇。这位王后来自意大利显赫的美第奇家族,她酷爱格拉斯的皮货,却讨厌兽皮味,于是特意从意大利带来香水师,为她调制香水。三家著名香水厂先后在格拉斯问世:嘉利玛、莫利那、弗拉戈纳(花宫娜),繁荣至今,成了游客的必经之地。

当拿破仑的复辟军路过格拉斯时,小城正弥漫着薰衣草、玫瑰和柑橘花的香气,但市政府召集的紧急会议却充满了火药味。市长决定抵抗拿破仑,阻止他北上。

"咱们有多少武器?"市长问道。

"三十支长枪,没有子弹。"

"放弃抵抗!"

决议已定,立即散会。在回家去睡个回笼觉之前,市长和商贩们还是先准备了坎布罗恩将军要求的物资。当清晨的阳光洒到小城的时候，花宫娜工厂的门前，平时堆满香粉、香皂、花露水和洗浴香脂的货场上，已经堆满了拿破仑军队北上的军粮。

在拿破仑下榻的"三太子旅馆"，临时司令部为下一步的行军方案颇费周折。沿地中海向东走，到达普罗旺斯，再从艾克斯城北上，是最简便直达的路线，但被拿破仑否决了。他不愿重走那条从巴黎到厄尔巴岛的流放之路，充满了屈辱记忆的路。"我们走山路！"他斩钉截铁地决定。

阿尔卑斯山的小路崎岖不平，狭窄难行，战车无法通过，皇帝毫不犹豫地舍弃了四门大炮，舍弃了一些刚刚在戛纳花重金买来的马车。坎布罗恩将军则直奔下一站，寻找可以租到的骡子。军队在洛克维农高地小憩一番之后，再次上路。现在，这个地名已经找不到了，它已改名为拿破仑高地。在不远的圣瓦利埃村，皇帝曾在小教堂旁边的石头上小歇，这块石头今天倒是还在，到此一游的游客们都会上去坐一坐，仿佛也上了一回金銮殿。

被丢弃在山谷里的，并不只是大炮和战车。

当夜幕降临的时候，寒风渐起，人、马和骡子无声地在萧索的气氛中前行，空气似乎凝冻了。西里斯教士为拿破仑煮的几个鸡蛋，成了奢侈的晚餐。到达瓦尔费里耶山口时，天空飘起了雪花。兵士们越来越疲惫，牲口的脚步也越来越迟缓，突然，一头骡子打了个滑，背上驮的整整一袋黄金滑下来，掉进了山谷。人们面面相觑，口不能言。

路边走过的牧羊老妇，倒是脸不变色，或许是根本不知黄金为何物。拿破仑问她：

"您有国王的消息吗?"

"什么国王?"老妇人惊讶道,"法国不是一位皇帝在统治吗?"

显然,山区消息闭塞,老妇人还停留在皇帝逊位之前的时代呢。

随着夜色愈加浓重,兵士们已经快冻僵了。终于到达塞拉农,点起了巨大的篝火,安下了营寨。在一间临时征来的民房里,拿破仑坐在一把椅子上,和衣而睡。第二天清晨,军队再次上路,意气风发,跟随拿破仑,正如他们宣称的那样:"与国旗同色的鹰,将飞过一个又一个钟楼,直到巴黎圣母院钟楼的塔顶!"

几天后,他们到达格勒诺布尔。此后的道路就平坦得多了。国王路易十八闻风丧胆,早早就吓得离开巴黎,去伦敦寻求英国人的保护。波拿巴的复辟几乎没有遭到实质性的抵抗。国王再次被贬黜,皇帝再次即位。

然而,这或许只是最后的辉煌。几个月后的滑铁卢战役,使拿破仑军队惨遭失败,一蹶不振。

从地中海到巴黎的拿破仑之路,成为永久的历史,至今保留着鹰飞过的痕迹。

梅赛德斯的盛衰

二十世纪二十年代在西欧被称为法国的"美丽时代"。第二次世界大战的阴影还没有笼罩欧洲,蔚蓝海岸一派歌舞升平,触目皆是来到地中海追逐阳光的游客。高贵的闲散,伴随着纸醉金迷。

豪华的卢尔赌场对面,新建的海上长堤刚刚完工,仿佛一条美女的手臂,翠袖飘扬,妖娆地伸向海的深处。长堤上,两排面海而开的游乐厅、咖啡馆和酒吧,又高又宽的玻璃窗映出俊男美女的影子,他们时而惊叫,时而欢呼,在轻波之上荡起一串串浪花。

海滨大道上,最抢眼最时髦的,莫过于刚问世不久的小汽车了。有钱的世家子弟,抛弃了马车,玩起了机动车,汽车大赛也随之诞生。

1897年,尼斯举办了世界上第一个海湾汽车赛"尼斯—图尔比"。从尼斯到海拔三百米的小镇图尔比,路线全长十七公里。夺得首届冠军的安德烈·米其林,用的是自家产的轮胎。这个当时默默无闻的名字，如今家喻户晓，除了拥有法国轮胎大王的名牌，后来还因为涉足旅游和餐饮，出版了无数旅游攻略、美食指南，以米其林命名的美食餐厅排行榜，誉满全球。

二十世纪的第一场大赛，更加令人瞩目。年轻的威莱姆·鲍埃尔跃跃欲试，他将要驾驶的是在尼斯新创的跑车"梅赛德斯"。

这位三十五岁的车手，在德国已经颇有名气了，此次参赛志在必得。十七公里的赛程，正是被尼斯人叫作"大弯道"的盘山路。它居高临下，俯瞰海面，从尼斯的"蓝魔鬼"大街，笔直冲到一座悬崖，离崖边五十米一个急转弯，拐上俗称"鞋带"的盘山道。"鞋带"狭窄曲折，千回百转，正如其名。陶醉于车速的鲍埃尔，疯狂加速，逼近悬崖才猛转方向盘，却为时已晚。汽车撞上岩石，鲍埃尔重伤，第二天在医院去世。

跟鲍埃尔的梦想同时灰飞烟灭的，是世界上第一辆梅赛德斯。这辆"奔驰"前身，出自奥地利工程师埃米尔·杰利内克之手。就在不久前，他和德国汽车制造商戴姆勒一起策划这辆车，谈话仍在耳边回响。

"我们给这辆车起个什么名字呢？"戴姆勒问。

"它将以我女儿的名字命名。"杰利内克说。

"哦？她叫什么名字？"

"梅赛德斯。"

埃米尔·杰利内克1853年出生于德国莱比锡。在北非做保险生意发了财，随后，这位工程师被选派为奥匈帝国驻尼斯的领事。领事馆设在海边英国人散步大道54号。在这一幢别墅里，他安下了自己的家，也安下了他的汽车设计所。整整几个月，他反复研究设计，绘制和修改图纸，为造出梦寐以求的完美跑车，专门去斯图加特，找到戴姆勒合作。

梅赛德斯不能以这样的方式收场！

杰利内克把自己关进别墅，开始重新设计。针对汽车重心过高的问题，他将发动机罩改短，增加方向盘倾斜度，马达使用更轻的合金，减轻车身重量，改进蒸发器性能……

带着新的图纸，杰利内克再一次前往斯图加特。可是，一朝被蛇咬的戴姆勒这次拒绝合作。杰利内克对自己的新设计有绝对的把握。他告诉戴姆勒，他打算在尼斯开一家专卖店经营这款车，还一次订购三十六辆，并当场签了一张五百万金马克（相当于今天的五百万欧元）的支票。在这样的决心和信心面前，戴姆勒还能说什么呢？

事实很快证明，他的投资绝不会亏本。下一年的"尼斯—图尔比"大赛上，驾驶梅赛德斯的另一个德国人维尔奈，以平均五十二公里的时速夺冠。再下一年，英国车于斯蒂德也以梅赛德斯赢得了大赛。法国《汽车俱乐部报》宣称："我们已进入了梅赛德斯时代！"

1903年的大赛，起跑线上排列着五辆梅赛德斯。五位车手中，最耀眼的是欧洲新星，祖籍波兰的英国伯爵埃利奥特·兹博洛夫斯基。他像当年的鲍埃尔一样跃跃欲试，志在必得。比赛枪声一响，立刻疯了似的冲出去，将时速提到一百公里，超过了设计的允许。无独有偶，也是在那一座悬崖前紧急刹车，也是错过了急转弯，撞上岩石，当场毙命。

这场悲剧，使"尼斯—图尔比"汽车大赛一停六年。六年后再举行时,已经没有了杰利内克,也没有了当初的辉煌。随着第二次世界大战的开始,全球第一个海湾汽车赛彻底偃旗息鼓,从此退出了历史舞台。

梅赛德斯的历史却并没到此为止。杰利内克不再过问车赛,但是继续潜心经营他的两个梅赛德斯,两个毕生挚爱:一个是女儿,一个是他的汽车品牌。1909 年,爱女梅赛德斯嫁给德国男爵冯·施罗塞尔,在英国人散步大道举行的豪华婚礼,惊动了蔚蓝海岸,多年后尼斯人仍记忆犹新,传为奇谈。

进入晚年,杰利内克深感力不从心,只好将汽车的产权卖给了戴姆勒。戴姆勒与卡尔·本茨合伙,将两个名字结合,品牌改为梅赛德斯-本茨(Mercedes-Benz),即今日闻名全球的梅赛德斯-奔驰。

另一位梅赛德斯,命运却没有这么好了。父亲去世后,她在第二次世界大战中遭到了灾难性的破产。曾几何时的富家娇女已经变得一无所有,流亡维也纳,年仅三十九岁竟死于贫困。

今天的英国人散步大道 54 号,一幢现代化建筑取代了旧日的别墅。大门上,仍然保留了"梅赛德斯"的名字。可是,它从这里开始的历史、它的主人与汽车制造命运相连的沉浮盛衰,还有多少人记得呢?

君王的似水年华

1898年初春的一个早上,戛纳的天气像往常一样晴朗,海滨大道上,新搭起的观礼台旁边挤满了人。衣饰光鲜的嘉宾,款款走上贵宾席的平台,男人们绅士地搀扶着女伴,相互微微点首;名媛们小心提着长裙,矜持地坐下,拿出望远镜向海上眺望。观礼台外面的市民则没有这么幸运了。他们有的爬到树上,有的攀上了路灯的柱子,无数双眼睛紧盯着港口的方向,等待着海上长堤的奠基典礼。这条长堤,标志着新的豪华游艇港落成,它无疑将要改变戛纳的命运和人们的生活。

其实,这个城市的大多数人,毕竟是与豪华游艇无缘的。跟新港比起来,更吸引他们的恐怕还是典礼的主持人,一位令人羡慕的显赫人物。他就是威尔士亲王,英国维多利亚女王的儿子,未来的国王爱德华七世。

这时候的亲王,离登基还早呢,不过已经是在蔚蓝海岸尽人皆知的风流人物了。二十多年来他光顾法国南方,所到之处引来无数嫉妒的目光。赛马打猎,海上出游,锦衣玉食,舞会上偶傥潇洒，赌场中一掷千金……无论在哪里出现，身边自然少不了佳人美女。人们一边赞叹，一边诧异："亲王的妻子，高贵的王妃，竟然如此宽容大度？"

亚历山德拉王妃或许真的大度，他母亲维多利亚女王可没有这么宽容了。她对儿子一味寻欢作乐颇为不满，一时却也对他无可奈何。好在，离他继位的日子尚早，且让他再多享受几年蓝岸的阳光。

爱德华初到戛纳时下榻的格莱达比昂饭店，至今仍是海边的豪华饭店之一。与他同行的除了王妃亚历山德拉，还有一名医生、两名马夫、两名贴身仆人和两名跑腿的杂役。几乎就在王妃的眼皮底下，他开始了自己的蓝岸风流史。

雅娜·张伯雷恩是一位来自波士顿的美国少女。她正值豆蔻年华，红润的脸颊，含情脉脉的双眼，立刻吸引了三十一岁的爱德华。他们躲过雅娜父母的监视，偷偷私会，很快坠入了爱河。面对丈夫的第一次出轨，王妃显然还没修炼出后来的熟视无睹，大怒之下，将他赶出房间，勒令他跟情人断绝关系。爱德华并不怎么在乎，反正他又找到了新的安慰，普塔莱斯伯爵夫人。这第二次艳遇也没有比第一次更长久，不过自此后，英国亲王"唐璜"的名声倒是传出去了。谁让他这么魅力十足呢？抛开俊雅风流、富可敌国不算，未来的英国君主的身份，恐怕也足以令佳人投怀送抱了。

饭店，别墅，还有他的"布列塔尼号"游艇，到处都是他的幽会蜜巢。据好事的传记作家调查统计，爱德华在蓝岸一共有过五十五次艳遇，当然，其中很多都十分短暂，甚至就是一夜情，有些大概只是绯闻。在赌场的绿地毯上，挽着他手臂的那位棕发美女是谁呢？"丘吉尔夫人！"眼尖的人叫道。不错，这位目光炯炯气势不凡的妇人正是温斯顿·丘吉尔的母亲。在戛纳和摩纳哥的舞会上，她一度成了亲王最耀眼的舞伴。人们的惊叫还没落音，爱德华身边已经换成了一位眼神忧郁的英国女演员，丽莉·朗特里。他们在一次晚宴中一见钟情，立刻开始频繁约会。

在地中海的温暖气息和鸟语花香中，在赌场的水晶吊灯映照的桃花心木桌旁，在绿树清风的荫护和抚爱下，情人们的相聚那么浪漫美好。这段恋情似乎的确有些不同，不但持续的时间长，更让人吃惊的是，爱德华竟然将丽莉引见给他的母亲维多利亚女王。终于有一天，丽莉怀孕了。两个人都不能确定谁是孩子的父亲。爱德华安排了一家私人诊所，让丽莉把孩子生下来，然后让母子俩住进了摩纳哥附近的"百合别墅"。在后来的日子里，丽莉一直在这里生活，直到1929年去世。

不得不说，爱德华对他的情妇们是从不吝惜金钱的。1893年，住在戛纳的美国人戈莱特小姐对他说，她想听法国女歌星伊维特·吉尔贝的演唱。爱德华立即叫人打电话邀请伊维特，但歌星却并不愿意来。她每晚在巴黎的夜总会唱歌，风头正旺。爱德华说："那么，多少钱您才肯来呢？"伊维特为了推脱，随口开出天价一万五千法郎。在当时，这可是巴黎教授一年的年薪，没想到，爱德华一口答应了。

晚会开始前，随从嘱咐伊维特，这是给亲王演出，要捡那些正经点的曲子唱。伊维特唯命是从，但是爱德华却不以为然："你那些拿手的曲子哪儿去了？"伊维特立刻换上了酒馆小调，俚俗小曲，于是皆大欢喜。

在蔚蓝海岸，这位英国亲王居然取代了法国人的时尚地位，成了引领时尚的人物。他喜欢的粗花呢裤子、诺福克上衣和洪堡式礼帽，都成了时髦的象征。他爱穿的无尾长礼服，也代替了燕尾服，成了有身份的男子的标配。甚至连他穿衣的习惯细节也让所有人追着模仿，比如：裤腿在前面打褶后塞进靴子，高衣领向下翻过来，礼服的最后一颗扣子不扣，等等，而其实这样做本来是因为他吃喝无度，早早地长出了啤酒肚而已。

就像既爱高雅的歌剧也喜欢夜总会小调一样，爱德华在美食方面也是不拘一格的。吃惯了讲究的宴席，却也不排斥街头的小摊。一天，他带着新女友碧眼美人苏珊娜逛上街头，被路边的煎饼摊吸引，立刻停下来品尝。做煎饼的小师傅亨利哪里见过亲王光顾，紧张加激动，把饼煎煳了。他以为这下闯了大祸，谁知煳煎饼有一种特别的香味，比以前的都好吃。爱德华越吃越香，问亨利这个饼叫什么名字，亨利看了一眼苏珊娜，灵机一动说："本来没名字，现在我叫它公主饼，可以吗？"亲王也打趣道："那干脆叫'苏赛特'好啦！"

苏珊娜很快就从亲王身边消失了，以她的昵称"苏赛特"命名的风味小吃苏赛特饼，却延续至今。当另一位美人出现在爱德华身边的时候，媒体以为不过是又一颗流星。谁能想到，爱德华竟陷入了一段长久的恋情。

这一年，阿莉丝·科佩尔二十八岁，而亲王已经五十六岁了。相差一倍的年龄自然不是问题，阿莉丝有夫之妇的身份也算不上多大的障碍。不知是迫于地位尊严，还是有意成全君王，阿莉丝的丈夫对他们的幽会完全知情，却每次都自动知趣地躲开。

可以说，这是爱德华一生中的挚爱之一。媒体预计他们的艳遇不过几个星期，但他们却一起度过了整整十几年。

在爱德华六十岁那一年，维多利亚女王去世了，亲王登上了王位，蓝岸风流也不得不告终结。爱德华七世在位仅十年，却被英国人认为"自十七世纪以来英国历史上最受国民爱戴的君王"。

在他作为国王的那些日子里，阿莉丝一直陪在他的身边，直到她去世。这期间，她生了一个女儿卡米娅，几乎所有人都认为她是爱德华的私生女，但国王却从来没有承认过。这位卡米娅在今天的英国也算是大名鼎鼎，她就是查尔斯亲王的第二任妻子，卷进查尔斯和黛安娜王妃离婚风波的那位情妇，不久前刚成为查尔斯国王的王妃。至于爱德华七世到底是不是她的父亲，如今更没有人追究了。

走出四位王后的村庄

在尼斯和马赛之间，离海边稍远一些的山坡上，有一座不起眼的小城布里诺尔。游客们只是在汽车飞驶而过时瞟一眼地名，很少有人往心里去，参观一下的就更少了。布里诺尔，如今不过是个默默无闻的小村罢了，旅游攻略上鲜有提到。跟前边等着的马赛海港、基督山神话、薰衣草田野甚至刚刚经过的图罗奈修道院比起来，它似乎真没有什么吸引人的风景。

今天，不知有多少人还记得，就是这个小村，曾经孕育了四位王后，在欧洲历史上留下了不可磨灭的印迹。

偶尔有游客在这里驻足，沿着崎岖的碎石小路爬上老城的山顶，就会看到那座居高临下的石头城堡，朴素得近于简陋，却威严依旧。门上刻着"普罗旺斯伯爵宫"，没有宫殿的辉煌，只有岁月的古老和对世事变迁无动于衷的高贵气息。

几个世纪以前，这里是普罗旺斯伯爵的度夏别墅。当地人却给它起了一个别称："王冠之家"。其实，即使在这个家族的鼎盛时期，这里也依然是简朴得令人难以想象。当伯爵带着全家从艾克斯城来消夏的时候，空旷清冷的城堡一开，村人们就纷纷自动送来家具、被单和各种用具。能为伯爵效劳，是他们的荣幸。等伯爵度假完毕，再去收回来。

十三世纪的普罗旺斯伯爵，是莱蒙·贝朗杰四世。这个古老的世家，领地包括了今天的瓦尔省、阿尔卑斯海滨省、罗纳河口和上普罗旺斯。他的妻子贝娅特丽斯是萨瓦公主，为他生了四个女儿：玛格丽特，埃莉诺，珊希和与母亲同名的贝娅特丽斯。他们都出生在小村，并且在这里度过了童年。或许这四位姑娘都是倾城绝色？无论怎么说，四朵姐妹花后来都成为欧洲最令人羡慕的王后，多少也要归功于父亲的苦心经营吧。

1233年的一个夏日，平静的村里忽然来了一位巴黎贵客。伯爵认出他是国王的信使吉尔·弗拉奇。国王路易九世，日后因为虔诚的名声和十字军东征的业绩成为法国青史留名的"圣路易王"，当年刚满十九岁，雄心勃勃，正在力求扩大在南方的势力。难道他有心娶一位南方的贵族小姐吗？伯爵心中大喜，但马上又凉了：他最大的女儿，今年也才十二岁啊！况且，他空有古老头衔，却是缺金，根本没有财力筹备一份配得上王后的嫁妆。唯一的办法是典押所有的财产和收益，加上这座宫殿和塔拉斯贡城堡……这选择还真是让人进退两难。

几个月过去了，没有新的消息传来，伯爵有些失望，却也松了口气，至少财产不用担心了。谁知吉尔突然又出现了。这一次，他带来了国王的口讯：路易九世正式向伯爵十二岁的大女儿求婚。小小的布里诺尔沸腾起来了，咱们村里要出王后啦！可是，谁见过王后出嫁啊？婚礼该怎么准备？嫁妆用什么形式陪送，什么程序，什么仪式？对于伯爵来说，最主要的是，嫁妆从何而来？

好在他的顾问罗梅已经胸有成竹。他建议：首先要做的是向教皇申请允许近亲联姻的特殊许可。是的，伯爵的妻子是萨瓦公主，她的家族与圣路易一脉相承。在等待教皇批准的日子里，罗梅施展出谈判才能，四处设法，八方求助，终于筹备了一份八千马克的嫁资，分期呈上。伯爵当即付了两千马克，写了张借条，抵押了塔拉斯贡城堡和领地收益。

玛格丽特和国王的新婚大典于1234年5月在桑斯的大教堂举行。路易九世不愧为圣路易，对年幼的王后极尽爱护体贴，新婚之夜将她一人安排在华丽寝宫，自己只身回到圣殿，整夜祈祷。

法国国王娶了伯爵小姐后，南方的势力已不同往昔，但是与邻居英国的关系却一直处于紧张状态。英国国王亨利三世，也有意效仿圣路易，在法国北方找一位王后，他请瓦朗斯主教吉约姆·德·萨瓦帮忙物色。这位主教不是别人，正是伯爵夫人贝娅特丽斯的亲兄弟，他想到的第一个人就是自己的外甥女埃莉诺。埃莉诺是伯爵的二女儿，这年才十四岁。有了姐姐十二岁出嫁的先例，年龄当然不是问题，问题是伯爵实在拿不出另一份嫁妆了，上次大婚欠的债还没还完呢。好在亨利三世十分大度：没有就算了吧，反正马上就是法国国王的连襟了，还用愁吗？

主教舅舅带着外甥女去了英国，1836年10月，埃莉诺与亨利三世的婚礼在坎特布里大教堂举行，婚礼之盛大隆重，丝毫不亚于姐姐法国王后的圣典。离开故乡的埃莉诺，始终想着自己的家族。几年后，英王的兄弟理查德·康沃尔的妻子去世，她立刻想到了自己妹妹珊希。理查德不仅是英国的大富翁，家产在整个欧洲也屈指可数，这可是一门好亲事！珊希十五岁这年，他们的婚礼在伦敦的威斯敏斯特大教堂举行，其豪华又大大超过了两位姐姐的婚礼，宴席丰盛，嘉宾三万。人们私下议论，伯爵家的这位三小姐虽然没有像两位姐姐那样当上王后，但毕竟丈夫富可敌国……谁知道，这话却是说早了，十几年后，理查德成了圣罗马日耳曼帝国的国王，珊希也继姐姐们之后戴上了王冠。

三位女儿地位显赫，伯爵已经此生无憾了，去世前，他唯一担心的是最小的女儿。贝娅特丽斯才十一岁，为了她的将来，伯爵决定将领地留给她。他不会想到，贝娅特丽斯十七岁时嫁给了圣路易的弟弟理查，而一力促成这桩婚事的，是国王的母亲布兰奇·德·卡斯蒂亚和教皇伊诺桑四世。

理查也是个有野心的人，婚后不久，他不顾以图卢兹公爵为首的南方贵族的反对，立刻向南方举兵。在教皇的支持下，他穿过普罗旺斯，进军意大利，一举拿下西西里。1266 年，理查被加冕为西西里国王，后来改名叫那不勒斯国王，贝娅特丽斯跟三位姐姐一样，也当上了王后。

成为王后以后，四个姐妹的命运却是完全不同了。玛格丽特结婚时年纪最小，日后为圣路易生了十一个子女，其中一个就是后来的法国国王菲利浦三世。第二次十字军东征时，她跟随丈夫征战埃及，在国王被俘期间，她当仁不让成了军队的统领。玛格丽特 1295 年去世，享年七十四岁。英国王后埃莉诺生了五个孩子，其中有后来的英国国王爱德华一世。跟大姐一样，她也成了国王的母亲，而且也替丈夫管理过政务：亨利三世去格斯高涅打仗的时候,埃莉诺暂时行使国王的职责。亨利三世去世后,埃莉诺进了修道院,直到六十八岁去世。她的一生被教会人士奉为楷模,因此获得了"圣埃莉诺"的称号。

  珊希的命运就没有这么美好了。富甲天下的丈夫风流成性,绯闻满天飞,从来没打算对妻子忠诚,四姐妹中最聪慧温柔的才女,饱读诗书,忧郁多愁,年仅三十三岁就去世了。最小的妹妹也只当了一年王后,三十八岁去世,不过还是给丈夫留下了七个子女,儿子查理日后继承父亲的王位,成为那不勒斯国王,而她的两个女儿也分别成了君士坦丁帝国的王后和匈牙利的王后。

开到荼蘼花事了

自从十九世纪以来，蔚蓝海岸成了得天独厚的海滨游览胜地，富豪名流和冒险家蜂拥而至。随之而来的是鲜花宝马，佳肴美酒，赛车汽艇，当然也少不了美貌女郎。上流社会的名媛、欧洲王室的公主，更有红极一时的影星舞女和交际花，一时间将地中海岸点缀得繁星灿烂。

她们中的许多人经历过亮丽的一生，而其中不可磨灭的一笔，就是在蔚蓝海岸留下的痕迹。可是，"红颜"注定要"薄命"吗？年复一年的海水冲刷着往事，她们的故事渐渐淡出人们的记忆，许多痕迹消失了，留下的，却是那些最令人唏嘘的往事。命运多舛，荣衰无常，昨夜烈火烹油鲜花着锦，今日凄惨潦倒无人问津。浪漫的蔚蓝海岸，见证了多少美女的香消玉殒。当年的"笏满床""歌舞场"，转眼便已成"陋室空堂""衰草枯杨"。

复仇女神欧苔萝

1965年4月的一个清晨，当柔和的春风吹到尼斯时，幽深弯曲的小巷里，一个老妇人刚刚离开了人世。年久失修的旧房子，门前冷落，室内寒酸。没人想到，她会是从前红遍巴黎的舞女，法国无人不知无人不晓的"美丽的欧苔萝"。

曾经拜倒在她裙下的男人，有王室公卿，有银行大亨，有影星艺人，也有绅士政客。他们都只叫她"美丽的欧苔萝"，而她的真名卡罗琳早已被人忘记了。或许就连她自己也是宁愿忘记的。因为伴随这个名字的，是一连串不堪回首的记忆。

卡罗琳出生在西班牙一个贫穷的家庭。母亲是个吉卜赛女郎，生父不详。她的童年在穷困和暴力中度过。为了逃避这些，她跑上街头，在大街上和下流的小酒吧跳舞。她身上留着吉卜赛的血，跳舞可以让她吃饱，也给她带来快乐。

给她命运带来转折的是巴黎。一次偶然的机会，她跟随一个杂技团去巴黎演出。卡罗琳的美貌和野性的舞姿，令见惯了阳春白雪的巴黎人大开眼界。一连几天，巴黎报纸对她的赞美铺天盖地，她不但在法国出了名，甚至名声传到了大洋彼岸。

在她众多的情人中，纽约伊甸博物馆的馆长尤根斯是最情真意切的一个。作为欧苔萝的经纪人，他策划了她的北美巡演，使她的荣誉达到顶峰。欧苔萝却很快厌倦了他。情深的尤根斯自杀谢世。这样的决绝，似乎在欧苔萝身边开了先河，继他之后，又有好几个被她抛弃的男人为她自杀。

情人和财富,她都不放在眼里,但毕竟可以挥金如土,夜夜买醉。她在巴黎公寓的浴室,装潢华丽,金碧辉煌。据说,浴池旁两个镀金水龙头,一个流着恒温的清水,另一个流出的是香槟酒。

尽管欧苔萝是无数男士的梦中情人,却终究是一个半上流社会的舞女。那些贵妇名媛,一边欣赏她的舞蹈,羡慕她的荣耀和金钱,一边小心警惕着,生怕自己的丈夫落入诱惑之网。

但是,当她们读到欧苔萝的自传时,仇恨和不屑却被另一种说不清的心情代替了。原来,欧苔萝让一个又一个男人成为她的囊中猎物,不是出于虚荣,不是为了金钱,只是在"替天行道"。她的无情和残酷,无非是报复这个世界的一种方式。

人们从她的自传中得知,卡罗琳十岁时,就被一个鞋匠强奸了。罪犯从没受到惩罚,她却被母亲赶出家门,流浪街头。在跳舞、卖笑和卖淫的生涯中,她也曾怀孕,情人和妓院老板强迫她流产,使她永远不再有做母亲的机会。

她成名以后置身的光鲜世界,是一个对女人热烈追捧但并不爱女人的社会。她可以用来反抗的全部武器,便只有美貌和挑起男人欲望的野性魅力。用一些情人的说法,她是一只"火热的小豹子"。引诱,抛弃,再引诱,再抛弃;媚眼如丝的小豹子吸引猎物陷进温柔乡,再一脚踢出去。可惜的是,那些猎物中,或许也有真心实意的人愿意陪伴她一生。

目的达到以后,欧苔萝也已不复当年的美丽。晚年的她离群索居,心灰意懒。似乎什么都已经不重要了,包括年老色衰。

她来到了蔚蓝海岸。地中海的阳光和热烈,让她想起故乡西班牙,虽然比起吉卜赛生活,这里多了繁华和奢侈。繁华奢侈,加上倦怠懒散的气氛,正合她寻求放纵的心情。她迷上了醉酒和赌博。她孑然一身地往来着,将大把光阴消磨在摩纳哥的赌场。赌博使她忘记时间,忘记孤独,忘记财产的渐渐流失。在灯红酒绿中,舞台生涯的积蓄,旧日情人的馈赠和珠宝首饰,纷纷填进了赌场的无底洞。千金散尽不复来,正如消逝的青春无迹可寻。

折断翅膀的天使

和经历了辉煌一生以后才来到蔚蓝海岸的欧苔萝不同,米雪儿·梅歇是个土生土长的尼斯人。1939 年的元旦,她出生在尼斯一个殷实的家庭。她的祖父经营药店,父亲继承了祖业,米雪儿的前程似乎一生下来就定了——继承家族的产业。但她偏偏喜欢唱歌跳舞,八岁时便扬言,要当一个著名的舞蹈明星。对她的抱负,家人们报之一笑,送她去学跳舞,也只当是对娇养的女孩的一时纵容。

谁又能怪她呢?的确是天生丽质难自弃啊。不过,连她自己也没想到的是,给她带来名声的不是舞台,而是银幕。在巴黎芭蕾舞剧院的一段生涯短暂即逝,回到尼斯后却被一个导演看中,演了几个配角,其中《天使小姐》给人们留下了深刻印象。几年后,她主演了《安吉莉卡》,这部影片获得了空前成功,导演拍了续集,还欲罢不能,接着拍了三集、四集和五集。在电视连续剧还没有诞生的年代，那是绝无仅有的纪录。

"安吉莉卡"是天使的意思，这个外表和心灵一样美丽的角色让米雪儿成了人们心目中真正的天使。她金发碧眼，唇红齿白，海水般明亮的眼睛，明明带着少女的纯真，可窈窕有致的身材，又展示出成熟女人的妩媚。《安吉莉卡》系列在电视转播的日子，大家都足不出户。

跟"美丽的欧苔萝"一样，米雪儿遇到很多倾慕她的男人。但她可是从来没有复仇的愿望。她总是像天使一样，每一次倾心都投入了真情。只可惜，上天对她的眷顾似乎全在美貌上用完了，再也无法在婚姻中给她幸福。

二十岁那年，年轻英俊的伊朗国王看上了她，要娶她为王妃，米雪儿却恋上意大利人埃斯波西多，拒绝了国王的求婚。集演员、诗人和音乐家为一身的意大利帅哥，行踪神秘，却有着吸引少女的风流外表，几年后米雪儿才看穿他的真正为人。

离开他，她嫁给了电影导演斯马戈。不久，斯马戈开始酗酒，诸事不理。米雪儿要求离婚却困难重重。官司打了好几年，直到米雪儿答应给前夫一笔巨资，才得以了结。

这时的她，已经是世界公认的性感女星了。第二次结婚，她摈弃演艺圈，嫁了政府官员布里奥。这时，《安吉莉卡》系列突然中断，打破了小夫妻的安稳生活。不过，米雪儿并没有纠结太久：这么多年一直演这个角色，从清纯天使、温柔天使演到野蛮天使，她已经厌倦了。她和丈夫一起来到了好莱坞，打算当电影制片人。好莱坞的闯荡，并不那么容易。几年努力，一无所获，唯一的变化是消耗了大量钱财。另一个收获是，发现原以为可依靠终生的丈夫，也不过是个既无用又无耻的小人。再一次离婚，再一次破产，失望的米雪儿回到了法国。

在巴黎，新的打击等着她。健忘的观众早已忘了美丽的安吉莉卡，去追逐新的女星了。幸好，米雪儿遇到一个瑞士富商，两人坠入爱河。在瑞士同居以后，她担负起照顾他的两个孩子的责任，虽然辛苦，她总算有了一个温暖的家庭。可惜，富商两年后患病去世，因为他们没正式结婚，米雪儿与遗产无缘，分文未得。

昔日的明星，到如今只剩下了美丽。当然，美丽也是资本。一位欧洲王子爱上了她，她跟他去了罗马。但是，美貌带来的热情能保持多久呢？三年后，王子另结新欢，唯一可庆幸的，是分手时对她还算慷慨。

米雪儿回到巴黎，将几年的积蓄孤注一掷，跟别人一起投资办出版社。结果却是，最后的几百万法郎也被合伙人骗走了。

当她终于回到家乡尼斯的时候，连青春美貌也已开始抛弃她了。面对尼斯的记者，她苦涩地坦白："我已经一无所有。为了生活，我只能变卖我的藏画、家具，还有演安吉莉卡时穿戴过的衣服和首饰。"

如果没有家人的支持，曾经集万千宠爱于一身的天使，晚年几乎陷入与复仇女神一样的凄惨境地。

来自好莱坞的王妃

蔚蓝海岸的东部，靠近意大利边境的地方，坐落着一个小小的王国。它夹在法国和意大利之间，面积只有一平方公里多一点，这就是素有"地中海贝壳"之称的摩纳哥。

贝壳虽小，在世界上的名气却不小。名人富豪之所以对这里青睐有加，固然因为风景美丽、气候温暖，但对他们来说，更大的吸引力是免税的乐土：摩纳哥是一个不征个人所得税的西方国家。在本国须缴巨额税款的欧洲人，一旦被摩纳哥接受成为"本地居民"，几乎就可以不缴纳了。难怪许多富翁、体育明星和演艺明星削尖了脑袋往里钻。如果你是与它接壤的法国公民，就不用打这算盘了，戴高乐时期的法国早已有了防备，两国签了协议，不许法国人钻这个空子。

最早的摩纳哥，只是一块屹立海岸的大岩石，Monaco（原意为"岩石"）的名字就是这么来的。公元十二世纪，热那亚的格利马尔第家族与道里亚家族交战败北，来此避难，成为这块岩石的第一个领主。在以后漫长的几个世纪中，格利马尔第家族和觊觎这块地中海要害的热那亚贵族经历了数不清的争夺战，不得不寻求大国的保护。从十六世纪到十八世纪，西班牙和法国轮流作过它的保护国，摩纳哥一度被并入西班牙，一度又被并入法国。十九世纪末期，摩纳哥独立，宣布法国为它的保护国，持续至今。也许是作为对法国的补偿，王国宪法中规定：一旦摩纳哥亲王的法定继承人失传，王国就属于法国了。

1949年，摩纳哥人经历了一场虚惊：路易二世亲王死后无嗣。王国难道要变为法国的财产了吗？幸而，亲王的一个私生女被发现了，并得到了正式承认，王国立刻定了一条新法律，女儿也可以继承王位。夏洛蒂的夫婿波里尼亚克伯爵是波兰人，用我们中国人的话说，就是倒插门。虽然改了姓，但也算值得，毕竟成了摩纳哥亲王。大概是因为几乎到嘴的肥肉被抢走了，法国人对这个"倒插门"的女婿始终有些耿耿于怀，逮着机会就说如今的格利马尔第家族已经不那么货真价实了。

如果没有1956年的那场轰动全球的世纪婚礼，或许摩纳哥除了跟法国时不时摩擦一下，也就是一片得天独厚与世无争的乐土了。

亲王雷尼埃三世，是夏洛蒂和波里尼亚克伯爵的独生子。仪表风流，身份又高贵，早被有公主待嫁的欧洲王室们盯上了。可就在那一年的戛纳电影节上，他遇到了好莱坞女明星格蕾丝·凯莉。金发碧眼的凯莉，是好莱坞有名的清纯女星。跟玛丽莲·梦露那样的性感尤物比起来，她的古典美，那种冰清玉洁、仪态万方，或许会吓退一些男人的贪婪眼光，但也许是令更多男人幻想娶回家的魅力所在。

那时候，凯莉刚刚因《乡下姑娘》获得奥斯卡影后的殊荣。永远嫌不够热闹、趣闻不够多的巴黎记者们，不甘寂寞，故意安排了凯莉和摩纳哥王子的见面，找来了摄影师，连报道的题目都已事先想好了，叫作"当好莱坞王后遇到现实中的王子"。

不知这算不算假戏真做，亲王对凯莉一见钟情，不久就向她求婚。凯莉却似乎有些犹豫，一边鸿雁传书，一边继续拍着希区柯克的电影。雷尼埃志在必得，专门跑到好莱坞，陪伴在凯莉左右，她终于下了决心。一年后，格蕾丝与雷尼埃三世的婚礼在摩纳哥王宫举行，六百嘉宾挤进了本来只能容纳四百人的城堡，一千六百名记者和摄影师，使王国的临时人口猛增。

格蕾丝在银幕上正红，石榴裙下也有数不清的不二之臣，居然急流勇退，摇身变作王妃，害得多少人望洋兴叹。就连前总统肯尼迪都皱起眉头说："与她结婚的，原本可能是我！"不甘心的人们编出了无数绯闻，对她的宫闱生活褒贬不一。

不管怎样，婚后的凯莉极力承担王妃的职责：出席各种王宫典礼，主持慈善活动，努力学习法语，相夫教子，为王室诞下了一子二女。

凯莉的天生丽质和典雅风度，替王国增色不少。因为王位继承纠纷、与法国戴高乐的争执以及为非法牟利集团洗钱等几乎陷入危机的摩纳哥，由于凯莉的来临，重新光耀了一回。小小的摩纳哥王宫里的宴请和庆典，不但欧洲名流趋之若鹜，北美的明星也不远万里，纷纷赶来，只为能成为王妃的座上宾。

1982年的那一天，当王妃在车祸中丧生的消息突然传来时，整个世界都震惊了。据好事者说，这车祸多少有些奇怪。当时她亲自驾车，从乡间别墅回城，路是熟悉的，天气也晴朗，汽车却滑出公路，滚下山坡。格蕾丝当场身亡，于是多事者又猜测，来自好莱坞的王妃恐怕厌倦了单调的生活和宫廷的繁文缛节。不是吗，与家人和朋友的分离，语言不通的障碍，作为公众人物受到的种种骚扰……据说，婚后初期，不堪寂寞的格蕾丝曾打算回好莱坞拍电影，但亲王不同意，为此她一度患上轻微的忧郁症。

后来的一些传记作者，把这个事件称为"神秘的车祸"，而来自好莱坞的王妃，在大洋彼岸不可避免地成了神秘的传奇人物。但今天的摩纳哥，更多是在纪念王妃一生的功绩。以她命名的医院、慈善项目和歌剧院，正如"格蕾丝"本身的含义（恩泽）一样，述说着她为王国带来的一切。

孤菊傲霜

尼斯海边的英国人散步大道，一排棕榈树后边酒店林立。代表不同历史时代的宫殿楼宇，有的华丽炫耀，有的古色古香。有的呈地中海的暖色调，橙红粉黄，像活泼的少女；有的是现代派的新建筑，棱角冷峻，像高傲的美男子。

沿着长长的天使湾，一路看去，一眼捕捉到的，总是那幢别具一格的尼格莱斯克大酒店。白色的墙壁，粉红的屋檐，粉绿相间的门楣；靠街角的一侧，设计成半圆形，高高耸起的圆顶，白色底座托着粉红色的半球，最上端是淡绿色尖顶。尼斯人喜欢对游客开玩笑地说："看，那是咱这儿最大的奶油、草莓和开心果三色冰激凌！"

这座建筑，今天成了尼斯的标志，但它的确不是地中海风格的作品，而是一个罗马尼亚人的杰作。

一个多世纪以前，一个叫亨利·尼格莱斯库的富商来到了尼斯。当时海滨度假还没有那么时髦，蔚蓝海岸的名声也还没那么响亮，他却一眼看到了商机。在靠近市中心、靠近赌场的地方，他买下了这块地，打算盖一座海边最豪华美丽的酒店。他不惜花费巨资，从巴黎请来了"红磨坊"的建筑师。路易十六风格的大厅，装饰着巨款定制的地毯和挂毯；四百五十个房间，经著名内部装修设计师之手，精心配备了古典风格的家具。酒店大厅里，专门从俄罗斯定购的水晶吊灯,直径近五米,是由一万六千八百多件水晶组成的。这件稀世杰作,本来是为俄国沙皇尼古拉二世定制的,居然被尼格莱斯库捷足先登。后来,另做了一座同样的吊灯,才挂进了莫斯科的克里姆林宫。

那个"冰激凌"屋顶,却是尼格莱斯库的异想天开。他突然起意,要求建筑师在顶尖安上一个粉红色的圆体,是因为他想到了情妇的饱满乳房。

本来他打算用自己的名字命名酒店,但最终还是听从别人的建议,改了一个字,更适应当地风格。

酒店开业后,一度非常红火。毕竟海边的豪华饭店并不多,何况这里还能欣赏到那么多艺术品,装一回文化人。尼格莱斯克的收益惊人,超过了以前任何酒店。可惜,好景只持续了一年。第二年,第一次世界大战爆发,几乎簇新的酒店被征作军用,成了接收伤兵的临时医院。经营亏损不用说,那些被损坏的家具、装饰和艺术品,修复起来也需要一笔巨资。尼格莱斯库把酒店卖给了一对比利时夫妇。

爱享乐的人们似乎是健忘的。大战一结束,他们就再次涌向蔚蓝海岸,酒店恢复后,再次繁荣。只是,战争也再次来临了,第二次世界大战使它的命运重蹈覆辙。比利时人将它出手,这一次买下酒店的,是雅娜·奥吉埃夫人。

雅娜出身于富裕的家庭,她的母亲刚刚瘫痪,从此离不开轮椅,需要找一个方便的居所。当时的尼斯,只有这家酒店有供轮椅升降的电梯,于是父亲买下酒店,将一层改装成一套大公寓自己住,剩下的便交给新婚的雅娜跟她的丈夫保尔一起经营。

奥吉埃夫妇延续了当年尼格莱斯库的风格，在战后现代化席卷全球的风潮中，始终坚持走传统路线。重新装修被毁坏的房间，选的还是古典装饰；豪华套间，配的是路易十六时代的座椅沙发，威尼斯的慕拉诺玻璃器皿，巴黎戈布兰工厂出品的挂毯……其实，在酒店的艺术风格上，雅娜比罗马尼亚人走得更远。

"皇家大厅"里，尼古拉二世水晶吊灯的光芒照耀下，是妮姬·德·圣法尔的当代艺术雕塑。旁边的一系列人体雕塑，最生动精美的要算玛丽·安东尼特皇后的半身像。大厅的墙上，挂着出自法国著名画家之手的路易十四、拿破仑、约瑟芬皇后和其他国王的画像；这些大师的另一些画作，是要到卢浮宫和凡尔赛宫才可以看到的。艺术装饰品数不胜数，一共有六千多件……

在雅娜的手里，这座酒店已经变成了一所真正的博物馆。欣赏它的人里，还有戴高乐。当伊朗国王请人帮忙设计伊斯法罕的宫殿式大酒店时，戴高乐毅然推荐了雅娜·奥吉埃。

1995年，丈夫保尔去世了，雅娜独自继续经营。觊觎酒店的人从来不少：文莱国的苏丹王，美国的比尔·盖茨，还有摩洛哥的投资商。他们说："卖给我吧，价钱随您开！"许多大名鼎鼎的连锁集团，也一再向她伸出橄榄枝。但雅娜的回答永远是："不。"她清楚地告诉所有人：尼格莱斯克酒店永远属于法国，永远不加入任何一家连锁集团。

孤菊傲霜，她勇敢地坚守着。拒绝各种利诱，摆脱反复纠缠，无视秘密社会的软硬兼施，甚至还要面对各种想不到的麻烦。2011年，法国公布的豪华酒店排行榜上，尼格莱斯克榜上无名，原因是：它不具备水疗健康中心，没有游泳池，而且不禁止住客带宠物。众所周知，除了狗、猫以外，这里的客人可以带各种动物，著名画家达利来这里小住时，随身带了一只小豹子。

据说，因为没有子嗣，夫妇俩可能会将酒店留给慈善机构，也曾听说，雅娜有意将它赠送给全体员工。可是，铁打的饭店流水的工。员工们一年一年更换，传闻还只是传闻。

雅娜今年已经九十三岁了，几年前患了阿尔茨海默病。为了避免财产被不怀好意的人操纵，经尼斯公共利益部门要求，已由马赛的法院指定了财产监护人。是啊，几年前发生在法国首富贝当古尔家族的事情，人们记忆犹新。"欧莱雅"品牌的老主人莉利娅·贝当古尔夫人，年老力衰，一味宠信年轻的摄影师，除了不断赠送高价礼物，还签下空白支票，面对唯一的女儿的担心和指责，却说："我想给谁就给谁！"那一场母女之间的官司，在众目睽睽之下，撕碎了所有的家庭温情。

雅娜·奥吉埃仍然住在尼格莱斯克一层的那套公寓里。她的身后财产将由马赛法院作为执行人。据说如果她不留下相关遗嘱的话，酒店可能由尼斯市政府接管。

云霞明灭

在尼斯香消玉殒的众多女明星，都是把蔚蓝海岸当作了她们生命中最后的港湾。而伊莎朵拉·邓肯的生命在尼斯戛然终止，却是连她自己也没想到的意外。在一代舞后从西到东、穿洋过海的漂泊一生中，尼斯只不过是一个偶然的落脚点。

但是，偶然中是否也有冥冥天意呢？改写了人类舞蹈历史的女人，当年的灵感，不就是来自大海吗？如她自己所说："我最初跳舞的观念，起源于大海的波浪。"

伊莎朵拉·邓肯生于美国的旧金山。早年家中贫困，但因为她酷爱跳舞，母亲还是送她进了舞蹈学校。可是，伊莎朵拉只去了三次，就不肯再去了。学校正规死板的芭蕾舞教育，不适合她崇尚自由的天性。她更喜欢到大自然中去，追逐自由，享受心灵的节奏，将内心的感觉通过舞姿表达出来。

她独创的舞蹈风格，不被当时的美国接受，她最爱的轻如薄纱的舞衣，也被认为有伤风化。伊莎朵拉走向欧洲，开始了她漂泊的一生。

二十世纪初的欧洲，充满着浓厚的艺术气氛。在印象派的光芒下，不论绘画、雕塑还是音乐，任何大胆的尝试和来自远方的异国情调都能引起人们的好奇和注目。伊莎朵拉别具一格的舞蹈，首先在伦敦受到了欢迎。接下来，她又到了巴黎、柏林、维也纳……在欧洲，肖邦、施特劳斯、柴可夫斯基的音乐陪着她旋转，画家和雕刻家以她为模特，塑造出生动的充满活力的造型。她不停地跳舞，巡演，开办学校。到了第一次世界大战前夕，她已经是世界上最著名的舞蹈家，连美国人也将目光投向欧洲，重新审视这个曾经被他们否定的天才。

巴黎见证了她的成功，巴黎也见证了她的苦痛。伊莎朵拉从不掩饰她的双性恋生活，也不注重传统的婚姻。她的一双儿女，来自两个并没与她结婚的男人。1913年，她的儿女惨遭不幸。风和日丽的一天，保姆带着他们一起去塞纳河边，汽车抛锚了。司机下车去修理发动机引擎，却忘了刹闸。当发动机重新启动时，汽车突然越过马路，冲下河岸，掉进了河里。生命中的第一次剧痛，令她悲伤欲绝。谁能想到，多年后，一场同样少见的事故将带走她的生命，而厄运也是源自汽车。

终于走出痛苦的时候，伊莎朵拉来到了十月革命后的俄国。红色革命带来的希望，使她振作起来。她遇到了年轻的苏联诗人谢尔盖·叶赛宁，与他结婚，并加入了苏联国籍。诗人的神经也许是格外脆弱的。《一个无赖汉的忏悔》的作者，比她小二十来岁，经常酗酒，无端狂怒，三年后，因精神崩溃而自杀了。伊莎朵拉再一次经历了与亲人死别的惨痛。

从苏联回到美国，她为了给苏联儿童筹集教育经费，在波士顿举行了演出。舞台上，她挥舞着红色的纱巾，大声而热烈地宣称："这是红色的，我也是红色的。这是生命与活力的颜色！"当时的人们，如果能猜到后来发生的事情，是否也会想到"命运"这个词呢？

伊莎朵拉在美国并未受到应有的欢迎，她又漂流到巴黎，靠微薄的收入生活。曾经的朋友，似乎都忘记了她；曾以为永恒的友谊，也淡薄如轻烟。在巴黎郊区诺伊，她用最后的积蓄开办了一所舞蹈学校，但终因收入不足，被判破产，以拍卖结束。

1927年9月，伊莎朵拉南下蔚蓝海岸，到尼斯作短暂停留。当夜幕即将淹没地平线上最后一抹金黄的时候，她乘车沿海出游。

初秋的晚风，吹起了她脖子上戴的围巾，她最喜欢的红纱巾。绯红色的轻纱在她身后飘起,映在深蓝色的天空中,像一抹晚霞,又像一片彩云,一朵漂泊不定的落英……忽然,那飘扬的一角被卷入车轮,围巾紧紧缠住她的脖子,越缠越紧,她甚至来不及发出一生呼喊,就已经没有了气息。汽车却仍在往前开着,将她从车上摔到马路上。等人们赶来的时候,她的身体已经血肉模糊。

在舞台上,她收获过掌声、赞美和鲜花,离开人生舞台时却一贫如洗。贫困和灾难,失望与孤独,或许早已让她对幸福不报奢望,甚至生无可恋。她的舞姿,时而如蝴蝶纷飞,仙鹤展翅,时而似海浪翻滚,云霞起舞,除了表现对自由的憧憬和追求,也述说着内心的痛苦和挣扎。

云霞明灭或可睹。在她远去的地方,但愿也有大海的波涛伴随,就像她第一次踏起舞步时那样,为她奏着永不消逝的乐曲。

辑三：边走边看

漫步蒙达尔纪

在距巴黎大约二百公里的卢瓦尔河谷中部，有一座小桥流水、鲜花点缀的城镇。四条河水从这里流过，穿街越巷，出了城，追随塞纳河和卢瓦尔河而去。纵横交错的河流，映射着天光水色，还有那一百三十一座小桥。慕名而来的人们，为的是这里素有"小威尼斯"之称，何曾想到：百年前，这个人口不过几万的小镇，却印下了与新中国诞生息息相关的伟大足迹，见证了中国革命的一段历史。

在中国共产党成立百年纪念日过后不久，一个偶然的机会，使我踏上了蒙达尔纪之旅。

夏日的蒙达尔纪，绿草茵茵，树影婆娑。平日的熙熙攘攘沉寂了，静谧的河水、古老的石板路，便仿佛散发出历史的气息。市政厅门前没有了聚集的人群，那块纪念牌便格外醒目：这座建立于十六世纪的古建筑，二十世纪初是一所男子公学，几百名中国学生曾经在这里学习，其中有蔡和森、陈毅。就是在这里，蔡和森给毛泽东寄出了一封信，阐述关于建立新社会、成立无产阶级政党的设想……

这座小小的城镇，从中国远涉而来要经过近两个月远航，旅程三万多公里，辗转巴黎南下。它能成为中国革命先驱的栖息地，要归功于蒙达尔纪接待的第一个中国人，他就是留法勤工俭学运动的发起人李石曾。甘贝塔街31号，李石曾住过的房子，像当年一样闹中取静，蓝色门窗。李石曾，父亲为清末重臣。1903年随驻法公使孙宝琦来到法国求学，对蒙达尔纪一见钟情，经常来往于小镇与巴黎之间。在这里，他酝酿出让中国留学生边读书边做工的设想，创建了豆腐工厂，使留法学生有了落脚点，有了打工的去处和生活来源。也是在这里，他接待过正在为中国同盟会奔走的孙中山和中华民国教育总长蔡元培。

今天的蒙达尔纪，或许没有多少人记得李石曾，但是穿过几条街，跨过两座桥，洛茵河西岸那座庄严的吉罗岱博物馆，却将他的贡献载入了史册。那时候，这里是蒙达尔纪的市政厅，1912年11月16日的市政会议，李石曾应邀列席，他介绍了组织赴法留学的计划，得到了市政府相关人士的支持。从此，新的留法之路开启。1913年，第一批勤工俭学的中国留学生来到了蒙达尔纪。在后来的几年中，留学人数达到几百，他们中间也出现了邓小平的身影。

如果你并不急着去博物馆的花园里休息，不妨在城里多走一走，比如拐到杉松街，去看一眼那所古老的中学。当年，这是镇上第一所也是唯一的女子公学，来自中国的女学生，大多数在这里就读和寄宿。这些杰出的女性，是留法先驱，也是较早受教育的中国女性，她们之中的向警予，曾在中国开办第一所女子学校，蔡畅成为中国妇女解放的领头人。蔡畅的母亲葛健豪，抵制妇女裹脚习俗，并以制作和出售绣品来支持勤工俭学。如今，在中国勤工俭学纪念馆里，还能看到当年的一些湘绣作品。

流连于街道、小桥和花园之中，我们仿佛看到向警予蔡和森们和其他先辈的身影。正值青春年华的他们，勤以做工，俭以学习，时而激昂，时而浪漫。在探求西方真理的同时，思考中国的前途。

就在中国共产党成立的前一年，1920年7月一个夏日，他们跨过洛茵河小桥，来到河畔的杜吉公园，召开了新民学会赴法会员的全体会议。一群热血青年，气势磅礴地提出"改造中国与世界"的宗旨，讨论建立中国共产党，走俄国十月革命的道路。蒙达尔纪的园林，蓝天白云，绿草鲜花，见证了这个难忘的时刻，记住了蔡和森、向警予、李维汉、蔡畅、萧三、罗学瓒、陈绍林、颜昌颐、欧阳泽、熊昆甫、唐灵运、萧子升、张昆弟、葛健豪……经过一个世纪的变迁，公园依然如故，亭亭如盖的伞松，随着清风，波澜不惊地叙述着百年的神秘。

公园的南边，水域最宽的地方，是洛茵河与布利亚尔运河的汇集点。布利亚尔运河是法国最古老的运河之一，它连接了塞纳河和卢瓦尔河。从这里转身，沿着河岸向北，往火车站的方向走，运河和洛茵河环绕古城，平行而上，好像两条美丽的蓝色缎带。河岸上一排高大的梧桐，枝繁叶茂，在午后的骄阳下泛着银光。左边，城内的屋顶错落有致，右边，那些简朴无华的房子，已经属于当年的城外了。

比如这幢门口带遮檐的二层小楼，不就是市政府为工人和平民建的公共澡堂吗?那个时候的穷人,想来不是家家有淋浴。这间公共澡堂由银行资助,算得上十九世纪的一个重大亲民举措。1921年,它刚完成现代化的水管装修,就迎来了中国学生的光临。每个星期四和星期天,澡堂开放,在蒙达尔纪和附近勤工俭学的中国工人和寄宿学生,和当地平民一样,花上十生丁来这里洗澡。

隔着运河向城内眺望,却又是另一番景象了。昔日的城墙早已成断壁残垣,依稀可见的轮廓,勉为其难地维持着一个老城的样子。最引人注目的是一所高大官邸。它依残墙而建,将城墙上仅剩的两座圆堡作了官邸的角楼,显出不凡气势。

它的主人也确实当得起这气势。德绍莫府邸建于十八世纪,第一位主人西蒙·德绍莫,是奥尔良公爵的财务官。到了二十世纪,却住进了一位与中国颇有渊源的学者。勒内·杜蒙是法国著名农学家和生态学家,1974年法国总统候选人。早在中学时代,他就成了许多中国青年的好友。他的母亲是杉松女子公学的校长,他因此早早就认识了蔡畅,几十年后,当两位老友在北京重逢的时候,蔡畅已经是全国人大常委会副委员长了。1964年,戴高乐时代的法国与中国建交,应杜蒙教授的邀请,中国大使访问了蒙达尔纪。在几十年学者生涯中,杜蒙曾七次考察中国农村,写出了四部关于中国农村的著作。如今,留法勤工俭学的历史得以被更多人知晓,教授功不可没。

与邓小平同一年出生的杜蒙,想必也遇见过这位中国领袖吧?尽管当年,邓小平可能更多地出现在位于北郊的橡胶厂。美国人开办的玉青松橡胶厂,青松有如玉树临风,工作却并不轻松。第一次世界大战以后，工厂开始招收外籍工人。1920年到1927年间，在这里工作过的中国人有二百多名，其中包括邓小平、王若飞等，还有一名女生熊季光。他们每天工作八小时以上，下班后除了学习，还要从事政治活动。邓小平在木底胶面鞋部，每天工作十小时，一般工人每天做十几双鞋，他每天做二十双。未来的中国共产党领袖，在这里度过了他的十八岁生日。

他最喜欢光顾的街上，古色古香的小楼已经褪了色，石板街面却还照旧，小饭馆也仍然一个挨一个，甚至当年旧照片上的理发馆都还在。临街的餐桌上，铺着红白相间的方格子桌布，粗拙老式，似乎倔强地不肯走入现代，却像蒙达尔纪人一样显得纯朴可爱。年轻的邓小平，是否就是在这里学会了喝咖啡，跳华尔兹舞，爱上了法国的羊角面包，也爱上了看足球比赛？

顺着这条街走下去，就到了古丹街，尽头是个丁字路口。正对街口的房子，雷蒙特里埃路15号，是如今的中国旅法勤工俭学纪念馆。1920年代，这里是一幢有许多单间房的公寓，不少中国留学生曾租住在这里，比如后来参加过长征、再后来成为全国政协副主席的李维汉，还有未来的国务院副总理李富春。

走进纪念馆之前，我无意间瞥见街边的一家印刷作坊。作坊很小，木质的门窗，有些低矮阴暗。一对年老夫妇在里面忙碌着，手脚迟缓，步履蹒跚。仿佛旧电影中的老镜头，慢慢滑过，带着沙沙的胶片声，带着与现代格格不入的黑白色彩。忽然想到，邓小平也曾在一家印刷厂体验过，那个时候的画面，是否与眼前的片段类似呢？

由湖南省出资建立的这所中国旅法勤工俭学纪念馆，充满了惊喜。一栋有三百多年历史的老建筑，经过改造翻新，在三层阁楼里展示了载入中国史册的蒙达尔纪篇章。从清末民初的五四新文化运动，到新民学会，寻求真理，勤工俭学，资料丰富，更令人惊喜的是那些珍贵的照片，百年前青年俊杰的英姿，引起无限感慨、崇敬和遐想。最后一个惊喜，是在这里居然遇到了多年未见的老同学。不期而遇，不约而谋面，是真正的"志同道合"。

从纪念馆出来，绕到小城的北边。两条并行的河流在这里分道扬镳。布利亚尔运河几乎垂直地向东拐了一个弯，与妩媚的维尼松河合流，然后继续北上。紧挨河岸的，是那条又宽又长的美人鱼大街。对这条大街，邓小平的印象格外深刻。每天，他从这里骑自行车去上班，一路顺坡而下，滑行到底，没有红绿灯。

洛茵河也在城外拐了个弯，却和缓得多了，静静的流水把人们引向火车站。

邓小平在蒙达尔纪期间，周恩来也曾多次来访，他像李石曾一样，频频来往于巴黎与小城之间。蒙达尔纪的火车是1860年开通的。在此之前，去巴黎要乘坐马车，旅程十几小时。二十世纪初期，火车已经很方便，只需四小时便可到巴黎。而今天，从巴黎登上火车，一个多小时就到了蒙达尔纪。作为当初中国旅法勤工俭学的必经之地，火车站也成了一个重要的历史见证。如今，车站广场已经命名为邓小平广场。广场上一座雄伟的人物群雕，将永远铭记这一页令人难忘的篇章。

重访华幽梦

塞纳河穿过巴黎北方的田野，在一片青绿中分成两条河道。主流蜿蜒向东，带着印象派画家的足迹，经诺曼底、鲁昂直到勒阿弗尔，在莫奈画《日出》的地方汇入英吉利海峡。另一条支流瓦兹河，沿河谷北上，来到一个静谧的村庄。村旁有一座修道院，它的名字叫华幽梦。

这所建于十三世纪的隐修教堂，灰色的哥特式尖顶插向天空，四周树影婆娑，静得近乎寂寥，像一个被时代遗忘的旧梦。没有多少人知道，这里曾住过一位与中国渊源深厚的学者，他的足迹，将华幽梦的名声传到了遥远的中国。

二十世纪五十年代，安德烈·铎尔孟离开生活了四十八年的北京。这位饱读中国诗书、曾感叹"法国学问、风俗无一如中国者"的汉学家，来到这里安身。此后十年，他就像悼红轩的曹雪芹一样，披阅十载，增删无数次，和中国学者李治华一起，翻译校阅了第一部法文全译本《红楼梦》。华幽梦，由于铎尔孟的名字与《红楼梦》结下了不解之缘。

第一次去华幽梦，是十年前的秋天。那时，北京电视台的纪录片《一个法国人的红楼梦》即将在法国上映，我应邀参与本片的法语翻译。为了更好地完成这项工作，也为了不辜负自己对《红楼梦》的热爱，我踏进了修道院的大门。古老的修道院，如今已是以音乐舞蹈为主的艺术交流中心和文化接待站，每年举办的音乐会、研讨会和培训班，为历史遗产与艺术创作相关的对话提供了资源和平台。

那次初访，由于时间和修缮等原因，只浏览了部分开放区域。那些未能走近的地方，始终是我的遗憾。承载着厚重历史的华幽梦，每一个角落仿佛都在低诉往事：它的诞生、变迁、繁荣和衰落，还有它见证过的中华梦。十年后重访华幽梦，幸有在这里负责文化活动的朋友引导，得以从容漫步，仔细聆听，搜寻与中国相关的千丝万缕。

走进黑漆铁栅栏院门，就像推开了一扇历史的大门。两排高大的核桃树中间，宽阔的甬道幽幽伸展，空间的推进，仿佛时间的倒流。雄伟的主体建筑，环绕着四边拱廊，内院那一排小屋，是从前的教士居所，也是文人艺术家的栖身之地。其中一间，那张简陋的书桌上，曾承载过铎尔孟及其手中的《红楼梦》……随着眼前景物的展开，一幕幕历史画面在我脑海中呈现。

一

1881年出生的安德烈·铎尔孟，是法国最早的汉学家之一。

在许多人眼中,他是一个"怪人"。那个年代,学汉语的本就凤毛麟角,而铎尔孟与周围环境格格不入,或许还有别的原因。他的母亲出身贵族,父亲不详。因为婚姻未尽如人意,母亲在儿子年幼时自杀去世,安德烈由外祖父抚养长大。

在巴黎学习时,他认识了清朝驻法国使馆工作人员唐在复,开始跟他学习中文,中国之缘由此而起。1902 年,中国留法勤工俭学运动的先驱李石曾来到巴黎,铎尔孟与他结为莫逆之交。当北京醇亲王府需要一位法语教师的时候,在李石曾和唐在复的推荐下,铎尔孟欣然前往。他进了王府,成为醇亲王载沣和府上贝勒、格格的家庭教师。

从踏入中国的第一天起,铎尔孟的一生就与这块土地紧密相连。但他自己也没想到,这一住就是四十八年。他感觉自己就是一个中国士大夫,给自己起了中国名号孟浩然:穿中式衣服,喝中国茶,读中国诗书。跟那些追求异国情调的西方人不同,他在中国找到了真止的自己。回法国的短暂经历,让他更加确信这一点。他在写给中国挚友恽毓鼎的信中说:"回法国两年,觉学问、风俗无一如中国者。"他身在巴黎,心系中国:"我不由自主地很想念那里。那些现在法国的中国朋友,当时都在准备 1911 年的革命,我不遗余力地帮助他们,也算是为中国做一些事情吧!"

辛亥革命结束,铎尔孟立刻回到北京。他忙着接待法国的年轻汉学家,筹备汉学研究工作,和朋友们一起策划文化活动。妙峰山附近的贝家花园,经常有他的身影。在这里行医的法国医生贝熙业,常免费为当地穷人治病。两人志同道合,不时相聚。不久,聚会中又多了小说家谢阁兰和诗人圣-琼·佩斯。时任法国驻中国公使馆三等秘书的圣－琼·佩斯，经常到中国各地旅行，穿越戈壁滩以后，开始在西山写作《远征》。当时一起饮酒写诗的朋友们还不知道，这部借鉴了中国文化的史诗，成为诗人通向诺贝尔文学奖的基石。在座的铎尔孟，却总是在清晨把昨夜写的诗烧掉，他始终不愿留存自己的手稿。也是在这时，他在妙峰山下买下了一块坟地，想将它当作自己的永久归宿。

北洋政府时期，他担任过外交顾问，他承认自己"很深入地参与了中国的政治事务"，但不赞成当时政府的治世理念："这些人都不能把中国引向一条进步的发展道路。"于是，他辞去职务，希望把更多精力投入教育和文化交流。

那些年，铎尔孟最感欣慰的一件事，是和蔡元培、李石曾一起创办了中法大学。他担任了中法汉学研究所的第一任所长，并亲自教授法国古典戏剧、诗歌及翻译课程。诞生于西山碧云寺的这所学校，是法国里昂中法大学的前身，不但培养了许多人才，而且为中法教育合作开辟了前景。里昂中法大学的诞生，得益于李石曾等人发起的勤工俭学运动，他们号召和动员中法两国人士，利用法国退还的庚子赔款创建了中法大学。铎尔孟曾为法方校董。它成立后的三十年间，接收了几百名中国留学生，大多数留学生毕业回国后成为自然科学、社会科学领域和文化艺术界的精英。

在北京中法大学，铎尔孟的学生中有一位才华横溢的青年，他的名字叫李治华。多年后，命运将再次把他们联系在一起。

抗日战争的爆发，险些中断铎尔孟的中国之行。中法大学一度停办，甚至有消息说，在华的法国人必须回国。好在这一次有惊无险，铎尔孟暂时"闭关"以后，得以留在北京。然而，中法局势的下一道坎坷，终于改变了他的生活轨迹。

中华人民共和国成立后，暂未与新中国建立外交关系的法国决定撤回一切机构，中法汉学研究所没能逃脱停办的命运。铎尔孟处理完所有事务，最后一批离开北京。在游轮上他对法国记者说："我一生的作品被毁了。我所有要待下去的理由一个个破碎。"

告别中国，回归故乡，铎尔孟却好像离开家乡一样失落。这位学识渊博的学者，将大半生精力和热爱献给了在中国的事业。他在法国无亲无故，没有财产，没有荣誉，没有学术机构的支持，甚至连栖身之地也无着落。多亏唐在复的女儿唐珊贞的关系，铎尔孟找到了住所。在华幽梦，一个世外桃源般的清静所在，妙峰山成了永远的回忆。

"我所拥有的一切都留在了中国，只有一个梦想跟着我回来。"这时的他还不知道，今后与他的梦想为伴的，还有那部《红楼梦》。

二

华幽梦修道院建于1228到1235年间。为了筹备修建费用，国王路易八世卖掉了王冠上的珠宝，却终究没看到它建成。他的儿子路易九世，是法国历史上有名的虔诚的天主教徒，有"圣路易"之称。他只花七年就完成了父亲的遗愿，另外还修建了许多教堂、济贫院和收容所。

按照母后布兰奇·德卡斯蒂亚的意愿，这是一座以严苛俭朴著称的西多教会修道院。建成后，以拉丁文 Mons Regalis 命名，意为"国王的山丘"，翻译成法语是 Mont Royal，后来连成一个词 Royaumont。中文译名华幽梦，不但跟法语发音相似，而且深有意境，甚至贴近与中国相关的故事。

这座当时法国规模最大的修道院，在中世纪达到鼎盛，教士人数最多时曾有一百五十多名。圣路易国王多次下榻于此，王室每年拨巨资维持开销。盛况一直延续到中世纪末期，失去王室的支持以后，修道院每况愈下。英法百年战争给了它致命一击。它没有被战争的烽火摧毁，但是英国军队的破坏，盟军士兵的趁火打劫，附近民众的打砸烧抢，使它再也没能恢复元气。这段历史，不由得让我想到十九世纪英法联军抢劫圆明园的场景，几曾相识。

从此，华幽梦的宗教地位与日俱下，黎塞留大主教的挽救也无济于事。短暂的回光返照，与宗教已没多少关系了：国王路易十三在华幽梦上演了他亲自编导的舞剧，新任修道院长在这里举办了上流社会的盛大舞会，建盖了意大利宫殿式的城堡……法国大革命结束了这一切。修道院被没收，连同宗教书籍和祭祀品一起被拍卖。买下它的拉维尔奈侯爵，早先当过王后玛丽-安东妮特的财务官，专管她的赌博账。不知是否与此有关，他成了有钱的工业家，将修道院改造成纺织工厂。侯爵去世后，比利时商人梵·德尔迈施接手经营。

这时的华幽梦，是一道奇异风景。一边演绎着工业化变迁，一边呈现出华丽的潦倒。断壁残垣，别有一番浪漫颓废的魅力，正符合十九世纪末巴黎人的口味。华幽梦成了布尔乔亚和艺术家的休闲胜地。它也曾恢复过宗教功能，波尔多修女会一度在这里接纳见习修女，但为时不久，这间"修女培训所"便由于各种原因关门了。

华幽梦的新主人儒尔·顾安，是一位大工业家兼慈善家。买下华幽梦以后，他将城堡和花园作为夏季别墅，然后请来著名园艺师，重新规划了教堂的庭院，设计了法式花圃。华幽梦越来越受上流社会青睐，不但吸引了贵族和大资产者，也吸引了文人和艺术家。

第一次世界大战时期，顾安的儿子将华幽梦捐给红十字会使用，这所著名的"301临时医院"，救治了许多伤残士兵。战争结束后，他的孙子亨利·顾安决定将华幽梦开放，他希望"为那些常因为物质困难而不得不生活在缺乏美和诗意的地方的人们，提供一个思考——或者创作——的可能。"亨利和妻子伊莎贝拉成立了国际性的艺术与研究之家，接待生活贫困的艺术家和学者。1964年又成立了华幽梦文化基金会。

铎尔孟踏进华幽梦大门的那天，迎接他的伊莎贝拉第一次见到了那些印着神秘方块字的书。

三

坐落在主建筑一侧的图书馆，给我一种既熟悉又生疏的感觉。

图书馆由隐修院的教务厅和圣器室改装而成。高大的穹顶，宽敞的四壁，保留着教堂的庄严肃穆。尖形拱顶和连为整体的肋架券，装饰简洁美丽，冲淡了古堡的冷寂；与庭柱齐高的一排排书架，摆满装帧精美的图书，增添了学术气氛和校园的活泼。铎尔孟从中国带来的图书，1998年转移到里昂市图书馆之前，就一直珍藏在这里。古老的殿堂，是否仍然记忆犹新？

这是铎尔孟经常光顾的地方。在这里，他时而查找资料，时而伏案疾书。也是在这里，他望着树荫下那条幽深的甬道，等待"星期二之约"。每个星期二，是他与李治华见面的日子，他们要一起修改的《红楼梦》译稿，已经摆在了桌上。

1937年，李治华在北京中法大学毕业，以优异成绩获得了赴法留学资格。跟铎尔孟告别的时候，无论是学生还是老师都没想到，十八年后，他们将在巴黎北边一个叫作华幽梦的地方重逢。

李治华出生于北京书香人家，父亲精通英文，曾用古体诗翻译过英国湖畔派诗歌。父亲在清末顺天府尹何乃莹家教私馆时，童年的李治华曾寄居顺天府大院。在酷似大观园的何府里，他嬉戏于垂花门、月洞门之间，诵读于游廊花园之中，领略过钟鸣鼎食，见识过仆妇成群。《红楼梦》的场景，于他并不陌生。

在里昂中法大学读书时，李治华遇到了雅克琳·阿泽拉伊思。这位后来取了中国名字李雅歌的法国姑娘，成了他一生的伴侣。在她的帮助下，李治华翻译了艾青诗选、鲁迅的《故事新编》和巴金的《家》。1954年，联合国教科文组织筹备《东方知识文库》，委托他翻译中国文学作品，李治华选择了《红楼梦》。将这部巨著翻译成法文，无疑是一项浩大的工程，汉语的精深造诣和法语的雄厚功力缺一不可。要让法国读者不但能看懂故事，而且能体会到语言的生动和文字背后的丰富蕴含，除了译者外，还需要有通晓中文的法国学者负责审校。

恰逢此时，见证了半个世纪中国历史的铎尔孟回到了法国。在李治华看来，没有人比他更适合担当这项重任了。而对于既通晓中西文学又对《红楼梦》情有独钟的铎尔孟来说，也没有比翻译这部书更令他兴奋的退休生活了。在北京时，他主编的《法文研究》曾经连载过《红楼梦》部分章节的翻译。而让法国人认识中国诗词的想法，在他发现京剧的那天就萌生了。自从1931年见到从美国回来的梅兰芳，京剧的韵律和辞赋之美，渗入了铎尔孟的灵魂。

整整十年，每个星期二，李治华带着他的译稿来到华幽梦。在图书馆二层的这间大书房里，两人共同切磋，反复推敲，一字一句地讨论修改。这间书房，那时被称为"中国图书馆"。铎尔孟独自与他的中国图书为伴时，喜欢穿上他的中式人褂。

汉学家铎尔孟也是一位诗人，熟谙法国诗歌格律。他用亚历山大诗体翻译《红楼梦》的诗词，力求保持中国特色，又能为法国读者感悟。"玉带林中挂，金簪雪里埋"的双关谐音，"好了歌"的警世诙谐，"菩提本无树，明镜亦非台"的参禅悟道，"已觉秋窗秋不尽，哪堪风雨助凄凉"的幽怨哀婉，都是对译者的挑战。虽然在诗歌翻译中寓意和隐喻的绝对传达是不可能的，意境、词语和音韵的完全对应也是不可能的，但是能让读者感受到原著的魅力，就已经是成功。

《红楼梦》人物众多，如果人名用通常的音译，西方读者很难记清，且未免辜负了作者赋予其间的诗意。铎尔孟建议不取音译，采用意译。比如袭人，法语名字的意思是"香气阵阵飘来"，晴雯是"蔚蓝色的云"，湘云是"河上轻雾"，邢岫烟是"山中薄雾"，宝蟾则是"月中蟾蜍"……这样的名字，相当于形容句，名词解释，中国人读来或感怪异，但的确方便了法国人记忆，不乏东方情调和新奇。当然，曹雪芹的人名中对人物命运的相关暗示，在法语翻译中只能是可望而不可即了。

李治华的初稿是用打字机打印的。当他离开时，上面布满了密密麻麻的修改痕迹。那是铎尔孟的手笔，是反复思考和推敲的结果。这些珍贵的手稿，2002年由李治华的朋友、作家舒乙带回了北京，收藏在中国现代文学馆。

四

中世纪风格的四合拱廊，对着院中的茵茵绿草，旁边那排小屋静悄悄的。秋日的阳光裹着白色的朦胧，照在二层109号房间门口，照在门前那块纪念牌上。

"这座纪念牌是2011年设立的。"接待人员一边打开房门，一边介绍：当时的中国驻法大使孔泉在瓦兹河谷省议会主席等一行陪同下，来到华幽梦，为铎尔孟故居的纪念牌举行了揭幕仪式。

狭小的房间，和西多教会的所有教士居室一样，陈设朴素近于简陋。1954年，铎尔孟应顾安夫妇之邀在这里安身，几乎没有离开过。在数字时代到来之前，人们更喜欢用历史人物来命名房间。这一间，原来叫"圣路易室"。多么贴切的名字！它曾经的主人，与那位国王有不同的信仰和目标，却也像虔诚的教徒一样，忠实于自己的执念和热爱。

路过这间小屋的华幽梦人，大多听说过《红楼梦》和曹雪芹。他们记得，清晨的走廊，傍晚的树林，时而会传来一位老人吟诵中国诗词的声音。

在餐厅里，我看到了角落里的那张餐桌。那是铎尔孟就餐的地方。他总是坐在同一个位置，若有所思，不与任何人交谈。或许，他仍在心里纠结"留得残荷听雨声"的译法？那座通向二层拐角处的楼梯，曾经每天留下铎尔孟的足迹："铎尔孟从前去盥洗室里洗澡，都是从这里上去的。据说，他经常一边走一边念中文诗。"抚摸着泛着岁月光泽的棕木扶手，我脑中浮现出老人踏歌而上的身影："世人都晓神仙好，唯有功名忘不了！古今将相在何方？荒冢一堆草没了。"

铎尔孟在《红楼梦》里找到了他的中国。生活似在梦中，梦也进入了生活。《好了歌》像是道出了他的心声。他终生未婚，功名、金银从来就不在他脑中，娇妻儿孙也与他无缘。待他的生命走到最后时，居然也像林黛玉一样，不愿在世上留下只言片语。

1964年，法国与中国建立了外交关系。十年前会让铎尔孟欣喜若狂的消息，对他来说来得太迟了。医生查出，他患了前列腺癌，已到晚期。铎尔孟拒绝住院治疗。在众人劝说下，他只在医院待了一个星期，但坚持不做手术。生命的最后两个月，在他眼里，是可以贡献给《红楼梦》的最后一千多个小时。

回到华幽梦的小屋，他重新拿起译稿，继续工作。当几十回初稿全部修改完的时候，他放下笔，再也不愿进食。两眼望着远方，他嘴唇嚅动，似乎在喃喃念诵："昏惨惨黄泉路近，问古来将相可还存……"北京西山的晨昏咏叹，新鲜胡同22号的诗书笔墨，在尘封的记忆中，忽然近在咫尺。

1965年2月7日，铎尔孟在华幽梦去世。去世前他将那些书籍赠给了华幽梦图书馆，并委托遗嘱执行人：他保存的信件中，来自尚在世的朋友的，请帮忙归还；已离世朋友的请销毁；他自己的信件文稿，则全部焚烧。他不要墓地，因为他希望长眠的地方已不可及。在他的遗物中，有一幅北京西山图，上面标着他曾经买下的墓地。

铎尔孟没能看到译著问世。后来的十几年中，李治华在夫人雅克琳的协助下完成了翻译工程。1981年，《红楼梦》法译本在巴黎出版。许多人惊愕地得知，中国文学原来有这样一颗璀璨之星。法国报刊评论说："人们仿佛突然之间发现了塞万提斯，或是莎士比亚。""只读这一本，就可以满足读《战争与和平》《追忆似水年华》等多本书的酣畅淋漓之感。"

告别华幽梦时，我再次回头。夕阳下的古老建筑一如既往，波澜不惊地见证着世态人生，饱藏着历史的神秘。在那间小屋住过的人，如清风吹过，没有留下多少痕迹。但是他仍可欣慰：在他的第二故乡中国，铎尔孟的名字不会被人忘记，因为《红楼梦》是不朽的。

风铃的早晨

从卢森堡地铁站走出来,风铃停住脚步,侧身让过身后的人流。

出站口强劲的风吹起了她的衣裙。她仰起头,任发丝飞舞在脸上,贪婪地吸了一口气。清新的空气,从旁边的卢森堡公园飘来,春寒料峭中,夹着若隐若现的花香。暖意却还是一丝也没有。

身后滚动的电梯,把源源不断的人流从深不见底的地下通道吐出来。人们一个挨一个,相互紧贴着,一升到地面便迫不及待地踏上街道,快步涌向四面八方。早晨的巴黎人永远是匆忙的,脸色如同身上的衣服,一片严肃,看不见在国内司空见惯的红红绿绿。巴黎的天空,也还是那样深深浅浅的灰。

风铃来巴黎快两年了,这个地铁站也不知来了多少回,每次还是一样,犹豫着不知该朝哪边走。四五个出站口,不论从哪一个钻上来都让人迷惑。不能全怪风铃的识路能力。巴黎拉丁区的古老街巷,歪斜曲折,从来不会正南正北,她总是要先找到那条熟悉的圣米歇尔大道，定一定神，面向塞纳河，然后四周的景色才会像电影中的特技那样，旋转几下，在头脑中恢复正常的方位。

近两年了，她已经习惯了每天奔波于巴黎的街道，到一个个客户家中去。从两眼一抹黑，到现在能很快找到要坐的地铁线和车站，已经很不容易了。毕竟，忙于生计的她，到现在还没工夫学法语呢。

当初人生地不熟，又不懂语言，是需要多大勇气才能走出那一步啊。没有正式居留身份，拿着过期的旅游签证，带来的钱又花完了。如今想起这些，没有后怕，没有后悔，只剩庆幸和自豪。好在她有灵活的头脑，足够的耐心，还有一双手。

她的那双手，实在令人羡慕。修长美丽，既柔软又结实，手腕多么有力，指尖和指肚就有多么润滑。难怪她接下的客户，只消享受过一次服务，就都迷恋上了她的手指。她没有正式的按摩师执照，也不属于任何美容店，找她上门的人就是不断增多。刚开始一无所有，到现在早已忙不过来，甚至不得不推掉一些预约。干脆把妹妹从老家接了来，一来有了做伴的人，二来让妹妹也开开眼界。

风铃并不常来我家。我长居南方，巴黎的家只是偶尔小住。况且也没病痛在身，只是喜欢按摩的健身功能和那份享受。每次来，前一天跟她打招呼，约不上的时候，也就罢了。

风铃的大多数客户都喜欢工作日晚上下班以后或周末叫她。别人休息的时候，她反而特别忙。像我这样一大清早就等她的，也算少数，所以多半时间，总是听到她再问一遍卢森堡地铁站出哪个口，然后愉快地说明天见。

　　风铃不仅有一双勤快能干的手，性格也温婉乖巧。她的嗓音恰如风铃，爽脆而轻灵。常常一边按摩，一边将身边的和家里的琐事娓娓道来。她说老家在东北，自己本来是学中医的，按摩只是副业。来法国后起初在一家美容店做过，后来发现那家店为赚钱，故意纵容男客强迫女按摩师提供色情服务，于是辞了职。自己做，没开店的本钱，那就上门服务，她给自己规定只接女客，熟悉了以后，也答应给男客做，但必须老婆在家。收费低，服务好，不愁没客人。这不，惠铃来了，两姐妹一天到晚接活都还忙不过来呢……

　　几乎每次见面，风铃都会问我，有没有合适的法国男人介绍给她。我倒的确认真想过，但身边不错的男士，不是已经结婚，就是岁数太大；偶尔见到单身适龄的，又觉得不够了解，生怕碰上不靠谱或人品不好的。我只能答应替她留意。风铃总是温和地叹口气，述说起父母的担心。自己已经四十八了，妹妹也已四十三岁，父母这辈子是抱不上外孙了。至于她自己，找到另一半，自然为了将来有个依靠，而眼下，更实际更迫切的却是解决身份问题。

　　风铃忙不过来的时候，就让妹妹来过两次。惠铃的手指不像姐姐那样细长，更圆润些，按摩起来手法也不同，却也是力度恰好，十分舒适。只是偶尔，动作中显出少许浮躁，仿佛带出些内心的骚动。

　　现在风铃除了关心她自己的婚姻，还询问有没有适合妹妹的对象。姐妹俩每天工作，常常到夜里才回家，从不休假。我邀请他们来南方玩儿，又劝她们利用在法国的时间到别处转转。妹妹听了，两眼发亮，风铃却总是一笑："客人太多，忙不过来呢！再说，旅游挺贵的吧？"

终于有一个夏季，她们决定来南方游玩。我带她们参观了尼斯，又去了海边的爽城、菲拉角半岛。蔚蓝海岸的美景，随处可见的漂亮别墅、豪华游艇，让她们仿佛陶醉在乐园里。惠铃和许多小姑娘一样，爱上了海边小店里漂亮的头巾、小包、发饰、香水……挑选着这些小物件，眼睛却盯着那些如雷贯耳的名牌，闪着羡慕的光。

风铃纵容妹妹，但很少给自己买什么，除了参观香水工厂时给自己买了两瓶面霜，就只在旁边看看。卖游泳用品的小摊上挂的风铃，却忽然引起了她的兴趣："原来这里也兴这个？跟我老家那个挺像的呢！"

去年圣诞节期间我又去巴黎，像往常一样见到风铃。她告诉我，这是她春节前最后一次工作，因为她要结婚了。她一如往日地温婉和慢条斯理，给我讲述了这桩婚姻。罗伯特是个特别好的人，今年七十，退休已经快十年了，老伴儿早去世了。他是风铃最早的客户之一，几年来从没间断。每次风铃来给他按摩，是他最开心的日子，不但身体舒服了，心情也好多了。他现在一个人，需要照顾，而风铃需要一个留在法国的身份保证。他们的结合的确是个很好的决定。

我祝贺她，又问起惠铃的消息。"她回国了。"风铃说。妹妹通过互联网认识了一个人，越聊越近乎，决定回去见面。回国以后，两人并没在一起，大约不如当初想象的理想。她在家里住了一段，又离家漂流。也许，这就是她的宿命吧。寻找希望，失望，再寻找，不知何处是归宿，内心的躁动，又让她无法甘心待坐家中。

风铃是现实的。经过了当初的果断选择，便一直温和耐心地对待自己的命运。以她最初的目标，算是如愿以偿了。我有点遗憾以后不能请她按摩了。她却正色道："不，我还是要工作的。"罗伯特的退休金不高，还有三个早已成年的子女，境况都不是很好，见了面不是跟他要钱就是问遗产，所以风铃是不会坐在家里，每天只当罗伯特太太的。结婚后休息一段，春节一过，她还要再开始工作。

从那以后，不知为什么，我却再也没有约过她了。

她送给我的风铃还挂在窗口。微风吹拂的清晨，它滴溜溜地旋转，发出细碎清脆的声音。

下雨的日子

地中海一带时常艳阳高照,这里的人们便似乎特别不能承受阴雨。三两天不见太阳,碰到一起的人们就开始抱怨:"今春真是个烂透了的季节!""烦死人呢,什么都做不成!"

巴黎人似乎不那么在意天空。毛毛细雨时断时续,连伞都懒得拿,匆匆出了地铁站,顶多犹豫片刻,就抬脚走上湿漉漉的街道。雨下大了,行人们或者优雅地撑起雨伞,或者从容地找个屋檐避雨,性子急的把风帽往头顶上一拉,跑了起来。也有人若无其事,不惊不乍,继续漫步而行,甚至都不会抬起头来往天上看看。是啊,走在鳞次栉比的高楼大厦之间,那窄窄的一线天是浅蓝、乳白抑或是鸽灰,又有多大关系呢。

对蔚蓝海岸的人来说,天的颜色就重要多了。天空湛蓝纯净如洗,那海水也是同样的蓝,伸展到无限,水天一色。不管怎样一成不变,天天看也看不腻。人们理所当然地享受着这份得天独厚的蓝,可是几天连阴雨,立刻抓瞎了,无着无落,惶惶不可终日似的。不能爬山,不能下海,不能躺在海滩晒太阳。高尔夫球场草地泥泞，森林里黑乎乎的……生活简直停顿了一半。

也许因为曾在巴黎久住，我对下雨天很有承受能力，甚至还十分享受。阳光充沛的地方，还真需要丰足的雨水滋润才有草木葱茏，花繁叶茂。更何况，雨中也有雨中的乐趣。初春的小雨，给爽朗率直的地中海带来不常有的诗意，阳刚的气息中，添了几分忧郁，但这忧郁不会变成病态的呻吟，反正不久太阳又会出来的。在那之前，空气清新，游人稀少，出门不堵车了，停车也容易了。连街道和广场都干净了许多：平日那些令人讨厌的烂纸、烟头、各种食物的包装垃圾、口香糖污渍，被雨水冲刷得暂时不见了。

在微雨的海滨漫步，别有一番滋味。海滩上没有了男男女女花花绿绿，终于被还给大自然，黯淡成灰蓝色的海水，拍打着鹅卵石沙滩。风吹雨丝，脸上洒了些细碎的湿意，让这浓墨重彩的地中海也难得有了几分"斜风细雨不须归"的意境。顺着海边小路走进市场，这里仍旧热闹，但不像往日那样熙熙攘攘。小贩们是格外感谢你的光顾，还是有了闲暇？反正比平时显得亲切。鱼虾没有了阳光的暴晒，带着更多海水的新鲜，蔬菜闪着水滴，好像清晨的露珠。

下雨天气，偶尔睡个懒觉也没什么。夏日或秋季大雨滂沱时，敲鼓般的声音，大珠小珠落玉盘，忽然让人想起儿时光景：午睡时分，被幼儿园阿姨强迫躺在床上的孩子们，望着窗外的雨打秋千。

这样的日子小酌一杯，想到的是"绿酒初尝人易醉，一枕小窗浓睡"。

瓢泼大雨的日子，听着窗外的清凉，心里有一丝暗喜：整整一天不出门，可以做很多事呢。其中之一是听音乐，整出的歌剧，很少有时间听完一遍，今天就坐下来好好享受吧。索性，把歌词也找来，这才发现原来有这么多以前不知道的意思……优美的旋律突然被厨房的闹钟打断，铃声提醒着别忘了锅里烧着炉里烤着的东西。不出门的日子，正好可以做经典的五小时酥烤羊腿，这道传统菜，既乡土又可登大雅之堂，烤好的羊腿色泽金红，酥香美味，正宗的吃法是分盘上菜不用刀切，只用勺子。

既然有的是时间，那么拌草莓的奶油就自己调制吧。亲手现打的奶油，味道新鲜，只需放很少一点糖，比买现成的可口多了。

最喜欢天色渐渐暗下来的那一刻。华灯初上，家家飘出了饭菜的香味。各种酒杯摆好了，小吃也准备好了，进门的朋友们带来笑脸和室外的清凉。窗外雨声不断，间或一阵狂风，大家惊愕地向外望上一眼，又回过头来，继续欢声笑语。室内，正是温暖如春。

清明复活

这一年的清明，跟西方的复活节同日，是不多见的巧合。

某一年的春节跟西方情人节碰在一天，沸沸扬扬炒出了不少花样，除了因过年更热闹和多了些时髦色彩，最受益的是商家。想多卖礼物多收礼物或有别的念头的人不惜把外来"情人"一词当作某种身份的同义语，赋予它本没有的意义。

但是"清明"和"复活"连在一起，真有点寓意。东方和西方的节日，一个源于自然一个源于宗教，都带着肃穆和虔诚，悼念中都带着重生和希望。

作为祭祀的节日，清明是宁静平和的。春光初回，草木复苏，万物洁齐，气清景明。扫墓时候也是踏青季节。

复活节在西方节日中有点特殊，它不像其他节那样有一个固定日期，而是每年春分月圆之后的第一个星期日。春分和月圆！以此为日历，简直就是西方最有东方情调、最具仙风道骨的节日。

纪念耶稣复活，从宗教意义上来说有沉重也有快乐。从受难的星期五开始,经历了被钉死、升天和复活,最惊心动魄的画面是耶稣在十字架上,钉子穿透手臂脚踝,身上淌着血……作为纪念日,大多数欧洲国家如基督教意识浓厚的意大利和西班牙,是星期五,而少数如法国是星期一。到了这一天,苦难的色彩大大减弱了:云中响起音乐,天空飞来铃铛,报告复活的喜讯,具有童话般的色彩。今天的许多人过节,大概已经想不起多少宗教意义了,有人认为铃铛飞来只是为了带来美好的礼物和甜食。孩子们尤其快乐,放假不上学,跑到花园里,在树荫下草丛里寻找漂亮的彩蛋,然后把巧克力吃得满嘴都是。

曾在一本书里看到一个对比:中国是植物属性,西方是动物属性。写书人是学贯中西的学者,他形容的首先是纸质书,引申到文字和绘画。中国书轻灵柔软,宣纸"几乎是透明的",墨的清香,掺杂着"青草和枯枝的混合味道"。西方的书用羊皮纸做封面,坚硬结实,拿在手里沉甸甸的,有些野兽的气味,让人想起"带麝香的动物皮毛,麋鹿或者野猪"。

想想清明和复活节,似乎也跟这样的对比沾边:清明让人想到植物,树林中的墓地,新绿的田野,踏青的午餐。而复活节画面,有肉体酷刑和身心折磨,吃节日大餐喝葡萄酒的时候,也要想着耶稣的肉和血。

到了我们这个年龄,身边开始有人离去,最近几年发生的不幸有点多。一些亲友和熟人,还有不太熟但是敬佩的人离去了。人的生命真是既强大又渺小,人能够改变山川、挑战星球,还能影响地球的气候,但在大自然面前那么不堪一击。在即使没有潮汐的海面,大风一起,几米高的浪,人就显得无能为力,再强壮的也是白浪一卷就不见了。在雪崩的山区，被雪浪吞噬的人连痕迹都留不下。现代科技创造了无数神奇的手段，是从前想象也不能及的奇迹。但驾驭了这些的人，生命还是一样脆弱。我们能让飞机飞上天，但当它坠毁时竟似乎束手无策，一个地球人的生命，对广袤的宇宙来说微不足道，但对他身边的人却是无比重人，甚至是支柱和全部。

清明复活在春分后相逢，将双重的纪念献给离去的亲友和痛失亲人的朋友，愿逝者在清明的思念中复活。

咬文嚼字

　　这是一篇跟"吃"有关的感想，用带口字偏旁的"咬"和"嚼"来形容是非常贴切而形象的，不过这里咀嚼的并非食品，跟入口的东西其实关系也不大。起因是春节前听的一场报告会。

　　报告主题是中餐烹调。即便在异乡外邦，这个主题也早不见得多新鲜。新鲜的是，其一，主讲者不是中国人，是个法国男士；其二，此人开门伊始，首先声明自己不懂做饭，所讲内容既与探讨厨艺无关，也不在于展示佳肴，甚至不谈菜肴的口味。那么，他究竟要说什么呢？

　　B教授早年修习汉语，在那个时代的法国人眼中是个令人难以理解的人物。他一生致力于中国语言和文化的传播，虽不善中餐烹调，却精通汉语，深谙中国文化。早在二十世纪七十年代，当许多法国人对中国抱有偏见，甚至有人连北京和东京都分不清的时候，他却只身到中国求学。此后几乎年年去中国，至今已往返上百次，跑遍了东西南北。按照"没吃过猪肉也见过猪跑"的说法，谈论中国饭菜也算实至名归。更何况，他打出的题目趋于研究风格:"中餐烹调:一种文化,一种艺术,一种体系"。

听老外说中餐,用老外的眼光看中国,有种镜子里看自己的感觉,正像法国人听到中国人说"法国浪漫"时总要问个"为什么"一样,不免生出好奇。

说到世界的烹调体系,我们首先想到中国和法国,顶多再算上意大利。再要往下数,也许有人会说西班牙、希腊、葡萄牙,甚至土耳其、印度、日本……B 教授却说,如果这样数的话,应该是湖南、湖北、广东、东北,等等,等等。而严格意义上的烹调体系,世界上恐怕除了中国,只有法国勉强可以入选。

做学问的人这么说,自然不会单纯出于对某种饮食的偏爱。他的总结是经过多年对衣食住行的观察和分析比较得出的,是以调查结果为依据的。

比如,对于什么样的烹调才算得上"体系",他归纳出几条标准:

首先,一个真正的烹调休系,必须有一些支系。在这一点上,中餐是显而易见的。但他以法国人的浪漫来形容四大菜系,别有特色:鲁菜是北方硬汉,粤菜如白马王子,川菜好比犀利书生,淮扬菜则仿佛中国古典美女。

有了支系,自然符合他的第二条标准:烹调种类多样化。中国四大菜系往下细数,每一个又可以分出许多小支系。试问世上有哪个国度可以匹敌?

第三条标准,是必须有烹饪原理,并有理论著作为依据。这两点在中国和法国的重要和被重视,有大量的专业书籍、权威人士以及和正式文凭为佐证。

第四，国民崇尚"伊壁鸠鲁主义"。换一种说法，就是民以食为天。讲究些的，可以说食不厌精，脍不厌细。与此相关的一个特点或者习俗，是国民热衷宴客。的确，世上许多民族，并没有这种习惯和爱好，在府中宴客、展示烹调和切磋厨艺，就不在社交文化之内。

第五，既有大快朵颐的习俗，又有慢尝细品的传统。口腹之快与高雅并存，才是真正的热爱美食。

此外还要有：正式机构的推介和弘扬，全国性和区域性的评判、考核和比赛，美食杂志、专题节目等媒体宣传，更不用说烹调学校和各种学习班了。

听到这里只能承认，他说的"烹调体系世间不过两三家"并非言过其实。

最后一点，还要拥有美食文学。中国自古就不缺写吃的文人。随口一数就有北魏崔浩的《食经》，南北朝虞宗的《食珍录》，清代袁枚的《随园食单》、李化楠的《醒园录》。以美食为文学主题的，古今都不少。中国当代文学刚进入法国大众视野时，陆文夫的《美食家》被翻译成法文，成为热销书之一。论起写吃的传统，法国也绝不逊色，在十六世纪著名作家拉伯雷的《巨人传》里，那副为了一饱口福能不顾形象、不论高雅、不怕被鄙视的馋相，或为某些欧洲贵族不齿，却是跟中国同道有一拼。相比某些上流君子闭口不谈饮食的国家，当时可与拉伯雷相谋的，恐怕也就是十六世纪的中国了吧。

中国和法国在崇尚美食这一点上志同道合，但也有不同的地方。抛开饮食习惯和口味的差异，从当今的追求方向来说，似乎也有不同的做法和标准。B教授认为，如果用一句话归纳，那就是：法国以创新为时兴，而中国恰恰相反，致力于挖掘传统，更注重地道和原始。的确，今天法国的高级厨师和名餐厅，不创新就会被视为落伍，许多菜的烹调、食材和拼摆都加入了异国因素，东西结合的菜式、异国调料的混合十分吃香。

　　B教授退休前是法国汉语学监，对语言有异于常人的敏感，碰上跟美食有关的翻译时，常纠结于怎么用词语准确地传达舌尖上的味道。甜、咸、酸、辣、苦，难不住他，可形容中餐并没有这么简单。一些中国人信手拈来的词，却让翻译家不知如何是好。在我跟B教授的探讨中，认为最有趣而难译的是以下一些词。

　　第一个让人困扰的，是"鲜"。何谓鲜？没错，它形容味道，却不似上述五种分明具体，有迹可循。不要说外文翻译，就是用中文解释，也难达到一言以蔽之的精确。一般法语翻译，对应的是"新鲜"，更多指向食材的质量，而不是味道。B教授求准确舍精炼，办法是翻译之外用括号加一串补充：蚝油，生抽，豆豉，虾油，味精……对于一个老外来说，已颇属不易，但恐怕我们仍不能感到满意。若是拿用料说事，我们还可以历数出诸如高汤、鸡精、干鲜蘑菇、蟹油、鱼露鱼膏等等；而若要究其含义，那么所有这些词加在一起也未必就囊括了"鲜"的真谛。这个滋味，或许就是不可言传，只可意会，或者只能让口舌自己去领会了。至于上海人爱说的"叫花子吃死蟹"，怎么就跟"鲜"有关，更是令许多老外摸不着头脑了。

　　第二个令人头疼的是"麻"。我想，若非真懂中餐的人，是不会琢磨这个字究竟怎么翻译的。饮食马虎的西方人，根本不会去探究"辣"和"麻"有什么区别，一般只笼统地将二者理解为"辛辣，刺激"。算得上半个中国人的 B 教授，吃可以马虎，谈吃不肯马虎，居然给他找到一个法国词，fourmillant，原意是"蚂蚁爬的感觉"。这个词本来在法语里也有"麻"的意思，说的是肢体被撞或被压以后产生的麻木感。用来形容食品的口感，在法文里是个创新。但是，如果一个民族的烹调比不上另一个民族的丰富，词穷语短是自然的，想要跟上节奏，创新也就是必需的了。

翻译无法准确传达的词，还有"口感"和"火候"。有人把前者翻译成"软硬"，心里想的显然是食物的质地，或许还联想到"脆""酥"什么的（顺便说，这两个词也不人好翻），这样的翻译未免以偏概全，也太过具体了。可如果翻成"口中的感觉"，又显得太笼统，什么不能是口中的感觉呢？"火候"一般翻译成 cuisson，主要是说烹调的时间，似也未尽其意，因为中国的烹调包含了蒸、煮、煎、炸、炒、烧、炖、熘、焖、焗等等的时间长短、温度高低、火势强弱、文武交替……一切一切的"恰到好处"。

一个国家能有人如此下功夫对烹调咬文嚼字，对吃大概是绝不肯敷衍的。

圆明园的黄昏

岁末将至，新冠疫情使节日气氛笼罩着一层阴影，但年底的狂欢终究还是来到了地中海城市尼斯。竖起摩天轮的圣诞市场熙熙攘攘，商店橱窗闪着童话般的色彩。透过川流的人群和令人目不暇接的美景，报亭里展示的一份专刊却吸引了我的目光：身穿明黄宫袍、手戴碧玉扳指的慈禧太后赫然占据着封面，旁边标的题目是："中国与西方：历史、命运和复仇"。

翻开杂志，就像打开了一部厚重的历史。熟悉的和不熟悉的场景，呈现在眼前；敬仰、骄傲、愤怒和沉思，涌动在胸中。

不得不说，跟以前读过的法国研究和评论比起来，这组文章算是比较客观的，起码不像很多著作那样，一味用传统的西方观点抨击中国，而是列举大量史实，甚至阐述了中国的立场。以"黄金时代""屈辱"和"强盛时代"为题的三个组成部分，使许多法国人正确认识了中国的辉煌历史。他们中的许多人第一次知道，直到十八世纪，中国的创造发明，从丝绸、瓷器、指南针、造纸、造船、印刷、火药到钻井、弓弩和由基督教传教士带到欧洲的疫苗，都曾经震惊全世界，使西方人受益。而在那段"屈辱"的历史中，最令人唏嘘不已的是抢劫和火烧圆明园。通过法国视角的描述，用法国当事人所见证的片段，揭示了我以前所不了解的许多细节。当 1860 年 10 月初的那个黄昏再现，最后的圆明园笼罩在绚丽和悲哀之中。

那一天，黄昏降临北京的时候，英法联军正追逐着清兵向北京郊区集结。小路崎岖，英军迷失了方向，法军却来到一座美丽的石桥旁边，一条铺着石板的大道将他们引到了圆明园。

自从大英帝国不满清廷禁烟挑起第一次鸦片战争以来，《南京条约》和《天津条约》已经向英国为首的欧洲国家割让了中国的部分领土主权，但他们仍嫌不足。以一个可笑的借口，英法联军再次拉开了战争序幕。

此刻的圆明园正沐浴在夕阳中。站在紧闭的大门前，法国兵们脑子里立刻想到这是"中国天子的凡尔赛"。在历史学家皮埃尔·德拉戈尔斯的笔下，那一刻本是庄严的："我们本打算跟敌军遭遇，却遭遇了'一千零一夜'！我们面前的这座美丽皇宫，任何一个欧洲人都没有进入过，而只是隐约地听说过它的美妙。"

英军迟迟未到，等得不耐烦的法国兵率先冲进圆明园。当黎明到来的时候，他们被前所未见的美景惊呆了。法军统帅蒙托邦将军说："在我们欧洲，没有什么能跟这里的奢华相比……"海军上尉帕吕则断言："法国所有的皇家城堡都加起来，也抵不过一个圆明园。"

连绵不断的华丽宫殿，宫里的精美装饰和奇珍异宝，视觉的盛宴使他们眼花缭乱。除了明代的黑漆屏风、青花瓷器，最吸引他们眼球的是似曾相识的欧式宝物：洛可可宫顶，路易十五时代的橱柜，镶宝石的座椅，波希米亚水晶，嵌着欧洲黄铜的青花瓷，西班牙科尔多瓦牛皮装饰的漆器，威尼斯吊灯……梦幻的奇景，竟成了可以触摸的真实。这是古老东方的御苑，还是西方帝王的宫殿？狂喜的大兵不会追究这个问题，他们只有一个念头：掠夺。想拿什么拿什么，能拿多少拿多少。

当强盗般的士兵（即使法国学者也毫不遮掩地使用了"丘八"这个词）抢得不亦乐乎时，英军终于到了。道貌岸然的英国人大发雷霆，是谴责粗暴的洗劫吗？不，他们只是抱怨法国人捷足先登，没有等他们！以崇尚秩序为名，一个由英法双方军官组成的"混合委员会"成立了，其职责是——更好地分赃！指挥它的杜宾上校，在军中早就以"品行低下"闻名，连同僚都说任命他无异于"引狼入室"，"让强盗当警察头子"。

其实，在诱人的瑰宝面前，分赃委员会也跟命令和指挥棒一样，没有任何效力。步兵、炮兵、轻骑兵、土耳其兵、国王的龙骑兵，如一群乌合之众，或者更确切地说，如一群土匪，蜂拥而上。当时二十岁的翻译官赫里松在他的回忆录《一个在华翻译官的日记》中写道："一些大兵把脑袋埋在皇后的红漆匣子里，另一些把红宝石、蓝宝石、珍珠、水晶碎块装进自己的衣袋、衬衫、军帽，脖子上戴了一串串巨大珍珠的项链……"

更野蛮的抢劫者，棍棒齐下，甚至带来了斧头。敲碎镶金的铜器，撬断晶莹的玉器。墙上名贵的壁画被扯下，绸缎装饰被割裂。沉重的家具带不走，就用斧头砍下那些宝石、珠贝，连同路易十五时期的钟表一起装进口袋……在他们被欲望烧红的眼睛里，这些东西已经在巴黎和伦敦的市场上变成了大堆金钱。

这时候，他们的军官在干什么？英军将领格兰特和法国将军蒙托邦，刚刚将手中的指挥棒换成了中国皇帝的金玉如意，他们正在互相欣赏掠到的奇物，盘算着将哪一份拿去邀功，献给维多利亚女王，献给拿破仑三世……突然，某处传来一阵骚乱，吸引了两位将军的目光。只好揣起金玉如意，先过去排解纠纷。在一个院子的角落，不久前皇后还在绣花的地方，士兵们在争夺一匣珠宝：那是一大盒皇帝要赏赐大臣的朝珠。蒙托邦将军二话不说，没收了宝匣。当他后来回到巴黎时，这一匣朝珠，便作为"法国军队"的礼物，孝敬了欧仁妮皇后。皇后和拿破仑三世倒也没有辜负他的忠心，此为后话。

不无懊丧的士兵们被赶到另一些没人青睐的角落。在这里，他们却意外发现了大批被忽视的宝物。多年来，欧洲王室送给清廷的贵重礼物，竟被中国皇帝当作废品乱扔在一边。法国皇家葛布兰织造厂的名贵挂毯，在潮湿和虫蛀中腐烂；英国乔治三世国王送的豪华马车，蒙着厚厚的灰尘，显然从没上过京城大街。更让丘八们欣喜若狂的，是堆在假山旁边的波尔多红酒。这次可不能等军官来了，捷足者先尝为快。后到的没喝上波尔多，只好打开茅台猛灌。陶醉的士兵，开始了月下狂舞。

这是一场恶魔的舞会。泣血的月亮，洒下悲愤的泪光。一位法国学者这样描写篝火中的军营："每个人衣袋都装得满满的，跳着舞，扯着嗓子唱歌，将割下来的绸缎披在军马身上。醉汉们装扮成清朝官宦或者中国公主，引来一阵阵狂笑……"各种音盒、八音琴、鼓瑟、钟摆嘈嘈切切，叮叮当当。敲鼓的兔子、弹琴的猴子、唱歌的小鸟在一片嘈杂中演奏着，因被亵渎和践踏哭泣着。

如此丑态，事后也令自恃文明的人觉得难堪。英国王室派驻中国的总代表埃尔琴爵士指责这个"令人痛苦的场景"，认为法国军队疏于管教。而法国人则说英国人也好不到哪儿去，只不过更道貌岸然一些。法国军医路西形容那场景"令人心疼，催人泪下"，但也只是可惜有价值的东西被毁，自己中饱私囊的时候并没丝毫犹豫。

翻译官赫里松的回忆多少有些替法国人开脱：英国人是有秩序地抢劫，而法国人只会"乱来"，不算贪婪，拿走的东西价值没有英国的那么高。他把抢劫者分为两类，一类是"大孩子"，一类是"精明鬼"。前者傻里傻气，上来就奔着金器、银器和珠宝，还有欧洲来的摆钟和机动小人等机械玩意儿；后者则多有教养，知道搜寻具有艺术价值的器具、鼻烟壶、古董珍玩，还有能卖出高价的首饰珠宝。

或许，跟英国绅士比起来，法国兵更像一些乡巴佬。英国人迅速举办了秩序井然的拍卖，且不忘拿出强盗逻辑为自己正名：根据大不列颠十八世纪制定的法律，战利品可以立即拍卖。于是，抢掠圆明园之后仅三天，在被英军占为指挥部的雍和宫，拍卖顺利举行并获得了出乎意料的成功。乾隆皇帝的御玺，尤其拍出了大大高于预期的价格。据说，欧洲的富翁、大银行家、中国文物爱好者罗彻尔德男爵曾亲自给拍卖估价员传话："有多少买多少，预算无上限。"

见此情景，英军的军需官沃尔斯莱不禁遗憾：可惜圆明园大门口的那两尊铜狮子搬不动！听说，表面包铜，是为了防人觊觎，里边可全都是金的。不知是真是假？本该融化一下试试看的，如果真是金的，那英法两国的战争花费就都有了着落……

掠夺者毕竟没有放弃那件沉重的冰柜，它实在是太精美了！乾隆时期的御制掐丝珐琅冰箱，在炎热的夏天装满冰，放在宫殿里降暑气。柜体表面是嵌金丝的景泰蓝釉彩，遍饰缠枝宝相花纹，盖上站着一只活泼的金狮子。作为柜脚的是两个双膝下跪的宦官，一头一个抬着冰柜，服饰是同样的景泰蓝花纹，姿态生动，面部表情耐人寻味。这件精美绝伦的宝物，被带回了英国，如今赫然陈列在伦敦的维多利亚－阿尔贝博物馆。

10月9日，英法联军撤离之前，放火烧毁了圆明园。又是一个泣血的黄昏，风的控诉哀伤而无力。法国中尉德拉格朗热描写道："我们走出遭受破坏、抄捡和洗劫的宫殿，心情悲伤，不久前还财宝丰盈、光彩照人的景象，突然成了一片废墟，此情此景令人哀叹。"上尉贝奇亚写道："9日，我们终于离开了抢劫的剧场，在我们身后留下了废墟和大火……战争的这灰暗一幕使军队丧失了它的尊严，使某些人丧失了荣誉！"他没提名道姓的控诉，指向那个纵容士兵抢劫、趁机中饱私囊的杜宾上校。堂堂英法军队，也只有寥寥可数的几个人发出了斥责之声。他们是贝奇亚上尉，沙希隆男爵和布瓦西约中尉。

英军将领格兰特下令烧毁圆明园时，得到了英国首相的支持。法国将军蒙托邦也没有被皇室忘记。除了献给欧仁妮皇后的礼物，他还带回来大量珍玩，被送进了枫丹白露博物馆的中国馆。作为嘉奖，拿破仑三世特许他在姓氏中加上代表贵族的

"德",成为德-蒙托邦,不但赏了他世袭伯爵头衔,还授予他荣誉军团勋章大十字勋位。一个半世纪以后,就在不久前2020年10月巴黎德鲁奥的公开拍卖会上,蒙托邦的后人卖出了一件17世纪清朝的五彩大瓷碗。

其实,就连下级军官和普通士兵,发抢劫财的也不在少数。据一位法国记者透露,当年的炮手杜勃斯克拉尔回到法国后,把从圆明园抢来的宝物卖了三十万法郎,然后在罗瓦尔河畔买下了一座美丽的庄园,从此过起衣食无忧的庄园主生活。

当掠夺者和统治者为烧杀抢掠沾沾自喜的时候,也还有一些有良知的西方人为此感到愤慨。不满拿破仑三世统治的雨果,已经进入了流放的第三个年头。听到圆明园遭劫的消息时,他正在根西岛写《悲惨世界》。义愤填膺的雨果公开谴责这次暴行,他在写给布勒特上校的信中说:"我希望有一天,被解脱和净化了的法国将这些战利品还给中国。""在世界上的一个角落,有一个世上奇观:它的名字叫作圆明园。"

一个半世纪过去了,我们还在和雨果一样等待着,等待他的期望有一天能实现。可是,当抢劫和火烧圆明园与打砸香榭丽舍大道、火烧巴黎的场景重合在一起的时候,那一天仍然非常遥远。

赵无极与亨利·米修的诗画情

画家赵无极是在法国享有盛誉的华裔艺术家。他早年毕业于杭州艺术专科学校，1948年赴巴黎学画，在吸取西方艺术精髓的同时，探寻自己的道路。融合中西文化、特色鲜明的创作成果使他走上了艺术高峰，成为法兰西艺术院的院士。在与朱德群、吴冠中并称的中国艺术界"留法三剑客"中，他为西方公众所熟知并广受欣赏。

在他的异国生涯中，与许多艺术家结下的友谊对他的艺术探索和个人生活都起了极大的作用。在起步阶段，尤其得益于支持他的"伯乐"，而最早给予他帮助、对他影响最大的，莫过于诗人亨利·米修。可以说，如果初到巴黎时没有遇到米修，他的创作生涯很可能会不一样。

与米修相遇是在1949年初，赵无极到法国还不满一年，连法语也还不够流利。听从友人的建议，他打算以水彩画和素描为模版，尝试制作版画。经费有限，为了省钱他只能选用三种颜色，制作八幅版画。毕加索的出版商罗伯特·戈岱恰好也来到印刷室，他看到这些画，立刻说："我敢肯定，米修一定对它们感兴趣，我要让他看看。"

当时的亨利·米修，已经是声名显赫的诗人了。他二十多年前从比利时来到巴黎，加入法国的现代文学阵营，发表了许多诗集，还有游历亚洲后写成的东方游记《一个野蛮人在亚洲》。他的先锋派风格、对潜意识的呈现及对语言的重新阐释，加上使用致幻剂后的颠覆性写作，使他成为诗坛的醒目人物。米修同时也是一位画家，作品游走于具象与抽象之间，被称为"抒情抽象"派。

初入巴黎艺术圈的赵无极，并没有听说过米修的名字。米修起初拒绝了戈岱的建议，说自己没有兴趣，第二天却又改变了主意。他看了赵无极的版画，认为这些画很有意思，立刻就配了八首诗。这部诗画集，以《解读赵无极的八幅版画》为题，由戈岱出版，打响了赵无极在巴黎的名声。多年后，赵无极回忆起两人的交往："这次相识，具有决定性的意义，因为米修的关注给了我信心。"（引自《赵无极自画像》，巴黎 Fayard 出版社，1988年。下同）

画家与诗人，从此结下了终生不渝的友谊。米修跟赵无极聊天，最热衷的话题是中国，他还喜欢去画室看他工作。第一部画集问世不久，米修就向巴黎画商皮埃尔·洛布推荐了赵无极。洛布画廊是巴黎有名的大画廊，当时许多重要画家都通过它展出和销售作品。但是洛布起初对中国人抱有成见，声称他的画廊不接受中国画家。在米修的再三建议下，他终于造访了赵无极的画室，随后便开始了长达七年的合作，直到赵无极与法兰西画廊建立合作关系。

从这时起,赵无极的画便经常与诗为伴。每当出版商建议他为诗集画插图,或者有诗人想跟他合作,他总是欣然接受。由他作画的诗集中不乏当代文学大师的杰作,比如法国作家、文化部部长安德烈·马尔罗的《西方的诱惑》,法国超现实主义诗人勒内·夏尔的《花园中的伙伴》,圣-琼·佩斯的《诗作》,阿蒂尔·兰波的《灵光集》,美国意象派代表诗人艾兹拉·庞德的《比萨诗章》……最后一次为米修作画,是在他去世以后,米修的诗集《在西方,一位印度妇人的花园》出版,赵无极画了二十五幅宣纸水墨插图。

几十年间,米修也多次为赵无极的展册和专著作序。1957年,法国名作家克罗德·卢阿写了专题著作《赵无极》,亨利·米修为之作序,此书多次再版。1977年东京富士电视画廊举办赵无极画展,米修撰写了以《赵无极之路》为题的前言。1980年出版的《赵无极,水墨》,则是米修与赵无极的第三任妻子弗朗索娃·马尔凯的对话录。这位法国夫人是懂艺术的女士,认识赵无极时,她刚刚通过巴黎市现代艺术博物馆的馆员资格考试。

赵无极一生中有过三段婚姻。第一任妻子谢景兰,与他相识在国内大学时代,两人有了一个儿子后,共同赴法。谢景兰在巴黎学习现代舞蹈,颇有成就,但后来两人离了婚。赵无极深受打击,为了平复伤痛他出门旅行,先在美国弟弟赵无违的家里小住,然后独自出游,在香港停留时,遇到了女演员陈美琴。新的爱情给了他重新创作的活力和灵感,那段日子是他婚姻生活中最幸福的时光。可惜陈美琴患有家族遗传的精神病,到巴黎后更加严重，1972年自杀去世。在焦虑痛苦的日子里，米修给了赵无极安慰和力量，美琴去世后，米修特意写了一首诗《中断》表达哀悼。诗中提到"始终陌生的西方城市"，令人想到陈美琴身处异国难以融入；"结束了总是要再次面对"，暗示她对病情不断发作、四处寻医无效的恐惧和厌恶，结尾是一句问话："我们是否真正认识过美？"或许，米修比别的朋友更能理解赵无极，因为他也有过相似的经历。多年前，米修的妻子因家中火灾不幸去世，他写了一首长诗《我俩依旧》。当赵无极能够再次拿起画笔的时候，为悼念妻子画了一幅大油画，也借用了这首诗的题目。2013年赵无极在瑞士去世，按照他生前的遗愿，被安葬在巴黎蒙帕纳斯公墓，陈美琴的墓穴旁边。

经历伤痛的那几年，赵无极渐感年事已高，身心疲惫，时而撂开油画，拿出中国的纸和笔墨。他用这样的方式放松自己，起初当作休息和消遣，渐渐地萌生了新的想法，但却犹豫着。他曾经不喜欢墨守成规的中国传统，而现在他似乎从中找到了想要的轻灵和绘画的乐趣。他将自己的疑虑告诉了米修。米修来到画室，肯定了他的新探索，鼓励他重拾水墨。于是，赵无极连续画了一百多幅水墨画，从中挑选出十七幅，由法兰西画廊成册出版，其他的立刻销毁。亨利·米修为画册写序，题为《墨的游戏》。他说："赵无极重启墨的游戏，以他自己的方式。在更原始、更本质的画纸上，他进一步从具象中解放出来。"

在他与妻子弗朗索娃合著的回忆录《赵无极自画像》中，赵无极坦言米修对他创作生涯的重要性："每当我产生怀疑，米修的看法总是战胜我内心的迷茫，使我能够继续下去。"米修去世时，他无法形容自己的心情："属于我们身上的某个部分被割掉了，生活再也不同于从前。"

"诗中有画，画中有诗。"中国艺术的这一特色贯穿于赵无极的创作。诗歌中最让他喜爱的，就是自由的情感表述和字句间的遨游。他说："我读米修的诗，正是这种感觉。"米修去过中国，崇尚中国文化，他的创作何尝不是体现了中国传统的诗画一体。东方的佛教哲学、中国的符号文字，也常在他的诗歌和绘画中成为主题和灵感源泉。回顾这两位艺术家的往事，我们看到的不仅是诗画间的情谊，还有东西方文化的交融与和谐。

岁月的记忆：从普鲁斯特到埃尔诺

2022年10月，法国作家安妮·埃尔诺摘取了本年度诺贝尔文学奖的桂冠，成为法国历史上首位获此殊荣的女作家。

作为在文坛卓有成绩的作家，安妮·埃尔诺此前已获得过许多法国的文学奖项，也有多部作品被翻译成中文。她从二十世纪七十年代开始写作，问世的十几部作品，从《位置》《一个女人》到呕心沥血二十年的《悠悠岁月》，通过个人的经历和感受，对历史和现实进行思考。或许由于这一点，不论在法国还是在中国，评论家们谈到她时常会提到二十世纪最伟大的小说家之一普鲁斯特，认为安妮·埃尔诺的作品像《追忆似水年华》一样，重现了时代和世界的进程。

如果说普鲁斯特对埃尔诺的创作有过启发的话，她同时也深受社会学家如皮埃尔·布尔迪厄等人的影响。除了生活年代不同，她和普鲁斯特无论在社会背景、观察视角还是叙述方式上，都有很大差别。但他们的写作也有不可抹杀的共同点：时代的烙印，与集体遗忘相抗争的意志，以及深刻的内心世界。本文无意比较两位作家，只想以两人的核心创作为主线，解读诺奖的颁奖评语：安妮·埃尔诺如何"以勇气和高度敏锐揭示了个人记忆的根源、隔阂及集体限制"。

一、 往昔的回顾： 追忆与审视

普鲁斯特生活在十九世纪末到二十世纪初的法国，他的《追忆似水年华》卷帙浩繁，全书共七卷，二百多万字，如同随思绪展开的巨幅画卷，通过叙述者的所见所闻所感所思，呈现出一个时代的历史。对社会生活和人情世态的描画，开"意识流"之先河，营造个人内心世界，剖析人类共同的情感。作为旧时代上流社会的一员，普鲁斯特对那个世界及其文化表现出眷恋，因此安德烈·莫洛瓦在评论他的作品时说："唯一真实的乐园是人们失去的乐园。""而幸福的岁月是我们失去的岁月。"类似的情绪，在安妮·埃尔诺的笔下却很难找到。《悠悠岁月》写到六十年代时甚至这样说："在对后来逝去的岁月的回忆中，没有任何她认为是幸福的画面。"①

这个区别，或许我们从法语题目中就可以感受一二。普鲁斯特的《追忆似水年华》（*A la recherche du temps perdu*），字面意思是"寻找失去的时间"，也有译者采用《追寻逝去的时光》《挽回失去的时间》《追忆似水流年》等，无不透出惋惜、惆怅甚至

---

① 引自《悠悠岁月》，人民文学出版社，2010 年。下同。

伤感等情绪。而安妮·埃尔诺的《悠悠岁月》，法语原文 *Les années*（直译"年月"），不但简洁得多，而且不流露任何情绪。这显然与作者的初衷是一致的。当然，我没有质疑中文译名的意思。这本书的译者吴岳添教授也说过，法文原意是"年份"或"年月"，但如果这样翻译就会没有流动感。采用"悠悠岁月"作题目，的确更贴近回忆的效果。

安妮·埃尔诺曾借助人物之口说："这个世界留给她和她同代人的印象，她要用来重建一个共同的时代，从很久以前逐渐转变到今天的时代——以便在个人记忆里发现集体记忆的部分的同时，恢复历史的真实意义。"在这个过程中，她选择的是审视历史和中性写作。如果说早期作品于冷静中含有感人情绪的话，在后来的书写中，这种冷静表现得更加彻底，叙述离传统意义上的小说越来越远，更接近如今常说的非虚构文学。当然，文学作品是虚构的产物，将几十年的生活和心理历程凝聚在几百页文字中，本身就是虚构。"个人记忆融化十集体记忆"，读者在书中看到了自己，看到了周围的人，而所有人都在不经意中走进了历史。类似下面的描写，在两部书中比比皆是，使我们领略到不同的回忆风格：

> 黄昏时分在那片湿润的空气中，几秒钟之内天边就绽出一束束蓝的、粉的花朵，却美得无法比拟，而且往往要过好几个小时才会凋谢。有几朵云彩虽然不久就零落了，但它们的花瓣，鹅黄色的、桃红色的，洒得满天皆是，更是蔚为壮观。在那个人称银河湾的小海湾里，金黄色的沙滩仿佛比仙

女星座里的金发仙女更情意绵绵……(《追忆似水年华》)

所有的声音都在把战争和各种食品配给制以前的贫困和匮乏传给后代,都沉浸在一个远古的黑夜里,它们一一排列着"当时"的一切快乐和痛苦、习俗和知识:
住在一所用踩结实的土筑成的房子里
穿防湿的木底皮面套鞋
玩一个破布做成的玩具娃娃
用木灰洗衣服……(《悠悠岁月》)

两人的作品里,都有关于教堂的回忆,但色调显然不同:

我随着手执经卷的神父往前走,仿佛走进了五光十色的岩洞,四周是诡异的钟乳石,多彩多姿;霎时间那一片片菱形的小玻璃显得清澈透明,像镶嵌在一枚硕大无朋的胸章上的蓝宝石那样坚硬,然而你又明明可以感到,在它的后面,还有一件更令人钦慕的东西,那就是偶尔一露的阳光的微笑。在这片沐照着宝石般湛蓝柔和的光波中,它是那样清晰可辨……(《追忆似水年华》)

星期天做弥撒始终是个机会,可以换换衬衣,试穿一套服装,戴上一顶帽子,拿上手提包和手套,看别人也被别人看,注视唱诗班里的儿童。对于每个人来说,一种外在的道德标志和对一种命运的信念,都被写在一种独特的语言——

拉丁语里。每个星期都念着祈祷书里的相同的祈祷，忍受着相同的宣誓仪式的无聊……（《悠悠岁月》）

如果说，普鲁斯特的回忆是感性的，主观的，如同色彩鲜活的油画，那么埃尔诺的回忆就是冷静的，客观的，正像她喜欢在小说中用作道具的泛黄而呈褐色的照片。

二、 历史的进程： 背景与节奏

普鲁斯特出生的那一年，法国经历了普法战争和巴黎公社运动的动荡，第三共和国刚刚成立。他写作的年代，正是法国的"美丽时代"，和平繁盛，歌舞升平，时空中流淌着优雅浪漫。但是，这个时期的法国社会，并非风平浪静。十九世纪的工业革命带来了科学技术的发展，也造就了新的社会冲突，政治分化日益严重。持续十年的德雷福斯事件，将法国人分成两大阵营，引发了社会运动。在国际上，更有席卷欧洲的第一次世界大战。这些国际国内大事件，在小说中十分模糊，甚至了无痕迹。

普鲁斯特的回忆是个人情感织就的，书中几乎从不提到具体日期，客观的年代记号似乎对他没有意义。年代是遥远的背景，若隐若现，衬托着令人想起《红楼梦》的末世繁华和温柔乡。

安妮·埃尔诺的记忆则是以一系列历史事件为节奏的。在《悠悠岁月》中，往事的回顾，以社会变迁为坐标。从第二次世界大战结束后到二十一世纪初，横跨六十多年，历史的进程与个人的道路相对应：童年的贫困，上学的苦乐，中学会考，初尝禁果，成为教师，结婚生子，离婚与情人，退休、患病及衰老。"她想用一种叙事的连贯性，即从她在第二次世界大战出生直到今天的生活的连贯性，把她的这些各种各样分开的、不协调的画面集中起来。这就是一种独特的、但也是融合在一代人的活动之中的生活。"（《悠悠岁月》）

每一个时间段，都以一幅照片作为契机，而描述照片之后，往往还要说明拍摄的年月。第一张照片拍摄于婴儿时期，年代是二十世纪四十年代，战后的情景与童年印象重叠："严寒、饥饿和球茎甘蓝，口粮和烟票，轰炸，预示着战争的北方的黎明，'溃退'时大路上的自行车和两轮车。"住房狭窄，孩子们经常死于疾病，大人的话题却不乏乐观：对人民阵线的胜利记忆犹新，法国工人地位提升，劳动者有了带薪假期。五十年代留下的印记是铁路大罢工，还有印度支那战争，而女孩进了寄宿学校，情窦初开。六十年代是动荡的十年，古巴导弹危机，肯尼迪遇刺，1968年的五月风暴险些使法国瘫痪，戴高乐去世，女孩则经历了结婚生子和物质生活的提升。随着七十年代反抗禁止堕胎的浪潮，女权运动也走进了生活，她开始"在夫妇和家庭之外进行思考"。从八十年代到世纪末和二十一世纪初，总统大选、社会风潮、移民问题，伴着个人事业、家庭和疾病的变化。无数细节，商品、广告、耳熟能详的歌曲和已经遥远的时髦词汇，唤起法国读者的共鸣。

三、 社会的视角： 环境与身份

　　普鲁斯特出生于犹太裔资产者家庭，在他童年、少年和青年时期养尊处优的日子里，接触的大多是他那个阶层的人物：贵族后裔，富裕的金融家，文人雅士与巴黎名流。他从未刻意渲染上层社会的优越感，但特定的生活环境、生活经验和与生俱来的敏感细腻，使《追忆似水年华》成为旧时代的挽歌。众多人物的身上虽然也有社会等级的痕迹，比如从外祖母的宴客标准、大家对斯万的态度、莱奥妮姨妈和女仆弗朗索瓦丝的关系等等可见一斑，但更多展现的是人物性格和音容笑貌。与之不同的是，安妮·埃尔诺的回忆，从一开始就带着明显的社会视角。她对环境和身份的敏感，甚至给少女时代留下过创痛。

　　利用照片引发回忆，在早期作品如《位置》《一个女人》里就经常出现。照片不仅是时期变换的索引，而且突出了叙述的非虚构性质。在不止一部作品中，她描写上诺曼底省的伊维托小城里"肮脏、丑陋、令人恶心"的咖啡杂货店，当过工人的父母有了这家店才勉强脱离贫困，而经常来往的仍是谈吐粗俗的人们，她庆幸从那里"逃出来"，又为这内心的背叛不安。如果说《悠悠岁月》更见作者的成熟功力的话，在我看来，这些早期作品，尤其是对父亲和母亲的回忆，因能让我们看到人类的共性而格外感人。

　　从外省乡间来到小镇的父亲，木讷土气又落伍，除了方言连法语也讲不好,在女儿的富裕同学面前过分热情,穿讲究的衣服会手足无措,明明跟不上时尚,却假装毫不稀罕;女儿则因为父亲的举止不当、尴尬拘谨大发脾气,过后又内疚自责,这些不都是我们所熟悉的吗?"他挽着袖子,削肩膀,两臂微微弯曲着;他下身穿了一条法兰绒裤子。父亲的样子像是不高兴,可能是因为他还没有摆好照相的姿势,那时他四十岁。照片里看不出任何有关他过去经历过的不幸或是他的希望,只能看出一些时光流逝在他身上打下的烙印。他微微鼓起的肚皮,秃鬓角,两只胳膊支着。"(《位置》)① 读到这些字句,我们是不是都会想起朱自清的《背影》呢?

《一个女人》中的母亲,为女儿的教育投入了家庭的一切,省吃俭用,辛勤操劳,把女儿送进本不属于他们这个阶层的私立学校。搬入靠近城镇的房子,立刻自豪地说:"我不是乡下人!"为女儿嫁进富裕而有教养的家庭高兴,而当看到女婿的母亲面色滋润,双手细腻,弹起钢琴来无比优雅,既羡慕又自卑。在街坊邻居面前炫耀女婿,到了女婿家又怕被看不起……这些是不是也让我们感到似曾相识呢?

在《耻辱》中,靠父母省吃俭用进了昂贵私立学校的少女,与上等阶层的同学为伴,游走于优越的新环境和贫困的家庭之间,感到双重的耻辱。一方面,她的生活条件无法与同学相比,不能去巴黎,不能去度假;另一方面,她痛恨父母孤陋寡闻、缺乏高雅情调,更恨自己对原生家庭的鄙视。羞耻感来自"低劣的

---

① 见中篇小说集《一个女人》,百花文艺出版社,2002年。下同。

生存条件",也来自那些人"与生俱来的思想上的奴性",而母亲的去世,让她最终意识到:"现在我失去了我与我出生的那个世界相联系的最后一根纽带。"

一般来讲,回忆童年的往事,总是要用一些美丽的绚烂的图画来描绘:爱德兰别墅,爬满蓝色的紫藤,上-德库尔斯的青藤护栏等。而我却使用这样沉重的令人沮丧的笔调来写,可是我记忆中的事实不容我去篡改:在1952年,我只要一看到坐落在草坪中,环抱着石子路的小楼,我即刻就会明白,住在小楼里的人绝对和我们不一样。(《耻辱》)

除了有关环境地位和文化的差别之外,作为女性的特殊感受,使她的社会视角更多了一个层面。埃尔诺的回忆,不是寻找逝去的乐园,也不是励志,但由于个人的努力,她的经历沿着一路向上的轨迹,重走所经之路也是向前看的。而普鲁斯特的回忆,由于时代环境、个人特质甚至健康的原因,是一种无可奈何的向后看,仿佛一路繁花在余晖中凋零。

四、 叙述的声音: 诗性与平淡

普鲁斯特的《追忆似水年华》创作于他生命中最后的十五年。在这段时间里,疾病使他久居室内,足不出户,与外界几近隔绝,唯有记忆的笔,在重塑客观世界的同时,呈现内心世界。

在梦境与现实、今与昔之间,他的叙述时而温馨,时而忧郁。诗性是意识流动的旋律,记忆是延续生命的手段。

同样是反映时间流逝,《悠悠岁月》的叙述语言完全不同。作者曾坦言"不要评判,不要暗喻,不要浪漫比喻",她崇尚"中性写作"和"平淡写作",认为应该"客观,就是说既不美化也不丑化所叙述的事实"。她想要的是"始终站在史实与资料的主线上"。

安妮·埃尔诺获奖后,许多评论都提到《悠悠岁月》是一种"无人称自传"。在不久前人民文学出版社以"从《悠悠岁月》说起——谈法国作家安妮·埃尔诺"为题举办的网络直播中,法国文学专家董强教授认为,这个译法"值得商榷",我深以为是。作者的原文是"autobiographie impersonnelle",这里的确切意思是"客观",或者说"不带入个人情绪",不但清楚地表达了作者的本意,也解释了作品中使用的人称:大多数情况下用第三人称,"她"代替了"我",有时候用"我们"或泛指的"人们"。人物都没有姓名。或许,法国评论界的另一种说法,"无身份"(non identité),更能形容这一特性。尽管安妮·埃尔诺也会任思绪飘荡,也会让记忆像意识一样流淌,她的声音仍是客观的,不带激情的:

> 她不再知道从什么地方、从哪些城市里,传来了外面的汽车、脚步和说话的声音。她模糊地觉得是在少女之家隔开的小寝室里,在一个旅馆的房间里——一九八〇年夏天在西班牙,冬天和P在里尔——在床上,孩子在睡着的母亲身边

蜷缩成一团。她感觉到生活中的一些时刻,一些时刻漂浮在另一些时刻之上。这是一种性质不明的时间,一种现在与过去重叠但又不混淆的时间,她觉得转瞬之间重新纳入了她生存过的全部形式。(《悠悠岁月》)

埃尔诺将文学和社会学融为一体,但并不利用作品阐释自己的政治观点。在现实生活中,埃尔诺支持法国的左派立场。她像大多数法国教育领域的成员一样,属于左派知识分子阵营,但是,书中谈到各种社会现象以及历届总统大选时,一直避免正面表达自己的倾向。客观的呈现,冷静的态度,增加了作品的力度,因此法国有评论家说:安妮·埃尔诺没有许多女作家的多愁善感,是第一位拥有"男性文笔"的女性作家。

时代的前进,为安妮·埃尔诺提供了打开视角的更多可能,这是她相对于普鲁斯特的一个优越之处。曾经,她也像许多法国人一样,对中国的印象主要来自西方媒体,正如她自己所说:"我以一种抽象的、没有画面的方式,经常把它'想成'一种统率着十亿不加区分的人的政治制度。"但不同的是,她没有将自己的观念停留在这个阶段。作为一个崇尚自由思考、不满足于道听途说的作家,她通过阅读和了解逐渐改变了简单化的观点,而对中国更深切的认识,始于她踏上中国土地的那一刻:"只有在这个五月的早晨到达北京的时候,这种由意识形态的偏见和杜撰、虚构的描述所构成的模糊一团才烟消云散。"视野的开拓,必将使这位作家的创作更加具有人类记忆和世界文学的意义。

米歌的伊甸园

一

认识米歌是在一个初春的午后。那天我参加完一个研讨会，跟嘉宾们一起走出会场。花园里，刚泛青的草坪上浮着白色小花，旁边的孤挺花正开得红火。棕榈树下，几条长桌铺着雪白的台布，整齐排列的酒杯里跳跃着琥珀色气泡。

树下有人朝我走来。阳光透过棕榈树的扇形枝叶，射在身影背后，将一张脸隐在黑暗里。只见那身影轻快苗条，两手各端一杯酒，被风吹起的头发，丝丝缕缕映着金光。她在我面前站住，笑着递给我一杯香槟，开口招呼，居然是字正腔圆的中文："你好，我是米歌。"

她说自己是比利时弗拉芒人，名叫 Mieke Bergkamp，刚从中国回来不久。

"中文名字？我自己取的：白米歌。"她得意地眨了眨眼。

树荫挡住了刺眼的阳光，我这才看清，原来米歌的头发并不是金色的，而且她也已经不年轻了。浅淡的亚麻色长发，在头顶扎成个丸子，碎发从两边散下，衬托着一张白皙的脸。像所有酷爱地中海的北欧人一样，她看起来贪恋沙滩，却消受不了南方骄阳：不过是四月天，脸颊已被晒得通红。她笑起来喜欢眯着眼，额头和眼角的细密皱纹便明显起来，透出一种跟身形截然不同的风霜。

"认识你真好，我又有机会说中文啦！"

近些年我遇到过不少能说中文的外国人，但是像米歌这样既流利又把四声说得如此标准的却不多。她告诉我，汉语是在巴黎东方语言文化学院学的，毕业后去中国工作过。现在男朋友定居南法，她也跟着来了。

"我真不想离开北京啊，可是菲利普……"米歌眼里掠过一丝惆怅，"我现在闲着没事，郁闷，我想重回大学攻读博士学位，你觉得怎么样？"

米歌说，她攻读硕士学位时专业是艺术史，兼修汉语，博士论文题目当然也要跟中国有关。她对宋代绘画格外感兴趣，我便给她推荐了一位历史系的同事做导师。

从比利时的家乡小城到布鲁塞尔，再到巴黎，到北京，又从北京来到法国南方，米歌显然不是一个害怕离乡背井的人。不过法国外省的确闭塞，更何况，他们把家安在了蒙托卢，一个尼斯和普罗旺斯之间的小山村。

从蒙托卢到尼斯，要经过一段崎岖的山道，再上国道和高速公路，车程两小时，还不算堵车。可不管有课没课，米歌经常来尼斯。各种讲座、音乐会和展览从不错过，图书馆里也常见到她的身影。其实，在互联网如此发达的今天，图书馆早已不是查找资料的唯一渠道，她完全可以在家写论文。或许，小山村真的是太寂寞了。"来尼斯看看海，跟朋友喝杯茶也是好的！"她说。

尼斯是一个依山傍水的城市，位于阿尔卑斯山和地中海之间，真正平坦的地带并不多。除了海边，市内的许多区域都处在丘陵地带。尼斯大学的几个学院就分布在一片连绵起伏的高地上，遥遥相望。历史系的地点在社会学院，跟文学院隔一个不大不小的山坡，米歌经常翻过山坡爬到我们这边来。看我不过是捎带，更多时候是找娜塔莉。娜塔莉在尼斯的亚洲艺术博物馆工作，由于对中国感兴趣来大学进修。她俩年龄相仿，又都喜欢艺术，喜欢中国，一拍即合。

文学院的楼群是二十世纪中期的建筑，毫无特色，带着那个年代钢筋水泥的严酷和简陋。唯一有些浪漫气息的是那个居高临下的咖啡馆：露天平台俯瞰大海，凉风习习，吹来夹着海浪的花香。平台脚下是连绵的橄榄树林，半坡绿色烟雾，一路飘向海边。在这儿喝茶聊天的确惬意。

其实只是她俩在聊。米歌说起她四处游荡的经历。毕业后多年没固定职业，到处旅行，间或打打工，去过西班牙、非洲，后来又去了印度和拉丁美洲。"在中国那几年，要算我最正式的工作经历了。"

这俩人真有点像呢，我边听边想。认识娜塔莉不久，我已经目睹她换了三次工作。从小报记者、摄影师到杂志的自由撰稿人，都没超过一年。现在这份工作，也是她目前最稳定的职业了。我惊讶地听到，原来她还有个儿子，已经二十五岁了！"我们不常见面的，"娜塔莉轻描淡写地说，"路克跟我一样，喜欢独立自由。他父亲？大学时代的一段冲动喽……"

单身女人娜塔莉，跟米歌一样是锻炼狂。她住在尼斯东部的宝隆坡，离马蒂斯曾经住过的房子不远，出门就是树林和山坡，每天骑车上上下下，四肢结实修长，晒成了深深的古铜色。她俩比了一阵胳膊上的肌肉，相约一起爬山游泳做瑜伽，还像少女那样商量结伴一起逛商店买衣服。

"如果不是因为菲利普，我才不会来南法呢！"米歌话语里带着抱怨，微眯的眼睛却满含笑意。

认识菲利普是在北京。米歌旅游够了，终于找到一份合心意的工作。她受聘到比利时驻华使馆当文秘时，菲利普已经是资深外交官了。出身贵族的菲利普，才华横溢，风度和能力出众，待人却平易随和，颇受同事们爱戴。除了不懂中文，几乎可以说完美。作为助手和翻译，米歌很快为他的魅力折服。

那是一段幸福而痛苦的经历。幸福，因为从事着一份理想的工作。米歌漂亮活泼，汉语又好，在北京走街串巷如鱼得水，学书法练武术尝美食跳广场舞，交了无数朋友，本来没有痛苦的理由。可天意难料，让她不可救药地爱上了自己的上司。比她大了近二十岁的菲利普，是有妇之夫，他崇尚传统，严于律己，虽然他也许对妻子已经感情淡漠，也许对米歌的爱并非无动于衷，但他只能熟视无睹。

命运往往捉弄人，有时又会制造意想不到的机会。米歌已经立誓终身不嫁，菲利普的妻子却病逝了。接着，一桩意外的事件，使他提前结束了在中国的职业生涯。米歌虽然难以割舍自己的中国情结，但为了爱情毅然辞职，甚至来到了偏僻的小山村……

"等我们安顿好了，请你们来做客呀！"

二

蒙托卢是个中世纪古镇。老城中心耸立着古老的教堂，教堂前面的小广场上梧桐树影婆娑，这儿就是村镇的心脏了。围绕这个心脏，街道如蜘蛛网般向四周散开。弯弯曲曲的街巷，排列着拥挤的房屋，店铺林立，狭窄逼仄。米歌的家并不在这里。

穿过老城，一条现代化大道将我们引到一片新开发的别墅区。这里地段宽敞，房屋整齐，路边两排高大的梧桐，给本来就空旷的街区更添了几分庄严肃穆。要说有乡村气息，那不过是房前屋后的点缀：几株花草，一架木车，一盘风磨或一口旧井，还有那些洋溢着田野味道的命名。

这幢别墅也有一个名字："鸢尾园"。花体字母，用彩色马赛克瓷砖嵌在墙上。园里的花开得正艳，最多的正是鸢尾，花秆挺直，叶子碧绿，花瓣细长。这种花在尼斯有很多，不足为奇。新奇的是，我以前见到的鸢尾花一般都是紫蓝色，这里的颜色好像挺多……

"鸢尾花的名字 Iris，源于希腊语，原为希腊神话中彩虹女神的名字,所以有'彩虹'的寓意。彩虹,本来就应该是多彩的嘛!"

说话的是个男子。温文尔雅的口气,贵族和外交家的双重气质,不用介绍,大家都猜到他就是菲利普。菲利普身材挺拔,步履矫健,看起来一点儿也不老,很难让人想到已经是退休的人了。

米歌准备饭菜的时候,菲利普带我们参观花圃,说起鸢尾花如数家珍。在希腊神话中,彩虹连接着天和地,彩虹女神伊里斯,就是神和人之间的桥梁,她将人的诉求传递给神,也将神的旨意传递给人……法国人最喜欢香根鸢尾,因为它的根状茎可以用来提取香料。古法语中把它叫作"光之花"。

"这些,是最常见的蓝鸢尾,俗称'蓝蝴蝶',你们一定都见过。白色的那些,是来自荷兰的'玉魔'。这些黄鸢尾,花瓣比较宽,所以叫'宽裙子',这几株带虎纹的,是'虎皮裙',很特别吧?那是我从比利时移来的新品种。"

午餐摆在游泳池旁边。传统式样的餐盘有百合花纹饰,花瓶里插着园里新采的花朵……菲利普摆好了闪亮的刀叉,手拿印花的名片签,认真地按照事先写好的名字,把它们摆在每个座位前:男客女客,中国人欧洲人,中文法文英文,像外交场合一样面面俱到。

饭桌上,有人问起菲利普的外交官生涯。他刚要开口,米歌笑着拦住:"等一下!"她小跑着,把主菜和配菜拿上桌,这才坐下,满意地点点头,示意可以开始了。

这些故事,米歌显然已经不是第一次听说。可她一只手臂撑住下巴，两眼放光，听得津津有味。那样子就像一个爱听故事的小朋友，抢坐在第一排，生怕漏掉了什么。菲利普从最先任职的欧洲讲起，开始是丹麦、芬兰，然后是非洲的刚果和马里，亚洲的巴基斯坦、泰国，最后是中国……

"您最喜欢哪个国家？"问话的是一位新疆来的朋友。

"这不好说，但最令人难忘的，是印度和中国。"

米歌目不转睛地盯着菲利普，眸子里的笑意更浓了。我想起他们的北京之行。菲利普不过六十，精力充沛，什么原因让他在生涯几近顶峰时毅然辞职呢？我心里疑惑的问题，却被那位新疆朋友大声问了出来。

原来是工作上发生的一桩意外事件，使菲利普认识到官场的炎凉。骨子里的骄傲，让菲利普宁肯远离职场光环，隐退乡间。外交生涯戛然而止，他毫不惋惜。

当然，他有底气这样做，是因为家族背景深厚，财力雄厚。而米歌辞职，虽说并非一时冲动，也给她留下了遗憾。

毕业后刚步入职场的米歌，没多久又失去了工作。虽然衣食无忧，但她不甘心每天在游泳池旁边晒太阳、观花赏草。她也找过工作，奈何这偏僻地方机会太少。不过初来乍到，日子还是安排得满满的。她每天闻鸡起舞，先打一套太极拳，早餐后练书法，然后阅读跟论文有关的书籍和资料。下午出门锻炼、散步，黄昏时分，在夕阳中练完瑜伽，就到了该准备晚餐的时候。

那些日子没见到娜塔莉，后来也不听米歌提起，更未见她们在一起，我不免感到有些奇怪。问起米歌，她神色一顿，低头半晌才答："我们已经不来往了。"

几星期前她们大吵了一架。法国总统大选在即,作为比利时人,米歌虽然不投票,仍是十分关注。但是她不顾法国人对此类话题的禁忌,见人就问对方投谁的票。得知娜塔莉要给极右派投票,她大吃一惊:"她居然认为左派的移民政策过于宽松,对移民待遇太过优厚……可帮助难民和穷人,不是应该的吗?怎么能连这点互助精神都没有?"不久前恨不得勾肩搭背的女伴,就这样以绝交收场。

也许因为新鲜劲已过,厌倦了奔波,也许是缺了娜塔莉那样的密友,米歌来尼斯的次数明显少了。看来她已经习惯了寂寞的山村。每天的太极拳、书法、瑜伽雷打不动,午后散步走得更远,从附近的松林,延伸到林子另一边的圣十字湖。"湖上还可以划船呢!"她在电话里说,还不忘记像往常一样怂恿我去做客:"再不来,鸢尾花就要凋谢了!"

可我不但辜负了夏末的鸢尾,连秋天的满山毛栗子都错过了。

三

再去"鸢尾园",已经过了圣诞节。地中海岸无严冬,但海拔几百米的山村毕竟跟海边不同。一路细雨,上山后竟变成了雪花。

菲利普往壁炉里扔了几块木头。熊熊炉火暖烘烘的,将室内映得通红,花梨木大桌古色古香,挂着彩色小灯笼的圣诞树散发着冬日的温馨。

围着壁炉，三三两两的交谈，像散碎的落叶追着秋风，渐渐汇入对菲利普这一中心的倾听。我无意中瞥见米歌的视线，她脸上的神情让我有些吃惊。她像以前一样，目不转睛地盯着菲利普，但眼光中却没有了那种痴迷，笑容心不在焉，甚至……带着一丝怜悯？

米歌收了收神，微微一笑，走到我身边坐下。她喝光杯里的酒，拿起酒瓶，将杯子再次斟满。

"你瞧菲利普，"她低声笑着说，"讲起过去的事总是兴致勃勃，可现在哪还有一点激情。退休了，本来有很多事可以做的，有人请他参与非政府组织的工作，有院校请他开讲座，他都没兴趣。我拉他出门锻炼，他也不去。每天除了看看报，看看电视，就是侍弄那些花……"

我换了个话题，问起她的博士论文。"我已经决定放弃了。读了干什么呢？难道就为了整天无所事事，在这个寂静的天堂享受？"

隔着桌子，一个年轻人对着米歌举了举杯。他肤色黝黑，肌肉强健，大冬天只穿件格子衬衫也并不冷的样子。米歌也笑着举杯，两人相对一干而尽。我注意到，这天晚上米歌一直在喝酒，很少吃东西。

"我跟你说过没有？我现在每天都去圣十字湖划船，尼古拉是我的教练！"

她卷起衣袖，一边对我展示胳膊上的肌肉，一边得意地朝教练挑了下眉毛。"当然，跟教练没法比……多亏尼古拉，现在我有了一个新计划！"

　　去划船的时候，他们发现湖边有一个竹园。青竹环绕，翠绿满园，园子中间还有一所小屋。尼古拉说："竹园属于区政府所有，平时免费开放，供游人散步休憩。前几年，每逢夏季旅游季节，这里会举行露天音乐会，这几年倒是没听说了……"摸着那些翠竹，米歌想到自己每天临摹的梅兰竹菊，忽然萌生出一个念头：何不开一个儿童课外兴趣班，教附近的孩子们学习中国书法？"中国诗人说过：宁可食无肉，不可居无竹……对吧？连尼古拉都觉得这是个好主意。兴趣班的名字我都想好了，就叫中国竹园！"

　　接下来的那段时间，竹园成了米歌最热衷的话题。尼古拉陪她走访了那个区的管理部门，还通过熟人，让他为米歌打开那座小屋参观了一下。小屋长年弃置不用，已经破损，只能勉强临时存放些桌椅。"或许可以跟区政府商量一下，让他们出钱装修，我来义务教学！"米歌兴致勃勃地说。

　　她开始向我打听，怎么订购中国毛笔和墨锭？小孩子初学用宣纸是否合适？迫不及待的她，隔几天就打电话来，恨不得马上开班。可当我终于把找到的信息传给她时，很久才收到她的回音。

　　电话中的米歌，声音怏怏的："嗯，给区政府发过邮件了，好多次。只有过一次回复，说需要开会研究，就没下文了。后来？我问过啊，写邮件，打电话，还专门约了副区长面谈，不过那天他临时又有事，取消了约会。他们说，现在正是地区议会选举时期，什么事都不能决定，要等选举以后。可现在选举不是已经完了吗？还是让我等，没别的消息。尼古拉？其实，他也帮不上什么忙……其实，我们已经不来往了。"

这段友谊的结束，原本却有个美好的起因。划船教练尼古拉，被米歌忽悠得开始学打太极拳，虽然并不认识汉字，却连带着又对书法有了兴趣。米歌书房里那些汉语书，便成了他好奇的对象。最让他好奇的那本书，上边画着许多古怪的符号，几排横道，有的连着，有的断开。他用大拇指和食指捻起书页，蘸着吐沫一页页翻着。"哈，这个我知道，"突然，半湿的手指头按住一个半黑半白的圆圈，"阴阳图对吧？"米歌连忙把书抢过来。这可是她最珍爱的一本《易经》。"这是太极图！"她满腔热情地开始讲解，尼古拉没听几句，便不以为然地哼了一声。"原来就是一本讲算命的书啊，凡是跟算命有关的全都是扯淡！"他哪里知道，米歌把《易经》当《圣经》一样崇拜，不能容忍任何亵渎。聊天变成争吵，米歌不肯让步，尼古拉也决不服输，居然摔门而去。两人就此断了往来。

"他啊，就是个头脑简单肌肉发达的孩子。不说了，"米歌话题一转，"我找你是想问问，你能不能抽个时间来一趟？我有事请你帮忙。"

四

进门只见到米歌一人，菲利普不在家。

游泳池旁边仍旧开满了花，几张木椅随意摆着。米歌端来一个大托盘，上面放着果汁、三明治和一些生菜沙拉。她把托盘放在地上，刚要开口，正房旁边的小屋里传来"砰"的一声闷响，好像什么器具砸在地上。

"是皮特。"米歌笑着对我说。

那扇小木门被推开，一个瘦得像麻秆儿一样的男人走出来。他个子很高，身穿黑色中式对襟上衣，裤子也是黑色的，赤着脚，露出又瘦又长的腿。稀疏的头发在脑后扎了一个马尾。他显然刚做完运动，额上有细小的汗珠。

"皮特。"他对我伸出手，简短地说。接着就地坐下，裤子卷到膝盖，两腿泡进了游泳池。

"皮特是电脑工程师，刚从布鲁塞尔退休，到这里来住一段。"米歌替他补充道。

"退休了？这么年轻啊。"

他看起来比米歌大不了多少。米歌一边笑着点头，一边递给我一个盘子。

"不好意思啊，今天没有肉。皮特吃素，他信佛呢。"

皮特今年刚满五十，本来在欧洲一家公司工作，最近经济不景气，公司裁人，鼓励员工自愿提前退休，给出的补偿金非常可观。皮特早厌倦了坐办公室跟数据打交道的生活，自然不会放过这个机会。

皮特没碰那些三明治，他只拿了一盘生菜沙拉，喝着矿泉水。安静地吃完，捡起一个苹果，对我们点点头，又钻进了屋里。

我问米歌，到底有什么事要我帮忙。她示意我随她进屋去。

走进屋里，我大吃一惊。客厅里面目全非，除了那个花梨木大桌仍旧赫然横在正中，其余的家具都推到了墙角，原来的装饰和摆设也大多不见了，显得空荡荡的。书架上的书去了大半，地上放着很多纸箱。"你们要搬家吗？"

米歌从纸箱中直起腰来，把脸上的碎发撩到耳后，指着几个写着字的纸箱说："这几个箱子，都是书，我用不上了。请你帮我转送给大学的图书馆吧。"

"这么多书，你都不要了？"

我知道那些书是她多年来收集的，英语的法语的和中文的都有，其中不乏名版名著，有些如今已经不容易找到了。

"不要了！"米歌坚决地说。

"你不打算回来了吗？"

"嗯。皮特说要去缅甸，那里的人们贫穷，但清心寡欲，心地善良。哎，我还没去过缅甸呢！"米歌露出憧憬的神情。旅行、亚洲和新奇经历仿佛已经在召唤她，她眼中的那抹亮光，我已经很久没见到了。

"皮特和我有个计划。"她说。

到了缅甸他们打算先背包旅行，然后找一个合适的地方，用皮特提前退休得到的那笔补偿金，投资一个橡胶园。"自己经营橡胶园，一定很有意思！而且，这样我们还可以帮助当地人改善生活！"

麻秆儿皮特慢悠悠地晃过来，在米歌的指示下，将东西归类，又把几个箱子搬到我的车上。米歌轻快地穿梭在杂物中间，一边分拣整理，一边用弗朗德语对皮特发出各种指令。她指着屋外平台上的一堆杂物，让我挑一些能用的拿走。

我看上了一只小花盆，浅橙色的黏土盆，典型的当地出产，附近村镇的集市上到处都能看到，但这一只有些独特，盆口边沿雕刻的那一圈纹饰，不是本地常见的花卉，居然是中国的"富贵不断头"。旁边还有一只大花盆，纹饰一模一样，看起来应该是一套，大盆里种着一棵小金橘。

"那，菲利普呢？"我犹豫再三，终于在门口告别时，问出了这句话。自从看到那些纸箱，这个疑问就一直萦绕在我心里。记得菲利普说过，是打算在蒙托卢度过晚年的。

"他现在去比利时看儿女了。回来以后，他会把房子卖掉，然后在布鲁塞尔买一套公寓，跟儿子和女儿生活在一座城市里。"

米歌走后就没了消息。或许，他们正行走在深山老林，露宿在山野乡村；或许正如他们期望的那样，远离现代都市，远离互联网，过着世外桃源的生活。又或者，橡胶园的工作紧张忙碌，没有一刻闲暇……

生活中总会遇到一些人，不经意地出现在你身边，然后便销声匿迹了。米歌似乎也如那些人一样，渐渐淡出了我的视线。可是，每当经过某处竹园时，我总会想起她。对她来说，竹园计划已成为过去，橡胶园呢？

怀着好奇，我上网搜索关于缅甸的橡胶园的信息。

"橡胶是缅甸一项重要的工业原料，素有'白色的金子'之称。缅甸的传统橡胶种植区，主要在多雨炎热的南方，诸如孟邦、德林达依等。近年来，缅北地区也开始种植橡胶树，例如亲敦江上游的霍马林地区及克钦邦。橡胶产业长期来以农民们的自发引种为主，没有受到政府的重视。"

克钦邦？这个地名吸引了我的注意。米歌说过，他们打算长住的地方是缅北，那个地方，好像就叫克钦邦，还是克伦邦？

我曾经想象过米歌和皮特的缅甸生活：一幢简朴的房子，一片美丽的橡胶园。白天，他们在园中忙碌，身边围着当地的雇农，丰衣足食，笑容满面；傍晚，橡胶园沐浴着夕阳，在黄昏的静谧中，他们读书、写字、散步、做瑜伽……这伊甸园般的画面，看来离现实有点远。

今年以来，橡胶售价持续下跌，而工钱和运输费用却上涨，缅北地区的橡胶农们辛苦劳作，但利润极低，只是为了橡胶园的长期生存而坚持着。目前，一磅橡胶卖到七百五十缅元，而付给割胶工人的费用就要三百缅元。再加上当地没有收购站，只能送往曼德勒，又增加了一笔运输费用。此外，由于没有政府的支持，合法出口很难，有些地区的橡胶一向是自产自销，大部分出口渠道都要受到中间经纪商的盘剥或压价。对橡胶园主们来说，实际上已经几乎没有任何利润了。

五

又是一年冬去春来，校园里的橄榄树吐出了新叶。一天，我刚下课，走出教学楼就看见了米歌。她走出树荫，阳光把她的亚麻头发映成了金色，让我想起几年前的第一次相遇。

她仍然苗条如少女，但身体看起来更加黑瘦硬朗，脸上带着远方归来的沧桑，似乎有些憔悴。腮上的两块红润更深了，变成了两片高原红。含笑的眼角，皱纹也更多了些。

"我从图书馆来。"她笑着对我举起手里的书，翻开扉页：那上面有她自己的名字和购买日期。"好惋惜，当初没听你的，送掉了我那些书！"

当初那么坚决地离开，发誓远离欧洲，兜兜转转，却又回到这里。不用问也能猜到，缅甸之行不理想。

"是的，橡胶园的计划泡汤了。"坐在咖啡馆里，米歌望着大海，眼睛呈现出坡下橄榄树一样的淡绿。"经济不景气，赚不到钱，虽然说我其实……"

其实，对米歌来说赚钱并不重要，甚至只要不赔钱就可以，她只是想做点有益的事。她也知道，帮助当地人脱贫并不容易，可没想到，连让他们相信自己的好意都很难。她开出的工资比当地工头高很多，但胶农们并没如她所想象的那样踊跃前来，反而还疑惑，好像觉得天上掉下来的馅饼一定就是有毒的。她和皮特两个欧洲人，到了当地两眼一抹黑，就算米歌能说一点缅甸语，可找运输公司、找中间商、疏通销售渠道，处处都有陷阱。而皮特是不会为那些事伤脑筋的。

米歌说他们分手后，皮特也离开缅甸，去了老挝。信奉佛教的他闲云野鹤一样，或许已经超脱到不牵挂任何事物，但是也不受任何情感羁绊了吗？

"那你现在，还是打算留在南法？"

"是啊，我现在跟两个朋友住在一起。他们在瓦尔省的山区有个农庄。离尼斯是更远了，不过，也更安静呢！"米歌脸上有了些笑意。

朋友新置的农庄，在瓦尔省的边缘，位于和普罗旺斯交界的地区。那片山坡，早先是一处自然牧场，每逢放牧季节到来，便有牧人赶着成群的牛羊来驻扎。自从南法开发了旅游经济，传统的农牧业不断衰退，许多农人都改为以旅游为业，草场便少有人问津。米歌那对朋友买下了其中一块地，坡上长满橄榄，园中有座小屋，年久失修，门窗破败，主体却是坚实的岩石结构。他们花了近两年时间，一边整修复原，一边扩建，外貌保留了原有的框架，室内改造则是一色现代化。从外表看，岩屋屹立在大自然中，经历了几个世纪的风雨，仿佛纹丝未动。走进门里，是堪称顶尖设计的精致简居，各种设施一应俱全，舒适美观近于豪华。

在米歌的描绘中，那个橄榄园几乎就是人间天堂。山上空气清新，风景美丽，又有地中海得天独厚的阳光，所以既是夏季牧场，也是冬季牧场。"虽然牧羊人已经没有了，但是我们可以自己养牛养羊啊！"山地石头多，牧草矮小，比不上法国北方和瑞士的青草肥美，可是有很多菊苣类的小草，牛羊最爱吃，正是这种草料，加上特殊的盐碱地，使本地产的牛奶和奶酪有了独一无二的特殊风味。

"除了橄榄园，还有个果园呢。樱桃、苹果和桃树，都是原先就有的，我们还新开了一片菜地，现在吃的菜全是自产的，环保又健康。吃不完就拿到镇上去卖。我们还打算养鸡、养鸭、养羊，还可以自制羊奶酪呢！"

米歌笑得十分自豪，眸子亮晶晶的。我毫不怀疑，朋友们真的很需要她。她拿出一个袋子给我，里面是粉红色的西红柿，又大又新鲜。

"牛心番茄，我早晨来之前专门给你摘的。有机会你一定要来看看啊！对了，那儿没有村子，也没街名。上了37号省道，往卡斯特莱纳方向开，路边的牌子上就写着'橄榄园'。"

米歌此后再也没到尼斯来过，但是信息不断，每次都附有照片，而且隔不多久就有新计划出笼。

"羊奶酪已经开始生产了，附近有不少人来买呢。"

"我去马赛参加了一个培训班，拿到了新技能的文凭。以后橄榄不光能用来榨油了，可以制香皂，还可以做护肤霜！"

"我新开了一块地，打算种点黄豆，明年磨豆子，做豆腐！"

"今天有顾客来买奶酪，看见我打太极拳了，他们很好奇。我打算开个班，教太极拳，还有八段锦。"

"朋友开始跟我学太极拳了，我已经有四个学生了！"

那些照片上，天高地阔，树木葱茏，远处海水波光粼粼，近处一群人在山坡上打太极拳，似乎闻得到花草的清香……我也真想去看看了。

樱桃成熟的时节到来之际，机会突然降临。因为要去艾克斯大学开会，而开会地点就在普罗旺斯的省城，回来的途中正好可以拐个弯，上山转一圈，然后再回尼斯。

我兴冲冲地告知米歌，却奇怪地联系不到她了。电话没人接，短信没人回。直到会议最后一天，我才收到她一封邮件。

米歌说，她已经离开橄榄园了，也不会再回去了。没有解释原因，只说过一段打电话给我。"不过，你还是可以顺路去看看，"她在邮件结尾时写道，"我已经跟希尔薇打过招呼了。"

初夏的橄榄园，从远处看去，是两种不同色调的组合。上下两层绿，截然分明：上边是淡绿的枝叶，像一团团轮廓朦胧的蘑菇，又像飘忽不定的云雾；下边是青翠欲滴的鲜绿，那是树下的草地。菊苣到处都是，并不茂盛，顽强地从石缝里钻出来。空气中弥漫着熟悉的气味：百里香、迷迭香和薰衣草，只有在普罗旺斯的阳光下才能如此恣意散发出的芳香。

希尔薇从牛棚走出来。她腰系蓝围裙，脚蹬高筒靴，一副英姿飒爽的模样。她甩了甩头发上沾的几根干草，利索地扯下手套，伸出手使劲跟我一握。我感觉到她手上的硬茧。

我随着她在农场里转了一圈，然后回到店堂，选购了一些奶酪和橄榄油。希尔薇一边麻利地为我包装，一边冲屋外扬起下巴："樱桃你自己去摘吧，挑熟透了的。那边小屋里有篮子。对，就是苹果园旁边那屋子，米歌以前就住那儿。"

小屋的墙角堆了些篮子、花盆和肥料袋，像个仓库的样子。不过，除了这个角落，大半地方跟住人时的布置没什么两样。一架厚重的大木床，床上被单枕头床罩齐全，桌子上摊着一幅书法，墙上贴着八段锦的挂图，仿佛主人只是临时出门，不久就会回来。细看之下，才会发现到处都蒙着一层灰尘，隐隐透出人去屋空的凄凉。

希尔薇告诉我，米歌回比利时了，去看望几年未见的父母。至于以后，谁也不知道以后她有什么打算。

离开橄榄园，我沿着小路下山。在通向高速公路的岔口，我停住了。左边的路牌，指示着通往蒙托卢的方向。稍事犹豫，我向左拐上了那条路。

正是蒙托卢逢集的日子，古镇的中心广场跟以往一样热闹，熙熙攘攘的人群，五颜六色的水果蔬菜，伴着顾客和摊贩们的大声问好和讨价还价。穿过市场，人声远去，郊外宽敞的别墅区便愈加显得空旷和寂静。

街上空无一人。我在"鸢尾园"门前停下来。别墅门窗紧闭。隔着栅栏，可以望见平台上堆积了一层落叶，游泳池的水变成了深绿色。台阶上，我没能带走的那个黏土大花盆还在，小金橘已经枯死了，"富贵不断头"的中国雕饰被泥土盖住，成了断断续续的花纹。

房前没有出售的牌子，也不知别墅是否已经易主。几株鸢尾花东倒西歪，残存的花朵，像孤独的蝴蝶一样在风中摇曳。

望着那片曾经茂盛挺拔的鸢尾，我想起了菲利普曾经说过的话。法国人偏爱蓝紫色的香根鸢尾，在浪漫的法国人眼里，蓝色是"宁静"和"深邃"的色彩。而在比利时，人们更钟情黄鸢尾。黄鸢尾代表命运的游离，象征破碎的爱情，还有彩虹一样短暂易逝的激情。

米歌，你的伊甸园到底在哪里？

读与译：波德莱尔《孤独者的酒》

初次接触波德莱尔，是读大学的时候。在那个年代，外国文学的教科书中给他的经典标签是"颓废诗人""资产阶级浪子"，因此，对这位象征主义代表诗人的兴趣，几乎是从好奇开始的。不知是因为当时对诗歌的理解力有限，还是为了要避开公然向道德宣战的《恶之花》，还是因为被那种年轻人易感的抑郁所吸引，我最先阅读和喜欢的是《巴黎的抑郁》小散文诗集，很快翻译了其中的六首，并且不知高低地寄给一家著名杂志社，居然在大三那年就发表了。

在很长一段时期内，即便在法国，波德莱尔的颓废和浪荡也被认为是有伤风化的，他甚至因"危害传统公共道德"受到过法庭判罚。这种叛逆精神，在《恶之花》中的确表现得淋漓尽致。而以"酒"为主题的诗，也是明证之一。

在今天看来，对"酒"这个题材的书写，即使在中国也早已算不上惊世骇俗。跟他后来吸食印度大麻和鸦片，在《酒与大麻》和《人造天堂》中以抒情的笔触描写嗜毒体验比起来，终究也是小巫见大巫。今天的法国文学批评，将这首诗看成叛逆旧时代的象征：酒，作为恶之花的一朵，被传统道德所不齿和唾弃，却正是波德莱尔想要刻意培育的"腐化""堕落"之花（尽管他本人实际上并不酗酒），是他用来挑战传统价值观的武器。

在《恶之花》全集二百首诗中，《孤独者的酒》是比较不起眼的一首。以"酒"命名的这一组诗，共有五首诗，其中最有名、被引用最多的，是《酒之魂》。而《孤独者的酒》近年来才更多地成为研究和分析的对象。实际上，这首诗不论内容还是形式都十分值得注意。它不仅完美地诠释了浪子的反叛精神和诗人的孤独，而且在结构、层次和韵律上也很有特点，反映出波德莱尔一方面挑战传统、另一方面又眷恋旧制的矛盾情绪，字里行间表现出与过去割不断的联系。

孤独者的酒

一个风流女子的奇异目光
似一道白光洒在我们身上
波动的月亮送她到粼粼颤抖的湖旁，
任她将那慵懒的美丽在水中荡漾，

赌徒手中的最后一袋钱，
瘦俏的阿德琳的放纵之吻，
音乐之声刺激又抚慰灵魂，

犹如人类痛苦的遥远呐喊，

这一切都比不上，啊，深邃的酒瓶，
你那蕴藏丰满的胖腹吐出沁人心脾的芳香
滋润着虔诚诗人的干渴心灵；

你为他浇灌希望，青春和生命，
还有一切贫贱者的财富——傲慢，
它给了我们荣耀，和上帝一样的光环！

  这首诗的体裁，采用了法国最流行的十四行诗，按照4、4、3、3的规则分为四段；每一行用"亚历山大体"，即12音节诗句，分别由两个6音节的半句组成。这种诗体，当时被公认为是最高级的，节奏优美，抑扬顿挫。但是，在这个貌似传统的框架下，波德莱尔却使用了不合规矩的音律。比如，第一段的四行，本应交叉押韵，他却用了同一种韵，只是第1、4行为阴性形容词，第2、3行为阳性形容词，最后一个音节的韵母和声母都一样，韵律更加鲜明。第二段的四行，按规则应该与第一段同韵，他却换了一个韵。而最后的两组三行诗，也没有遵循常用的韵法。于是，整首诗的韵式，从 ABBA ABBA CCD EDE 变成了 AAAA CDDC EEF GGF。我个人很喜欢这种押韵，因为它有些类似中文诗，句尾押韵，在段末落定，听起来有呼应感，音韵效果较强。尽管由于文字差异和诗歌的特性，将法语的形式、声效、韵律完全反映到汉语译诗中是不可能的事，但翻译时在忠实于内容的前提下，尽量还原法语诗的音韵，是一个充满乐趣的尝试。

在精心构造的形式衬托下，诗的寓意逐次展开。开头描写美丽的夜色，皎洁的月光，波光粼粼的湖面，美人在湖中沐浴，是从静到动的声色享受。第二段讲到赌徒的心理，摄魂的热吻，还有激荡而旖旎的音乐，是对感官更强烈的刺激，暗示堕落的升级。但最后的赞美却是：这一切都比不上酒瓶。用第二人称的拟人手法，诗人与酒瓶对话：美酒并不仅是口腹的享受，而且是对诗人心灵的灌溉，造就了诗人的傲慢。傲慢，在传统道德中本来是个缺陷，是七种原罪中的一种，在这里却成了诗人的美德。它既是贫贱者的财富，更代表了诗人对包括上帝在内的传统价值的不屑和蔑视。

因此，对酒的沉迷，对醉的向往，就多了一重象征意义。歌颂酒，是歌颂诗带来的陶醉，而自由的诗也是对传统的挑战；诗人的品格，则可以与上帝相提并论。从这个意义上看，这首诗十分具有现代性。在现代人的眼光中，它已经几乎没有美化堕落的意味了。摆脱羁绊，个性解放，早已是现代人的追求。

或许，每个人的灵魂中都会有一闪而过的"邪恶"。偶尔的促狭，短暂的反叛，华丽的沉沦，无伤大雅的放纵，也许只是生活中的"浪"花。纵观中国历史上的"酒仙"诗歌，不也开遍了可以称为"恶之花"的奇葩吗？

一个法国画家眼中的清末中国

对于许多人来说,路易·杜默兰可能是一个陌生的名字,但是如果提起比利时滑铁卢博物馆的大型油面《滑铁卢战役全景》,见过的人一定都印象深刻。这幅令人震撼的油画巨作,被联合国教科文组织列为世界文化遗产,它的作者就是路易·杜默兰。

作为法国十九世纪末的后印象派画家,杜默兰的成就是不容忽视的。还不满二十岁时,他就参加了法兰西艺术家沙龙,受到专业人士注意。1889年为巴黎世界博览会画巨幅装饰,获得成功,此后邀约不断。法国最有名的博物馆,如卢浮宫、奥赛博物馆、布朗利博物馆、凡尔赛王宫和以亚洲艺术闻名的吉美博物馆,都收藏过他的画作,他也被授予法兰西荣誉军团勋章。然而,十九世纪末的法国,仍然笼罩在印象派大师的光环下:莫奈、雷诺阿、西斯莱、塞尚,还有杜默兰与之有过多次交集的梵高,光芒耀眼,映照全球,相比之下,杜默兰这样的画家就显得默默无闻了。

在法国绘画史上,杜默兰的名字前面常被冠以"游历画家"

或"殖民地画家"的称号，这是因为他的许多画都属于旅行探险题材，而其中给他带来大量灵感和声誉的，是亚洲的风土人情。杜默兰一生酷爱旅行，从十九世纪末到二十世纪初，他游历三十多年，到过日本、中国、马来西亚、印度尼西亚、叙利亚、土耳其和非洲等地。在沿途各地，日本和中国使他情有独钟，与此相关的风景画也最具有异国情调。

路易·杜默兰1860年出生在巴黎一个富裕家庭里。他的祖父是雕塑家。父亲欧仁·杜默兰也是一个画家，早年师从绘画大师安格尔和布隆代尔，但他认为靠绘画难以为生，用他的话说，那是一种"刺儿比花多的玫瑰"。后来他去南美淘金发了财，回到法国后，在诺曼底的海滨城市买下许多地皮，盖了别墅，从此专心作画，倒也小有名气。路易·杜默兰的母亲也学过画，闲时画些山水花鸟。后来路易·杜默兰爱上了亚洲以后，在父母的庄园旁边，为自己盖了一座亚洲风格的别墅，取名"花井"。

虽然父母不希望路易·杜默兰吃绘画这碗饭，但他终究走上了艺术道路。他先后跟当时颇有名气的杰尔维和雷曼学画。刚满十九岁，画作就入选1879年巴黎美术沙龙，其中一幅被美术界名人买下，另一幅《马铃薯地，枫丹白露的落日景象》也受到了好评。杜默兰连续多年参加这个沙龙。1886年，著名记者、左拉的朋友保尔·阿莱西斯在《人民之声》报上评选沙龙外的优秀画家，杜默兰的名字和塞尚、西涅克和马奈等印象派大师并列在一起。

在此期间，家里却遭到一系列不幸。先是父亲去世，母亲听从公证人的建议，投资不当，银行倒闭，他们跟着破产，除了房子以外，丧失了几乎所有财产。杜默兰不得不停止学画，到一家画室去当学徒。这段经历也使他有机会接触到一些对他有帮助的人物，比如诗人魏尔伦，他后来为杜默兰的画《晨曦》写了一首诗，题为《倒置的黎明》。另一位是著名小说家儒勒·凡尔纳，《海底两万里》和《八十天环游地球》的作者。杜默兰自己认为，日后成为"游历画家"的经历，就是从这时起步的。他应时任亚眠市议员的凡尔纳之邀，前往亚眠城，为新建的马戏剧场画了装饰。后来杜默兰回忆说："在索姆河畔的漫步，虽然比不上我在湄公河和长江航行那样充满异国风情和冒险趣味，但给我的生涯打下了坚实基础。我的游历画家生活就是在这个城市开始的。"

关于杜默兰的中国之行，画家本人没有留下详细的记载，只有在法国绘画史和那幅《滑铁卢战役全景》的介绍中能找到一些十分有限的资料。他的第一次远东之行是在1887年末到1888年初，受当时的巴黎美术学院院长卡斯塔纳里的委托，到了叙利亚、土耳其、日本、马来西亚、越南以及中国的上海、珠江、香港等地。

杜默兰第一次认识中国的时候，正是法国的"东方派"作家风靡欧洲的年代。克洛岱尔在《巴黎杂志》讲述具有中国风情的散文诗、洛蒂的小说、谢阁兰的诗歌，为那些对东方感到神秘的法国人带来了无限憧憬。杜默兰一路游览，拍摄新鲜风景，画了大量素描和画稿，带回来一部"图画的游记"，他说这些"既是资料，也是艺术作品"。以后几个月，他以这些草稿为基础，创作了一百零三幅画，交给巴黎的乔治·贝蒂画廊展出，取得了巨大成功。比如 1889 年画的《上海》和 1890 年的《中国三景》，绿树掩映的宝塔，静谧清新的雪后，充满了典雅的中国韵味，又显示出西方人观赏风景的视角。

在画册的前言中，著名艺术评论家菲利普·布尔迪这样写道："这是一个艺术家兼报告人的出色展示，他对瞬间敏感，对异国生活充满好奇。"画展很受欢迎，画的销售也不错，其中两幅画被国家购买收藏。杜默兰迎来了他绘画生涯的高峰。从 1890 年起，他开始参加法国美术协会沙龙，第一次就展出了十一幅域外风景，接着便被海军和殖民地部聘为正式画家。这个身份给了他更多的旅行机会。为了筹备 1900 年巴黎世界博览会，他又接到一项更重要的工作，负责为"环游世界"展厅绘图，海军部门提供一笔资金，作为这次旅行的费用。于是，对远东一直念念不忘的杜默兰再次出游。

1898 年 10 月 15 日，"长江"号邮轮从马赛港出发，历经两个月到埃及塞德港，杜默兰打算先在埃及考察，然后换乘轮船去印度支那。在开罗，他遇到了著名小说家皮埃尔·洛蒂。洛蒂是个热爱旅行的作家，虽然此时尚未发表轰动一时的《北京的末日》，但他的异域小说在法国已经很有名气，以日本为背景的《菊子夫人》，被意大利音乐家普契尼改编成歌剧《蝴蝶夫人》，获得巨大成功。离开埃及后，杜默兰和洛蒂一起航行，穿过红海和印度洋前往亚洲。他们一个写书，一个作画，时常谈论文学艺术。在西贡，杜默兰告别了洛蒂，他奉命要在西贡为法属印度支那总督府画一幅画。洛蒂此行的目的地则是日本横滨。在后来的日子里，两个人成了终生密友，杜默兰曾到大西洋海岸的洛蒂家里做客，而洛蒂也多次到杜默兰的诺曼底别墅小住，成了"花井"的常客。

1900年的巴黎世界博览会，规模比以前更大。"环游世界"展厅两千五百平方米，位于新建的埃菲尔铁塔旁边，将各国风景呈现在人们眼前：雅典娜神殿，君士坦丁堡，埃及古迹，吴哥石窟，富士雪山，非洲丛林，还有西班牙，北美，大西洋，当然也少不了中国的风景。除了画，另外还布置了一个仿照高棉石窟的地下室，有以印度支那为主题的一组大型透视画。比利时国王利奥波德二世对中国的建筑风格非常喜爱，于是请人在拉肯皇家城堡修建了一座中式宫阁。

比利时王室的青睐，对杜默兰后来创作《滑铁卢战役全景》和取得比利时人士的资助，无疑打下了很好的基础。为了这幅巨型油画，他和助手们参考了大量资料和书籍，用了近十个月才完成。其规模之宏大、场面之完整和细节之丰富，即使在全景画的鼎盛时期，也是很少见的。人物战马栩栩如生，众多官兵表情丰富而各不相同，落日中的硝烟带着悲壮和凄美的色彩。据专家评论，在类似题材的所有作品中，这幅画的历史真实性是最高的，堪称一幅不可多得的杰作。

杜默兰曾以为，他的游历生涯到此结束了，谁知却是欲罢不能。随着他的海外风景画的成功，邀约和订单接踵而来。在后来的十几年中，杜默兰又多次到过印度支那，每次都带回几百幅素描和画稿，也应邀在俄罗斯、巴西、阿根廷和美国等地开过画展。"殖民地画家"的地位进一步被奠定，也给他带来了商业上的成功。由他完成的大型室内装饰，除了西贡的总督府以外，还有巴黎的市政厅和"诺曼底"号大型邮轮。在巴黎的罗莱特圣母街，他新买下一所房子，其中有一间很大的画室，而它从前属于大名鼎鼎的画家德拉克洛瓦。杜默兰自己承认："有时，我不禁扪心自问，我真的配住在这样的地方吗？……我的声誉，主要来自在介绍法国殖民地方面所起的作用，我以我的方式为法国的荣誉作出了贡献。"

杜默兰的艺术成就，与他的东方之行有密切的联系。他从东方带回来的，不仅是画稿，还有大量的摄影作品。这些真实的画面，从另一个角度反映了十九世纪末的亚洲风貌。其中最令人瞩目的是日本和中国的照片，不仅数量多，而且典型生动，是那个时代的珍贵历史记忆。

在关于东亚的近九百幅照片中，以日本的为最多，这与当时的欧洲时尚有关。十九世纪末，日本美术传到欧洲，最先受到法国艺术家的注意。许多印象派画家将浮世绘的风格用于自己的绘画探索。这种热潮很快涉及其他西方国家，而在法国，则相继影响到小说、诗歌和音乐等其他领域，以至于在欧洲一度出现了"日本主义"这个词。但随着西方人眼界的开阔，发现中国的人也越来越多。

杜默兰从中国带回来的照片，一共有二百五十幅，大都摄于1870年到1900年间，有些是他亲自拍的，有些是他购买收集的，还有些出自当时的著名摄影家之手，但无一不散发着古老中国的魅力。杜默兰当年收集它们的目的之一，显然是积累日后作画的素材。这些照片，早期曾被巴黎的殖民地博物馆收藏，如今珍藏在法国尼斯大学图书馆的亚洲资料中心。这个资料中心已经将它们整理归类,供来自各地的学者和研究人员查询和参考。2014年,在全法亚洲资料中心交流会上,以中国为主题举办的图片展览,受到专业人士的高度重视。

从内容上看,这些照片大致可以分为四类。第一类是风景。因为杜默兰的首次远东之行是受海军部门的聘请,所以其中有相当一部分呈现了海上风景和船只、码头,分别摄于亚洲海湾、香港、广州、珠江等地。第二类是肖像和标准像,身着清末服饰的各式人物,无论衣服、配饰还是姿态和表情,都充满着旧中国的韵味。第三类是风土人情,城市和乡村人们的生活最能反映社会风俗和文化,也同样最能引起西方人的好奇。这些照片捕捉了婚娶、出殡等场面;街上的洋车、路上的行人和四世同堂的大家庭一样成为旧中国的写照,拆了裹脚布的小脚特写,在见证历史的同时也记录着一代人的心酸。最后一类是一些合影,其中不乏一些在历史上留下印记的中外人物。

除了照片本身的珍贵价值,这些收藏还为我们提供了一些有趣的线索。有些照片显然曾经当过画作的标本,它们的背面甚至正面,沾上了一些油彩印记。由于年代久远,一些照片开始损坏,历任保管员有时会在背面托上一层纸以保护它们,这样做虽然加固了照片,但也带来一个缺憾:背面杜默兰亲笔写的题记便无法看到。所幸的是,重新揭开那层纸,大部分字迹没有消失,我们因此可以看到,在一张合影上有法国十九世纪末的摄影大师库尔戴乐蒙。他不但是摄影师,而且也是著名的旅行家,跟杜默兰一样对亚洲情有独钟,除了中国,还去过印度、土耳其、埃及和非洲的许多国家拍照。他是最早使用电影创始人卢米埃尔兄弟的方法拍摄彩色照片的摄影师,也是第一次世界大战中不可多得的摄影师,他的近五千幅作品,如今被收藏在巴黎的法国电影资料馆和华盛顿的美国国家地理博物馆。